Née sur la côte Est des États-Unis, près de Newbury[...]
Danelle Harmon a écrit une dizaine de livres dont la s[...]
des Montforte. En 1994, elle rencontre sur Internet cel[...]
qui allait devenir son second mari. Comme il était anglais[...]
elle n'a pas hésité à traverser l'Océan, malgré son horreur[...]
des avions, pour le rejoindre. Après avoir habité une charmante petite ville près d'Oxford, ils vivent maintenant dans
le Massachusetts. Admirée par les plus grandes auteures de
romance dont Julia Quinn et Susan Wiggs, elle a malheureusement cessé d'écrire en 2001 suite au décès de son père.

L'intrépide

DANELLE HARMON

LA SAGA DES MONTFORTE - 3

L'intrépide

ROMAN

Traduit de l'américain
par Alice Bergerac

Titre original
THE DEFIANT ONE

Éditeur original
Avon Books, an imprint of HarperCollins Publishers, New York

© Danelle F. Colson, 2000

Pour la traduction française
© Éditions J'ai lu, 2009

Je dédie ce roman à Roscoe, Poppy et Gemma... et à tous ceux qui traitent leurs compagnons à fourrure avec l'égard dû aux petits êtres innocents... avec compassion et compréhension, avec le souci constant de leur bien-être, et surtout, avec amour.

Après tout, les animaux sont aussi des enfants.

REMERCIEMENTS

Tout projet qui a un sens n'est jamais un effort solitaire. Par conséquent, j'aimerais remercier les personnes qui ont généreusement donné de leur temps et de leur attention à *L'Intrépide*... et à son auteur.

Nombreux sont celles et ceux qui méritent ma gratitude pour leur contribution à ce roman : mon éditrice, elle aussi maman de toutou, Lucia Macro, dont la perspicacité, la clairvoyance et les conseils ont été plus appréciés que les mots ne sauraient l'exprimer ; mon agent, Nancy Yost, dont la patience et les encouragements sont toujours une bénédiction ; les auteurs d'Avon, Margaret Evans Porter, Julia Quinn et Kate Smith, dont l'amitié, l'inspiration et la camaraderie ont été une joie tant dans ma vie personnelle que professionnelle ; Andrea Coursey, Lauren Bourque et Antony Stone pour leurs précieuses suggestions avant et après la lecture du manuscrit ; mes merveilleuses amies qui tiennent la boutique *Best of British* car elles m'ont fait rire et, d'une certaine manière, m'ont empêchée de devenir folle ; et surtout, comme toujours, mon mari bien-aimé, Chris, qui continue d'être une des plus belles choses qui me soient arrivées.

Merci à tous !

Prologue

Novembre 1777, Blackheath Castle, comté du Berkshire, Angleterre

Seul le hasard voulut que lord Andrew de Montforte découvre une potion aphrodisiaque.

Inventeur, homme de science, étudiant assidu des lois de la physique, de la nature et du Très-Haut, lord Andrew n'était ni un inconscient ni une espèce d'écolier que la curiosité poussait à mélanger au hasard des substances chimiques dans l'espoir d'obtenir de jolies couleurs ou une réaction violente. Pourtant, la découverte de l'aphrodisiaque fut purement fortuite. Et, bien que résultant d'une mixture aléatoire, elle provoqua une réaction extrêmement intéressante.

Tout commença lors d'une virulente dispute entre Andrew et son frère Lucien – l'aîné, le machiavélique duc de Blackheath, cinquième du nom, qui avait la détestable habitude de toujours se mêler des affaires des autres –, à propos de l'état de santé d'Andrew. Depuis le dramatique incendie qui avait traumatisé le benjamin des frères Montforte – Andrew –, Lucien invitait à Blackheath Castle les plus éminents spécialistes pour qu'ils soignent son frère et rendent à sa famille le fringant jeune homme qu'il avait été.

Les habitants du village de Ravenscombe, qui jouxtait Blackheath Castle, avaient donné un surnom à chacun des quatre fils du quatrième et regretté duc de Blackheath. Le sobriquet d'Andrew lui allait comme un gant : l'Intrépide. Il était doté d'un caractère impétueux, d'une volonté de fer, d'un mépris total des souhaits de Lucien, et ne demandait qu'une chose : qu'on le laisse tranquille.

Lord Andrew avait à cœur d'obtenir un brevet pour sa nouvelle invention, une diligence à deux compartiments destinée à transporter plus de passagers que les voitures conventionnelles. Il voulait redorer son blason tant aux yeux de la société que de la communauté scientifique après que son engin volant se fut écrasé, onze mois plus tôt, l'humiliant devant deux cents témoins dont le roi d'Angleterre en personne. Et il voulait que cesse ce ballet de charlatans – des médecins, des professeurs d'université, des hommes d'Église. Aucun n'avait été en mesure d'identifier le mal qui le possédait.

Soudain, les chiens se mirent à aboyer. Réfugié dans la bibliothèque, Andrew, qui prenait des notes sur un ouvrage de dessins de Léonard de Vinci, leva le menton. Il jeta un coup d'œil furtif vers Lucien, qui lisait paisiblement près de l'âtre. Absorbé par sa lecture, son frère demeura impassible. Plissant les yeux, Andrew regarda par la fenêtre à petits carreaux qui donnait sur les pelouses tirées au cordeau de Blackheath Castle, les hêtres pourpres qui avaient presque revêtu leurs habits d'hiver et les eaux miroitantes des douves au-delà. Un cabriolet s'engageait sur la longue allée gravillonnée qui menait au corps de garde.

Il serra les dents.

Satané Lucien !

Outré, il referma bruyamment l'épais volume sur la table et s'avança jusqu'à l'épaisse porte ouvragée.

— Aurais-tu trouvé quelque chose d'intéressant dans ce vieux bouquin ? demanda Lucien d'un ton faussement ingénu, levant enfin le nez de sa lecture.

Les poings crispés et les yeux étincelants de colère, Andrew pivota.

— Ce que j'ai trouvé, c'est un autre de tes soi-disant savants qui débarque chez nous, sans doute pour m'étudier sous toutes les coutures ! Je te préviens, je refuse de me soumettre à son examen.

— Mais imagine que le docteur Turner trouve le remède à tes maux, objecta Lucien.

— Qu'il aille au diable ! Tu sais pertinemment qu'il n'y a pas de remède. La seule chose qui importe, c'est que mon état ne se dégrade pas.

— C'est justement pour cela qu'il nous rend visite. Le docteur Turner est une autorité dans son...

— T'es-tu seulement demandé si je voulais le voir ? J'en ai marre de tes spécialistes qui m'observent comme si j'étais un phénomène de foire ! J'en ai marre d'être traité comme si je n'avais pas de sentiments, de pensées, de dignité ! Il serait temps que tu t'occupes de tes oignons une fois pour toutes !

Sur quoi, Andrew sortit en claquant la porte.

La colère, le ressentiment et la peur qu'un de ces « experts » lui délivre le diagnostic qu'il redoutait augmentaient à chacun de ses pas, lui brûlaient les entrailles. Déterminé à ce que ce nouveau visiteur reparte sans avoir vu ne fût-ce que sa silhouette, il traversa en trombe le hall pour gagner l'aile ouest. Son allure aristocratique et son humeur assassine lui conféraient charisme et autorité. Trois ravissantes femmes de chambre qui, d'ordinaire, gloussaient et s'empourpraient sur son passage lui firent une courbette avant de se réfugier dans le dédale de couloirs.

— J'te parie qu'il s'est encore disputé avec m'sieur le duc, chuchota l'une d'elles, qui poussa un soupir en voyant lord Andrew tourner au coin d'un couloir et disparaître.

— Pas besoin d'être devin pour savoir de quoi ils ont causé. Lord Andrew est plus futé que tous les docteurs qui ont défilé ici jusqu'à aujourd'hui. C'était une sacrée tête à Oxford !

— Ça ! D'ici à ce qu'il les envoie promener, y a pas des kilomètres.

— On va pas lui en vouloir.

Andrew n'avait pas prêté attention aux chuchotis – depuis toujours, les commentaires du personnel glissaient sur lui comme l'eau dans une rigole. Il ne ralentit l'allure que lorsqu'il parvint à son nouveau laboratoire, situé au deuxième étage de l'aile ouest récemment reconstruite. Il s'enferma dans son sanctuaire, se servit un verre de porto, le but d'une rasade avant de s'asseoir à sa table de travail, maudissant son manipulateur de frère.

Quand il étendit ses longues jambes et rencontra quelque chose de doux et chaud, il réalisa qu'il n'était pas seul. Il se tordit le cou pour regarder sous son bureau et vit une paire d'yeux caramel, une robe lustrée d'un brun moucheté de blanc et une longue queue qui battait la mesure sur le plancher.

— Esmeralda, qu'est-ce que tu fabriques là-dessous ?

Andrew conservait un pot de biscuits sur son plan de travail. Il l'ouvrit et s'empara d'un cookie qu'il offrit à son élégant setter. Telle une lady, Esmeralda le lui prit des doigts, le mastiqua amoureusement avant de l'avaler et de darder sur son propriétaire un regard implorant.

Son compagnon replet, que la maisonnée avait surnommé Boudin, était là aussi. Boudin appartenait à Nerissa, la sœur d'Andrew. C'était un chien ordinaire, tandis qu'Esmeralda avait la grâce d'une lady. Comme elle avait eu droit à une faveur, le bouledogue se sentit lésé. Du coup, il se redressa et s'approcha d'Andrew. Boudin n'avait pas véritablement besoin d'un en-cas, mais Andrew avait le sens de l'équité. Aussi tendit-il un biscuit à Boudin, lequel l'engloutit en une bouchée. En digne chienne d'aristocrate, Esmeralda prit un air dégoûté et détourna le regard en se léchant délicatement les babines. Elle était presque aussi bien éduquée que les ducs de Blackheath ; elle n'était pas du genre à supporter le spectacle des mauvaises manières de Boudin.

Andrew se serait laissé amadouer par les chiens si le crissement du gravier à l'extérieur ne lui avait rappelé l'arrivée d'un intrus. Il jeta un coup d'œil par la fenêtre et distingua le cabriolet du médecin, garé dans l'allée, vide. Pour sûr, le docteur Turner et Lucien étaient en train de parler de lui, et ils s'apprêtaient à envahir son sanctuaire.

Il se figura Lucien marchant aux côtés du médecin, décrivant son état avec ce ton suave et indifférent qui le hérissait.

— Voyez-vous, docteur, mon frère était parfaitement normal jusqu'à ce qu'il soit pris au piège de cet incendie, l'an dernier. Depuis, il a changé…

Andrew crispa les mâchoires. *Vas-y, Lucien. Qu'est-ce qui t'empêche de lui dire ce qui cloche vraiment chez moi ?*

Sa colère, une légitime défense contre la peur qui rôdait toujours, non loin, s'intensifia. *Que Lucien aille au diable. Qu'ils aillent tous au diable.*

Son pouls s'accéléra. Il repoussa la paperasse qui encombrait son bureau et versa une mesure de carbonate de sodium dans un bécher.

— Infâmes scélérats, marmonna-t-il en déployant des efforts surhumains pour chasser de son esprit la discussion qui avait lieu à l'étage en dessous.

Distrait, il ajouta une dose d'huile de vitriol qu'il vit mousser au fond de son bécher. Puis il se servit un autre porto. La bouteille provenait de la réserve personnelle de Lucien ; c'était un porto millésimé datant de 1754, l'année de naissance d'Andrew. Il but les deux tiers de son verre et, comme pour signifier à son frère ce qu'il pensait de lui et de sa satanée bouteille, il versa le reste dans le bécher.

— Voilà ce que tu mérites, pesta-t-il entre ses dents.

Il ajouta du vinaigre, quelques gouttes d'indigo et les restes d'une solution qu'il avait mise de côté. Puis, le regard vide, bouillonnant de rage, il se perdit dans la contemplation de sa mixture.

Un coup bruyant frappé à la porte l'arracha à sa rêverie. Les chiens aboyèrent furieusement et bondirent de sous la table. Boudin heurta un pied du bureau. Le bécher vacilla. Jurant dans sa barbe, Andrew l'attrapa in extremis mais ne put empêcher une partie du liquide grenat d'asperger le plancher, où il se mit à siffler et à glouglouter comme s'il s'agissait d'une créature vivante. Esmeralda et Boudin se précipitèrent sur la flaque suspecte. Dans un élan désespéré pour empêcher les chiens de s'empoisonner, il leur tomba dessus.

— Andrew, ouvre la porte.

— Laisse-moi tranquille ! cria-t-il par-dessus une nouvelle salve d'aboiements.

Il parvint, non sans mal, à écarter les chiens et à essuyer les dégâts.

— Andrew, ouvre, s'il te plaît. Le docteur Turner a abandonné ses recherches et est venu tout droit de Paris exprès pour toi. Tu peux quand même lui accorder un peu de ton précieux temps, non ? C'est pour ton bien.

— J'en ai marre des gens qui prétendent savoir ce qui est bon pour moi !

— Allons, cesse de te comporter comme un adolescent.

Faisant une boule de son torchon imbibé, Andrew le jeta à l'autre bout de la pièce et se rua sur la porte, qu'il ouvrit brutalement.

Campé là, il vit le duc, imperturbable, comme toujours, ses sourcils noirs arqués, une expression mêlant reproche et condescendance sur ses traits. Il regardait par-dessus l'épaule de son benjamin.

À ses côtés se tenait un homme coiffé d'une perruque blanche et dont les yeux doux et intelligents étaient écarquillés. Apparemment, il fixait la même chose que son hôte.

Andrew pivota… et se figea.

Bouche bée, il vit Boudin, les yeux exorbités, qui se hissait gauchement sur les hanches aristocratiques d'Esmeralda. Non seulement elle se laissait faire, mais elle se plaçait de manière à faciliter la copulation.

— Mon Dieu, souffla Andrew, stupéfait. Je crois que j'ai découvert un aphrodisiaque.

1

Rosebriar Park, comté du Berkshire, près de Windsor, Angleterre

— Je me moque de savoir qu'il m'adore. Je ne l'épouserai pas, Gerald. Il lui manque des dents, il n'a pas de menton, et si j'acceptais de porter son nom, je deviendrais la risée de tout le pays.

— Allons, Celsie, ne sois pas ridicule.

— C'est moi que tu traites de ridicule ? Ça te plairait de t'appeler lady Celsiana de La Queue ? Je te le dis une dernière fois, je ne l'épouserai pas, ni aujourd'hui ni demain. Jamais.

Gerald, troisième comte de Somerfield, serra les mâchoires. S'évertuant à contenir son impatience et à ignorer les maux de tête que lui causaient les trente ou quarante chiens qui aboyaient et folâtraient sur la piste de danse, il dardait un regard torve sur la foule festive venue à Rosebriar Park, le vaste domaine que possédait sa demi-sœur Celsie.

Elle avait convié la crème de l'aristocratie anglaise, des généraux décorés, des princes français, des lairds écossais, de célèbres hommes d'État. Avec un parterre aussi prestigieux, on aurait pu croire qu'elle aurait l'embarras du choix pour trouver un mari. Hélas, non. Celsie avait ses critères, et Gerald commençait à se demander s'il existait un homme dans ce royaume susceptible de satisfaire à ses exigences.

— D'ailleurs, ajouta-t-elle en lui tapotant le bras avec un éventail sur lequel était peint un trio de lévriers afghans, il ne s'est pas déclaré.

— Et que lui répondras-tu lorsqu'il te fera sa demande ?

— Je lui donnerai la réponse que je donne à tous ceux qui sollicitent ma main.

— Par tous les saints ! Tu ne vas pas recommencer avec ça !

— Eh bien, si, répliqua-t-elle avec un sourire radieux.

Visiblement, l'embarras de Gerald la mettait en joie. Elle enchaîna :

— Franchement, je ne comprends pas pourquoi cela te tracasse autant. Je sais que lord Harold de La Queue est un de tes proches amis, mais ce n'est pas une raison suffisante pour que je change d'avis : je ne me marierai pas. Tu te souviens de la dernière fois où j'ai accepté qu'un homme me conduise à l'autel ?

— Écoute, Celsie, ce n'est pas parce que lord Hammond est décédé pendant votre repas de fiançailles que ton prochain prétendant s'étouffera avec un petit pois !

Elle eut un court silence outré.

— Et le marquis de Plussons, qu'en fais-tu ?

— Le marquis est revenu sur sa parole parce que ton fichu chien l'a mordu.

— De toute façon, mes jambes n'en peuvent plus de ces va-et-vient à l'autel. Et je n'ai pas l'intention de renouveler l'expérience. Pour être tout à fait honnête, je n'étais pas très enthousiaste lors de mes premières noces. C'est papa – paix à son âme – qui avait choisi pour moi. J'en ai assez des gens qui prennent les décisions à ma place. Et voilà que tu t'y mets, à vouloir me fourrer dans les pattes un troisième larron. De quoi va-t-il succomber, celui-là ?

— D'un microbe provenant d'un de tes satanés chiens, riposta Gerald.

— Cela m'étonnerait. Aucun de mes chiens ne daignerait lécher la figure de quelqu'un dont l'haleine rappelle l'odeur d'un pot de chambre.

— Pour l'amour du Ciel, tu veux bien baisser d'un ton ? répliqua-t-il en repoussant le petit chien de cuisine frétillant de joie qui s'était pris d'adoration pour une de ses chaussures. Ça ne te suffit pas que l'on cancane dans ton dos ?

Un sourire faussement ingénu naquit sur les lèvres de Celsie.

— C'est vrai ?

— Ne fais pas l'innocente. Parfois, je jurerais que tu aimes te donner en spectacle. Il n'y a que toi pour organiser un bal de charité au profit d'animaux maltraités. Il n'y a que toi pour prendre la parole devant le beau monde et te lancer dans un discours ridicule sur les malheurs des chevaux de trait, des chats errants et des chiens de cuisine ! Non seulement tu demandes à ces gens de consacrer de leur temps et de leur argent à ces sornettes, mais tu invites leurs animaux de compagnie à cette... cette mascarade.

Soudain, le petit chien se mit à mordre le cuir de sa chaussure.

— Oh, lâche mon pied ! grogna-t-il. Celsie, je te préviens, si je...

— J'ai affreusement soif, coupa-t-elle, l'air enjoué.

Mais son sourire n'était qu'une façade. Gerald et son insupportable diatribe l'avaient exaspérée.

Seigneur ! Pourquoi tenait-il tant à la voir se marier ? Pourquoi diable se mêlait-il ainsi de ses affaires ? Mince, elle s'était appliquée à préparer un discours enlevé ; elle avait exhorté ses invités à réfléchir au sort réservé à ces pauvres bêtes qu'on torturait, et son pleutre de demi-frère s'attachait encore au qu'en-dira-t-on !

Ah... les hommes !

Elle prit dans ses bras le petit chien de cuisine et tourna le dos à Gerald, dont les joues s'étaient empourprées sous l'effet de la colère. Pointant le menton, elle fendit la foule.

Des chuchotis s'élevèrent sur son passage et, malgré le tumulte des aboiements mêlés aux rires des noceurs et aux accords de l'orchestre, Celsie n'eut aucun mal à percevoir les commentaires.

— Par la Sainte Vierge, regardez-la ! Dommage qu'elle soit une femme. Elle aurait fait une belle carrière dans la politique. Si nos députés avaient le quart de son lyrisme... Ah ah ah...

— Je n'arrive pas à croire qu'il s'agisse de la même demoiselle timorée sur laquelle nous avions tiré un trait lors de sa première saison.

— Messieurs, vous avez la mémoire courte, elle était aussi laide que le cul d'un mulet.

— Une vraie godiche.

— Vous vous souvenez, Taunton, de ce tour que vous lui avez joué lorsqu'elle a été présentée à la cour ? Vous l'avez fait pleurer, la malheureuse. Qu'est-ce qu'on a pu rire !

— Il y avait plus de boutons sur sa figure que de germes sur une patate.

— Et de surcroît, elle n'avait pas de seins.

— Elle n'en a pas davantage aujourd'hui.

— Certes, mais elle possède presque la moitié de l'Angleterre du sud. Voilà qui rend ses défauts plus supportables – y compris son adoration pour la gent animale.

Affligée, Celsie étreignit son compagnon d'infortune et s'éloigna de ses détracteurs.

Qu'ils rôtissent tous en enfer !

Lovant l'animal contre sa modeste poitrine, elle maudit intérieurement ce groupe de pourceaux. Bien qu'elle portât le nom d'une variété de fleurs parmi les plus romantiques qui soient, Celsiana savait hélas qu'elle n'avait rien d'une rose anglaise.

Elle était trop grande, trop mince. Elle avait la détestable impression que son visage n'offrait au regard que des arêtes vives : un nez droit, des pommettes saillantes. Quant à ses yeux, ils étaient d'un vert aussi frais qu'une feuille de menthe. On dit en général qu'un maître ressemble à son chien. Celsie se comparait à un lévrier afghan.

Cependant, elle était plus riche que la plupart de ceux qui la dénigraient, ce qui, à leurs yeux, la rendait plus désirable que *la* femme sur laquelle fantasmaient habituellement les hommes. Celle-ci était de taille moyenne, avait une poitrine opulente et un teint délicat, et n'aurait jamais osé hausser le ton ni parler d'autre chose que de fanfreluches.

Qu'ils aillent tous en enfer et subissent les mêmes sévices qu'ils infligent à leurs animaux de compagnie !

Parvenue à la table des rafraîchissements, elle reposa le petit chien pour s'occuper d'un whippet apeuré caché derrière la nappe. Elle l'amadoua en lui offrant une poignée d'amandes sucrées qu'elle avait glanées sur un plat de porcelaine orné d'un liseré d'or. Son propre chien, Passoire, un dogue bourbonnais à la robe blanche tachetée de roux que son père lui avait donné quand elle avait dix ans, était nonchalamment étendu sous la table. Ses yeux sombres embrumés par l'âge fixaient ses congénères qui entouraient sa maîtresse, et le whippet qui mangeait dans la main de celle-ci.

Celsie déglutit et, serrant contre elle les chiens les plus proches, puisa dans l'étreinte et la tendresse des animaux la force d'oublier les paroles blessantes de Gerald.

À la différence de certains de ses invités, son demi-frère ne dissimulait pas le mépris qu'il éprouvait pour elle. Comme lui, la mère de Celsie, une femme qui collectionnait les amants, avait ouvertement dédaigné et négligé sa fille unique lorsqu'elle s'était aperçue que celle-ci n'avait pas hérité de son illustre beauté.

Que de souffrances inutiles !

Les chiens pouvaient donner des leçons à leurs propriétaires bipèdes en matière de fidélité et d'affection. Eux ne jugeaient pas les humains selon leur apparence, leur comportement ou leur fortune.

Celsie poussa un soupir las. Si seulement il existait un homme capable d'aimer comme un chien aime son maître, de manière inconditionnelle... Éventualité aussi improbable que celle d'un caniche s'attaquant à une harde de sangliers.

Tout en se redressant, Celsie essuya le sucre de ses mains et balaya du regard l'océan de têtes poudrées. Les danseurs tourbillonnaient en un maelström de couleurs, les femmes riant gaiement au bras des hommes richement vêtus de satin et de velours.

Elle se sentit soudain exclue, étrangère dans sa propre demeure.

« Du nerf, ma grande ! » se tança-t-elle.

Non, elle n'allait pas laisser la superficialité et la cruauté de ses semblables gâcher sa soirée. Il valait mieux qu'elle se concentre sur le but de ce bal qu'elle avait organisé : éveiller les consciences à propos de ces petits chiens, tristement baptisés tournebroches, que les cuisiniers enfermaient dans des cages circulaires pour faire tourner les viandes mises à rôtir.

Plaquant un sourire sur son visage, elle accepta un verre de punch et vit Gerald et Taunton, provenant de directions opposées, fendre la foule pour s'approcher d'elle. *Zut alors !*

— J'ai besoin d'un peu d'air frais, déclara-t-elle en tendant son verre à Gerald, le premier arrivé. Voilà Taunton qui fond sur moi comme un beagle sur son gibier.

— Celsie ! Tu devrais varier tes comparaisons ; elles se rapportent toutes aux chiens.

Elle s'apprêtait à lui servir une réplique bien sentie lorsqu'on annonça les derniers invités.

— Monsieur le duc de Blackheath... Lord Andrew de Montforte... Lady Nerissa de Montforte.

Presque instantanément, les noceurs parurent se figer. Même les chiens cessèrent d'aboyer tandis que tous convergeaient vers le trio nouvellement arrivé et se répandaient en courbettes, amabilités et sourires complaisants.

« Quelle bande de flagorneurs ! » grommela la petite voix intérieure de Celsie. Elle détestait les opportunistes – une nuée de parasites.

Elle était néanmoins ravie que le duc, son frère et sa sœur aient accepté son invitation, car la présence des Montforte, une famille réputée pour sa générosité et l'extraordinaire beauté de ses membres, conférerait prestige et légitimité à son bal de charité. Finalement, il ne manquait plus que le roi d'Angleterre.

— Lady Celsiana !

Elle faillit bondir de surprise. Avec l'arrivée des Montforte, elle avait complètement oublié Taunton, qui avait réussi à la coincer en contournant la table des rafraîchissements. Il arborait un sourire satisfait. Il aurait pu être bel homme, avec ses cheveux bruns et ses yeux bleus au regard enjoué, n'eussent été son menton fuyant et son nez proéminent.

Celsie fronça les sourcils.

— Lady Celsiana ! répéta Taunton, passablement éméché, se mettant quasiment à genoux et lui agrippant la main pour ne pas perdre l'équilibre. Me feriez-vous l'honneur de devenir mon épouse ?

Elle se remémora les railleries de ce goujat.

Elle possède presque la moitié de l'Angleterre du sud. Voilà qui rend ses défauts plus supportables – y compris son adoration pour la gent animale.

Celsie le dévisagea et répliqua d'un ton ironique :

— Lord Taunton, si j'accepte votre offre, autoriserez-vous mes chiens à dormir dans le lit conjugal ?

Taunton dessoûla d'un coup et, dans sa stupéfaction, émit un bruit étranglé.

— Pardon ?

Un sourire mielleux joua sur les lèvres de Celsie.

— J'ai dit : autoriserez-vous mes chiens à coucher dans le lit conjugal ? Je vous en serais fort reconnaissante, car j'ai cru comprendre que la nuit de noces était ce qu'il y avait de pire dans la vie d'une femme. La présence de mes chiens me rassurerait.

Bouche bée, rouge comme un coq, Taunton bondit sur ses pieds. Il s'inclina et tourna les talons. De gros éclats de rire l'accompagnèrent jusqu'à la porte.

Effleurant la commissure de sa bouche avec son éventail, une étincelle guillerette dans le regard, Celsie arbora un sourire triomphant.

Vous voilà satisfait, monsieur le coureur de dot ?

— Si vous me permettez ce compliment, milady, je n'ai jamais vu une demoiselle éconduire un prétendant d'aussi charmante façon.

Celsie pivota.

— Monsieur le duc ! dit-elle en le saluant d'une révérence. Je suis ravie que vous ayez pu venir.

— Pour ma part, je suis ravi d'être là, répondit-il. Pour rien au monde je n'aurais voulu rater le camouflet que vous avez infligé à cet imbécile de Taunton. Sans plaisanter, vous méritez mille fois mieux... Méfiez-vous des mentons fuyants.

Le front de Celsie se plissa. Par quel miracle savait-il qu'elle attachait de l'importance au menton d'un homme ?

— En outre, il ne semble pas apprécier les chiens, ajouta-t-elle. Je ne pourrais pas épouser un homme qui n'aime pas mes fidèles compagnons.

— Vous avez raison. Surtout si l'homme en question refuse de partager avec eux le lit conjugal.

Celsie se raidit. Le duc dardait sur elle son regard noir, impénétrable, avec une intensité qui la gênait. Se moquait-il d'elle ? Troublée, elle répondit :

— Peu importe cela. Jamais lord Taunton ne recueillerait une seule des créatures errantes que j'héberge. Voyez-vous, j'ai créé des chenils dans tout le Berkshire, afin d'offrir à ces pauvres bêtes une seconde chance. J'ai également initié un programme destiné à éduquer les enfants du village, et j'ai la ferme intention de l'étendre à tout le comté.

Le duc l'écoutait attentivement. Trop attentivement, à son goût. Elle avait la désagréable impression d'être jaugée, examinée par la loupe d'un microscope. Elle s'apprêtait à prendre congé de son hôte lorsqu'il lui adressa un sourire qui l'aurait mise à l'aise s'il n'y avait eu cette lueur sournoise dans son regard ténébreux.

— Il semble, ma chère, que les laissés-pour-compte de la société aient le don de vous attendrir.

Elle se hérissa.

— Étant moi-même une laissée-pour-compte, il est normal que j'éprouve de l'empathie à leur égard.

— Ne vous sous-estimez pas ainsi, milady.

La mâchoire crispée, elle déploya son éventail et l'agita pour rafraîchir ses joues empourprées, tout en jetant un coup d'œil vers un groupe de dandys qui entouraient lady Nerissa de Montforte.

— Je n'ai pas oublié que les soupirants qui courtisent votre sœur sont ceux-là mêmes qui prirent un malin plaisir à me rabaisser lors de mon entrée dans le monde, quand je n'étais qu'une innocente jeune fille en lice pour le mariage. Mais, depuis que j'ai hérité de mon père, ils me trouvent irrésistible. Ou du moins, ils font semblant.

Dardant sur son interlocuteur un regard où perçait le défi, elle ajouta :

— Cela vous étonne que je préfère la compagnie des animaux ?

— Ma chère, répliqua-t-il d'un ton doucereux, ne prêtez pas attention à Taunton et ses semblables. Pensez plutôt aux nombreux célibataires respectables que compte l'Angleterre. Peut-être s'en trouve-t-il un parmi nous ce soir qui se moque de votre fortune... Un bel inconnu qui serait probablement heureux de partager votre couche avec vos compagnons à poils.

Celsie dissimula sa gêne en baissant les yeux sur son éventail.

— Vous me flattez, monsieur le duc.

— Vraiment ? C'est exactement pour cela que je souhaitais vous voir. Pour vous flatter. Le monde serait plus supportable si les femmes avaient le quart du courage et de la créativité dont vous avez fait preuve ce soir.

Perplexe, Celsie continuait à s'interroger. Se payait-il sa tête ou parlait-il sérieusement ?

— Je vous demande pardon ?

Levant un poignet cerclé de dentelle luxueuse, il désigna la foule gaie, insouciante, les chiens qui jouaient à courir entre les jambes des invités.

— Quelle merveilleuse idée que de proposer aux convives de venir accompagnés de leur chien préféré pour vous soutenir dans votre combat en faveur des animaux sans abri et maltraités ! Cependant, j'ai dû laisser les nôtres chez nous.

Il poussa un soupir chagriné.

— Je crains hélas que deux de nos chiens ne soient pas... hum... fréquentables.

— C'est-à-dire ?

L'air décontracté, Blackeath ajusta sa manche, puis toisa la marée humaine avec hauteur.

— Je crois qu'ils ont beaucoup souffert. Vraiment, je...

— Que leur est-il arrivé ? s'enquit Celsie, alarmée.

Visiblement préoccupé par autre chose, le duc continuait à examiner la foule.

— Depuis que mon frère Andrew les a forcés à ingurgiter une de ses mixtures chimiques, ces chiens ne sont plus eux-mêmes.

— Une mixture chimique ? souffla-t-elle, perplexe.

Le duc soutint de nouveau son regard et la gratifia d'un sourire.

— Ma chère, ce n'est pas un sujet pour les oreilles chastes d'une lady.

— Seriez-vous en train de me dire que votre savant fou de frère fait des expériences sur les animaux ?

— J'ai dit ça, moi ? Eh bien, je n'avais jamais vu les choses sous cet angle. Andrew a souvent eu des pratiques que je désapprouvais férocement, mais il le faisait exprès pour me défier... Oh, voici M. Pitt. Si vous voulez bien m'excuser, ma chère...

Le duc de Blackheath s'inclina et disparut dans la foule, laissant Celsie bouche bée d'indignation. Incapable de bouger ne fût-ce qu'une phalange, elle sentit une colère noire monter en elle. Puis elle s'ébroua mentalement, se ressaisit et partit en quête de lord Andrew.

2

Malgré l'affluence, elle le repéra rapidement. Il se tenait à l'autre bout de la salle de bal. La première chose qu'elle remarqua fut qu'il était doté d'un menton volontaire. Et la seconde, qu'il était encerclé d'un essaim de femmes – les frères Montforte étaient du miel pour les dames, qu'elles soient roturières ou aristocrates.

Lord Andrew de Montforte avait beaucoup changé depuis qu'ils s'étaient rencontrés en 1772, année de la première saison londonienne de Celsie. En ce temps-là, c'était une demoiselle de seize ans timorée, consciente de son front acnéique et de ses kilos superflus. Pour sa part, lord Andrew était un jeune homme dégingandé. Il émanait alors de lui une insolence à peine masquée. Même s'il avait aujourd'hui atteint une belle carrure – sa redingote de soie vert olive tombait impeccablement sur ses larges épaules –, les ans n'avaient pas amélioré son caractère, si elle en jugeait d'après les dires du duc.

Pour l'instant, une nuée de beautés empourprées l'entourait, telle une meute de chiens se disputant un os, mais lord Andrew semblait leur accorder peu d'attention. Son corps était là, son esprit ailleurs.

Les bras croisés, une coupe de champagne suspendue entre l'index et le majeur, il laissait de temps à autre échapper un sourire – ou était-ce une grimace ? – et opinait poliment aux remarques ponctuées de gloussements de ses admiratrices. Cependant, son regard indolent trahissait un ennui profond.

À l'évidence, il n'avait pas envie d'être là. Et d'une certaine façon, il ne l'était pas.

« Il réfléchit sans doute à ses futures expériences sur ses malheureux chiens, se dit Celsie, qui fulminait. Comme la plupart des gens, il est convaincu qu'il ne s'agit que de bêtes dépourvues de sentiments. »

D'un pas résolu, elle fendit le cercle de ses admiratrices et se campa devant le héros de ces demoiselles.

— Bonsoir, lord Andrew.

Lentement, très lentement, il tourna la tête vers elle. Le regard qu'il fixa sur elle fut si ardent qu'une pensée absurde naquit dans l'esprit de Celsie : il lui aurait fallu un bouclier pour l'aider à ne pas se consumer sur place !

— Bonsoir, lady Celsiana Blake, répondit-il d'une voix traînante.

Il la jaugea des pieds à la tête, ses yeux s'attardant sur sa poitrine – pensait-il, lui aussi, que ses seins étaient trop petits ? Puis il inclina le buste en un salut négligent, comme si ce geste de courtoisie exigeait de lui un effort surhumain, voire un sacrifice.

— Voilà une soirée fort intéressante, déclara-t-il.

— Vraiment ? Vous semblez pourtant y trouver autant d'intérêt qu'un setter irlandais à une assiette de champignons bouillis.

— Quelle drôle de comparaison ! Néanmoins, je vous félicite pour votre perspicacité. N'y voyez aucune offense, mais les soirées dansantes, ce n'est pas ma tasse de thé.

— Oui, c'est ce que je me disais, rétorqua-t-elle sèchement.

Puis, tout à trac, elle ajouta :

— J'ai appris que vous faisiez des expériences sur des animaux sans défense.

Plusieurs femmes étouffèrent des exclamations choquées. Lord Andrew les ignora et haussa un sourcil stupéfait.

— Je vous demande pardon ?

— Oh, ne faites pas l'ignorant. Je suis au courant des sévices que vous infligez à vos chiens.

— Milady, je ne vois absolument pas de quoi vous parlez, rétorqua-t-il d'un ton hautain.

— Dans ce cas, laissez-moi vous rafraîchir la mémoire. Vous obligez ces pauvres bêtes à ingurgiter des solutions chimiques pour en constater les effets. Vous devriez avoir honte !

Il la dévisagea un long moment, avec l'air de quelqu'un qui aurait découvert un passage conduisant à la lune. Autour d'eux, les conversations s'étaient tues. Celsie agita nerveusement son éventail. Ses paumes étaient moites. Pourtant, elle ne quitta pas du regard son interlocuteur. Il ne flancha pas davantage. Enfin, un fin sourire se peignit sur les traits de lord Andrew. Mais c'était un sourire redoutable, sans joie.

— Puis-je savoir de qui vous tenez ces informations ? s'enquit-il.

— De monsieur le duc, votre frère.

— Mon frère, répéta-t-il machinalement, tandis que son sourire s'estompait. Mais bien sûr...

Lord Andrew passa la foule en revue et repéra l'informateur susdit. Celsie demeura sans voix. Si un regard avait pu tuer, songea-t-elle, le duc de Blackheath aurait quitté la salle les pieds devant. Mais ce dernier était trop absorbé par sa discussion avec Pitt et plusieurs membres du Parlement pour remarquer le drame qui se déroulait du côté de Celsie.

— Alors ? fit-elle. Qu'avez-vous à dire pour votre défense, milord ?

— Rien, milady. Que désirez-vous entendre ?

Le mufle ! Mais il ne s'en sortirait pas à si bon compte.

— Vous êtes l'invité d'un bal de charité destiné à sensibiliser les gens à la protection des animaux. Si vous les maltraitez, je serai obligée de vous demander de quitter ces lieux.

Il haussa les épaules, avant d'approcher la coupe de champagne de ses lèvres.

— Parfait, riposta-t-il. Demandez-le-moi donc. Je serai heureux d'exaucer votre souhait.

Celsie préféra lui poser une autre question – celle qui lui brûlait les lèvres.

— Faites-vous des expériences sur les animaux ?

— Tout dépend de ce que vous entendez par « expériences ».

— Ne jouez pas avec les mots, espèce de… de… d'hurluberlu, d'inventeur décérébré !

Un changement presque imperceptible se produisit en lui. Une noirceur qu'elle décela dans le plissement de ses lèvres pleines, dans la brusque froideur qui émanait de cet homme athlétique. Même s'il demeurait l'incarnation du flegme anglais, ses yeux se mirent à lancer des éclairs de rage. Dirigés droit sur elle.

— Très bien, répliqua-t-il. Puisque vous n'en démordez pas, je vais vous donner les détails sordides de mes expériences. Souhaitez-vous savoir précisément quels effets ont sur mes animaux les solutions chimiques que je leur fais ingurgiter ? Désirez-vous que je vous décrive leur réaction quand je les fais monter dans mes machines volantes ?

Des soupirs horrifiés s'élevèrent du cercle de ses admiratrices. S'éloignant prudemment, elles se mirent à caqueter entre elles.

Celsie, quant à elle, resta pétrifiée.

Lord Andrew leva son verre à sa santé. Une fois de plus, il fixa les gens autour d'eux et porta la coupe de champagne à ses lèvres, avant de se figer, telle une statue de sel. Le visage exsangue, il contempla le plafond, et l'espace de quelques secondes, son regard sembla vide, déserté par l'intelligence hors du commun qui l'habitait une seconde plus tôt. D'une main tremblante, il posa sa boisson, secoua la tête comme pour recouvrer ses esprits et, l'air à la fois confus et irrité, lui fit une courbette.

— Je vous prie de bien vouloir m'excuser. Je dois partir.

— Mais partir où ? Nous étions en pleine discussion !

Il ne daigna même pas lui répondre. Au lieu de cela, il pivota et s'en fut sans se soucier de ses admiratrices, qui roulaient des yeux ronds comme des soucoupes, ou de quelque invité que ce soit. Sa sortie n'échappa pas à lady Brookhampton, la pire commère du Tout-Londres.

Aux côtés de la comtesse douairière, une demoiselle s'exclama :

— Que lui arrive-t-il ?

D'autres curieuses s'agglutinèrent autour de lady Brookhampton, braquant sur lord Andrew leurs regards ébahis.

— Je ne sais pas. Vous avez remarqué son air absent ? Quel dommage qu'un si bel homme se comporte de cette étrange manière !

— Peut-être est-il malade...

Alarmée, Celsie dépassa le chœur des vierges et courut après l'objet de leurs ragots.

— Lord Andrew ! Je veux vous parler !

Sans ralentir son allure, il écarta d'un geste impatient le domestique qui tentait de lui remettre son chapeau et se dirigea vers la sortie comme s'il avait le diable aux trousses.

— Lord Andrew !

Sourd à ses appels, il poussa les lourds battants, si impatient de fuir l'effervescence de la salle de bal qu'il n'attendit pas qu'on les lui ouvre.

Soulevant ses jupons, Celsie le poursuivit jusqu'à l'extérieur. Haletante, elle s'immobilisa sur le perron. Son haleine formait des volutes de buée dans l'air nocturne. Devant elle étaient alignées plus d'une centaine de berlines. À la lumière d'une myriade de torches luisaient les portes richement ornées des véhicules, les blasons, les brides des attelages. Les vitres reflétaient la nuit noire et sans nuages. Quelque part, un cheval émit un hennissement. Elle perçut des gloussements étouffés dans une calèche, non loin de là – sans doute un valet de pied qui flirtait avec une des femmes de chambre de Rosebriar Park. L'écho assourdi de l'orchestre, auquel se mêlaient les rires de ses invités, parvint à ses oreilles.

Aucun signe de lord Andrew.

Celsie prit une longue inspiration, expira et, dans un froufroutement de soie, s'assit sur la plus haute marche de l'escalier à double révolution. Un frisson la parcourut. D'un regard circulaire, elle scruta la pelouse sombre, les silhouettes des arbres dégarnis dans le lointain, l'horizon bas parsemé d'étoiles.

Son altercation avec lord Andrew la taraudait. Faisait-il réellement des expériences sur les animaux ? Les obligeait-il à tester ses machines volantes avant lui ?

Les paumes sur les tempes, le front soucieux, elle s'efforça de comprendre l'étrange comportement de l'inventeur. Comment expliquer sa fuite aussi précipitée que soudaine ? Seigneur ! Cette soirée lui réservait de drôles de surprises, et pas des plus plaisantes.

Une voix familière l'arracha à ses pensées.

— Vous voilà donc, lady Celsie. Cela fait un moment que je vous cherche.

« Oh, non, pas lui ! » enragea-t-elle intérieurement.

— Bonsoir, lord Harold de La Queue, murmura-t-elle avec l'enthousiasme d'un chien de meute sur le point de mordre sa proie.

— Celsie, ma princesse… susurra le baronnet.

Ce mot doux la hérissa.

— Vous n'auriez pas dû sortir sans manteau, reprit-il tout en s'asseyant à ses côtés et en lui prenant la main. Vous allez attraper la mort.

— Si vous restez si près de moi, je ne tarderai pas à expirer mon dernier soupir, marmonna-t-elle, car votre haleine est si fétide qu'elle ferait défaillir le plus robuste des chevaux de trait.

— Je… je… Qu'est-ce que vous venez de dire ?

La faible brise avait dû emporter son sarcasme. Optant pour un ton infiniment plus diplomate, elle répondit :

— J'ai besoin de me rafraîchir les idées.

— Ma chère, soyez raisonnable. Venez, rentrons.

— Non, milord, j'ai envie de prendre l'air.

— Souhaitez-vous marcher un peu ?

Quelle tête de mule !

— Je préfère être seule, lord Harold.

— En tant que gentleman, je me dois de veiller sur vous. En outre, j'ai une question de la plus haute importance à vous poser.

— Ce soir, je ne réponds pas aux questions.

— La mienne est très simple, pourtant. Vous n'aurez qu'à répondre par oui ou par non.

— Dans ce cas, c'est non, décréta-t-elle.

Il éclata d'un rire tonitruant. S'il croyait qu'elle jouait, il se trompait lourdement.

— Ma chère Celsie, je ne vous ai pas encore posé ma question.

— Peu importe, milord, c'est non.

Elle entreprit de se redresser, mais il lui agrippa le poignet pour la rasseoir avec brusquerie. Elle le fusilla du regard. Instantanément, la colère bouillonna dans ses veines.

— Lâchez-moi, ordonna-t-elle.

Sans desserrer l'étau autour de son poignet, il mit un genou à terre.

— Ma chère lady Celsiana, me ferez-vous l'honneur de devenir ma femme ?

— Combien de fois faut-il que je vous le dise ? C'est non. À présent, si vous voulez bien m'excuser, je vais rentrer. Étant l'hôtesse de cette soirée, je dois honorer mes invités de ma présence.

Les traits de son soupirant se durcirent.

— Vous m'éconduisez comme un malpropre ?

— J'éconduirais n'importe quel homme qui viendrait me demander en mariage. J'ai été conduite à l'autel une fois, j'ai failli y retourner une seconde fois, et, croyez-moi, je ne suis pas près de renouveler l'expérience. Je ne veux pas me marier.

— Mais, d'après votre frère, vous…

Le cœur de Celsie manqua un battement.

— Que vous a dit mon frère, exactement ?

Conscient d'avoir commis un impair, lord Harold se referma comme une huître.

— Je vous écoute, insista-t-elle.

— Rien, rien du tout.

Sur quoi, la rage se peignit sur le visage du malotru. D'une main, il lui enserra les deux poignets et la fit basculer contre lui.

Sa bouche qui empestait l'alcool s'apprêtait à s'emparer de la sienne quand, soudain, le plat d'une épée surgit entre lui et Celsie. Il s'en fallut de quelques millimètres que la lame ne tranche les lèvres du scélérat.

— Milord, lança une voix grave, vous bloquez le passage.

Celsie et son agresseur levèrent la tête et virent lord Andrew de Montforte, impressionnant d'autorité.

— Je crois avoir oublié mon chapeau... dit-il sans baisser son arme, ni quitter lord Harold des yeux.

De sa main libre, il aida Celsie à se redresser.

— Auriez-vous l'obligeance de vous écarter de mon chemin, milord ?

Lord Harold se mit debout, chancelant, et s'éloigna de la dangereuse lame que brandissait encore lord Andrew, imperturbable.

— Euh... oui, oui... bien sûr, milord, bredouilla lord Harold en s'inclinant exagérément, un sourire malaisé jouant sur sa bouche. Je vous en prie... fit-il en l'invitant à le précéder.

— Après vous.

Lord Harold se rembrunit.

— Mais je...

Andrew le gratifia du même sourire redoutable qu'il avait adressé à Celsie un peu plus tôt. Désignant les portes qui ouvraient sur le hall, il insista :

— J'ai dit : après vous, monsieur.

Lord Harold blêmit. Puis, sans un mot, il fit volte-face et pénétra d'un pas rageur dans la somptueuse demeure.

Les joues en feu, Celsie put enfin ôter sa main de celle de son sauveur inopiné.

Doux Jésus !

Elle était mortifiée à l'idée qu'il l'ait surprise dans les bras de lord Harold de La Queue, mortifiée aussi que son bienfaiteur soit l'homme avec lequel elle s'était disputée quelques instants plus tôt.

— Lord Andrew, était-ce bien nécessaire ?

Il haussa les épaules et rengaina son épée.

— Il me semble que vous aviez besoin d'aide. Je me trompe ?

L'impertinent n'avait pas perdu sa verve.

— Vous n'étiez pas censé nous quitter ? riposta-t-elle.

— En effet. Mais j'ai oublié mon chapeau.

— Eh bien, laissez-moi vous dire une chose, milord : je ne suis ni une écervelée ni une froussarde qui aurait besoin d'un homme pour la chaperonner. Je peux me défendre toute seule, merci.

Sans plus de cérémonie, Celsie tourna les talons et rejoignit ses invités.

3

« Quelle drôle de façon de me remercier ! » pensa Andrew en regardant lady Celsiana regagner la salle de bal. Sous sa toilette de soie pêche chatoyante dont les jupons fouettaient ses chevilles, son épine dorsale était tendue comme un arc. Sa démarche décidée lui donnait l'air d'un général commandant ses troupes. Une porte claqua, et elle disparut de son champ de vision.

Haussant les épaules, il récupéra son chapeau, le logea sous son bras et ressortit affronter la froideur de la nuit.

Espèce de porc-épic en jupons !

Horripilant bas-bleu !

Il aurait dû venir avec sa propre calèche. À présent il était coincé, obligé d'attendre Nerissa et Lucien pour Dieu sait combien de temps ! Pourquoi diable s'était-il laissé embobiner et les avait-il suivis dans cette galère ?

Il aurait mieux fait de rester à la maison.

Il repéra la berline ducale, à la peinture aussi noire que la gueule d'un loup, presque en tête de la file de véhicules. Un valet de pied alerte accourut pour déployer le marchepied. Andrew s'engouffra dans la voiture et s'installa au fond. Même à l'intérieur, il soufflait des nuages de buée. S'emmitouflant dans une couverture, il s'assit et fixa le vide.

Sa colère s'estompa rapidement, cédant devant la peur qui affleurait et lui rappelait trop souvent qu'il avait un problème, un grave problème. Ce soir, une fois de plus, il prenait conscience qu'il souffrait d'un mal qui lui gâchait l'existence. Cela n'allait hélas pas en s'arrangeant. Les accords de l'orchestre et les rires de la fête qui lui parvenaient accentuaient son sentiment d'exclusion, lui rappelaient les vies normales, paisibles auxquelles les autres avaient droit, lui jetaient sa solitude en pleine figure. À la faveur du calme de la nuit, la peur jouait des griffes pour emprisonner son cœur, son esprit, sa maîtrise de soi.

Il se souvint de l'incident dans la salle de bal et, passant la main sur son visage, réalisa qu'il était en sueur.

Seigneur, aidez-moi! Je me sens tellement seul…

L'espace d'un instant, il songea à rejoindre les autres invités, à se laisser porter par l'atmosphère joyeuse, mais il se ravisa. Quelqu'un avait sûrement remarqué son attitude pour le moins étrange et ne se gênerait pas pour le lui signifier.

Il envisagea ensuite de sortir de la berline ducale et de marcher, marcher et marcher encore, jusqu'à ce que la fatigue le débarrasse de la peur, mais l'idée n'était pas follement séduisante.

Finalement, il extirpa son calepin d'une poche de sa redingote et, à la faveur de la lumière d'une torche qui filtrait dans l'habitacle, il se plongea dans son travail, en s'efforçant de ne pas penser à Bedlam, le sinistre hôpital psychiatrique de Londres.

Un frisson le secoua. Lucien ne l'y enverrait pas, n'est-ce pas?

Posant son calepin sur la banquette, Andrew appuya sa joue contre la vitre glacée et, tremblant sous sa couverture, se perdit dans la contemplation de la nuit.

Comme il traversait le hall, Gerald vit sa demi-sœur monter à vive allure l'escalier principal de Rosebriar, talonnée par son chien vieillissant, Passoire, que suivaient deux de ses congénères tout aussi décrépits. Un instant plus tard, il entendit une porte claquer si violemment que le fracas se répercuta dans la salle de bal, où une centaine de convives dansaient une contredanse.

Il craignit le pire.

C'est à peu de choses près ce qui advint quand lord Harold de La Queue, mortifié, se rua sur lui.

— Alors ? demanda Gerald, impatient.

Lord Harold vida d'un trait le verre qu'il tenait avant de répondre :

— Elle m'a brutalement éconduit.

— Bon sang ! Et moi qui croyais que tu allais la compromettre en public. Palsambleu ! J'étais censé te tomber dessus et t'ordonner de l'épouser !

— Oui... bon... Ça ne s'est pas passé comme on l'avait prévu...

Gerald était furieux.

— Nous avions fait un marché ! Tu l'épouses, tu mets le grappin sur sa fortune et tu liquides mes dettes. Crénom de Dieu ! Ce n'était pourtant pas compliqué !

— Il aurait d'abord fallu qu'elle dise oui. Ensuite, ç'aurait peut-être marché si ce satané Montforte ne s'était pas interposé alors que l'affaire semblait bien partie.

— Comment ça, interposé ? Le duc n'a pas cessé de discuter politique avec Pitt !

— Je ne parle pas du duc, mais de son fichu frère, Andrew. Je m'apprêtais à embrasser ta sœur quand il est apparu sur le perron. Je te jure, Somerfield, que si j'avais été armé, il n'aurait pas vécu assez longtemps pour regretter son geste.

— Si tu avais été armé, tu y serais passé, maugréa Gerald. Lord Andrew est un épéiste hors pair, et tu ferais bien de ne pas l'oublier. Bon, excuse-moi, je vais essayer de raisonner ma sœur.

Lord Harold était fou de rage. Il était tellement persuadé de réussir là où tout le monde avait échoué qu'il avait laissé entendre à la moitié des invités qu'il était quasiment fiancé à leur riche et excentrique hôtesse. Et maintenant, il allait être la risée de tous.

Ses poings se crispèrent de rage.

Lord Harold de La Queue reposa brutalement son verre sur une table et se fondit dans la foule des invités.

À l'étage, dans ses appartements, Celsie congédia sa femme de chambre et se jeta sur son lit. Allongée sur la courtepointe de soie, elle déploya des efforts surhumains pour ne pas hurler de frustration ou se venger en cassant un objet. Penser à lord de La Queue la malmenant lui donnait la nausée, mais songer à l'identité de son sauveur était encore pire.

Dieu du ciel, pourquoi avait-il fallu que ce soit lord Andrew de Montforte ?

Elle le détestait. C'était un homme revêche, arrogant et mal élevé. De surcroît, il utilisait des animaux pour ses expériences. Il l'avait dit lui-même : il forçait ses chiens à ingurgiter d'horribles solutions chimiques !

Soudain, elle sentit des larmes lui brûler la gorge, emplir ses paupières, puis rouler sur ses joues et tomber sur la courtepointe.

Pourquoi est-ce que je pleure ?

Parce que lord de La Queue a gâché ma soirée !

Mais elle ne croyait pas vraiment à cette explication. Aussi son esprit critique chercha-t-il une autre réponse.

Parce que les hommes sont constamment en train d'organiser ma vie selon leurs propres souhaits... Parce qu'ils me traitent avec condescendance, comme si je n'avais ni cerveau ni volonté...

Non, ce n'était pas cela non plus.

Des griffes cliquetèrent sur le parquet. L'instant d'après, le lit s'affaissa sous le poids de Passoire, qui prit place aux côtés de sa maîtresse. Celsie se redressa et l'étreignit avec force.

Parce que la frimousse de Passoire est devenue toute grise, qu'il ne marche plus comme avant, que je lui ai trouvé une grosseur sous l'oreille et que ça me fiche une peur bleue...

39

Oui, c'était cela. Voilà pourquoi elle pleurait. Cela n'avait rien à voir avec le fait que, comme d'habitude, personne n'avait pris au sérieux son appel à l'aide pour les animaux. Cela n'avait aucun rapport avec ce qu'elle avait éprouvé lorsque lord Andrew l'avait arrachée des bras de lord de La Queue – une irrépressible envie de se blottir dans les bras de son sauveur et de l'embrasser.

Elle enfouit son visage dans le cou de Passoire et hoqueta :

— Oh, Passoire… qu'est-ce qui cloche chez moi ?

Il était trop âgé, trop digne pour lui lécher le visage. Il demeura immobile, laissant sa maîtresse l'enlacer.

— Les gens sont indifférents au sort réservé à ces pauvres petits chiens tournebroches qui s'usent les pattes à courir dans des roues pour rôtir les viandes, dit-elle, la voix brisée. Ils refusent de savoir que les chevaux de trait sont battus jusqu'au jour où ils en meurent, ou que des centaines de chiens et de chats errent, affamés, parce qu'il n'y a pas assez de refuges. Et les gens continuent à en élever. Et à les abandonner.

Celsie émit un profond soupir.

— Ils s'en moquent éperdument. Tout ce qu'ils veulent, c'est boire mes meilleurs vins, manger à ma table, mettre la main sur mon héritage. Oh, comme j'aurais aimé être un homme pour que l'on me prenne au sérieux ! Comme j'aurais voulu que papa ne déshérite pas Gerald, pour ne pas être obligée d'hériter de tout !

Elle observa un silence, étreignit Passoire et murmura :

— Si seulement il existait un homme capable de m'aimer comme tu m'aimes…

Avec un grognement d'effort, Passoire coucha son corps massif afin d'épouser la silhouette de Celsie. Elle caressa ses longues oreilles tombantes, puis essuya ses larmes du plat de la main.

Mon cher et tendre Passoire… Voilà ! Un chien comprend toujours tout. Il ne laisse jamais son maître pleurer seul dans son coin. Il insiste pour dormir

auprès de lui la nuit, pour lui offrir chaleur et protec-
tion. Qu'on le veuille ou non, il est toujours là ; il sait
exactement ce qu'on ressent.

Mais que ressentait-elle en ce moment ?

Allez au diable, lord Andrew !

Soudain, une idée lui traversa l'esprit. Elle allait se rendre à Blackheath Castle. Là, elle achèverait la discussion à laquelle lord Andrew avait mis un terme plus qu'abrupt. Cette visite lui permettrait de voir par elle-même ce qu'il faisait subir à ses chiens.

Elle résoudrait ce mystère une fois pour toutes, et la vie reprendrait son cours normal.

Elle s'interdit de penser à la grosseur que son chien avait sous l'oreille. « Elle n'a pas enflé », se dit-elle pour se réconforter.

Hélas, elle ne parvint pas à s'en convaincre.

À l'extérieur, dans la berline ducale, Andrew avait dû s'assoupir, car un éclat de voix – celle de Lucien –, le fit sursauter. Il se redressa et cligna des paupières lorsque le véhicule oscilla, annonçant l'entrée de Lucien et Nerissa.

— Ah, Andrew ! Te voilà. Nous nous demandions ce que tu étais devenu, murmura Lucien, qui prit place en face de lui et ôta ses gants. C'était trop éprouvant pour toi, tout ce monde ?

Nerissa s'assit à côté d'Andrew.

— Tu aurais dû rester, déclara-t-elle d'un ton enjoué. Le chien de lady Brookhampton a profité de ce que les invités avaient le dos tourné pour se jeter sur la table des rafraîchissements. Il lui a suffi de quelques bouchées pour venir à bout du gâteau. Qu'est-ce qu'on a ri !

— Surtout lorsque la pauvre bête a vomi sur les chaussures de lord de La Queue, renchérit Lucien avec malice. C'est là que les gens ont commencé à partir.

Cognant au toit pour donner au cocher le signal du départ, Lucien fixa son regard noir, énigmatique, sur Andrew.

— Dis-moi, pourquoi es-tu parti ? demanda-t-il.

Andrew serra les mâchoires et se tourna vers la fenêtre.

— Parce que.

Un silence embarrassé emplit la berline.

Si Andrew n'avait pas fui le regard de son frère, il y aurait vu un voile inquiet. Il aurait également remarqué l'ombre de compassion qui s'était peinte sur le visage de sa sœur.

Tout ce qu'il vit fut la cime des conifères qui oscillait doucement devant les étoiles éparses.

— Ah, reprit doucement le duc. Tu as été victime d'une crise, c'est cela ?

Andrew ne répondit pas, mais son silence était éloquent. Nerissa et Lucien échangèrent un coup d'œil furtif.

— Et moi qui pensais que lady Celsiana était la cause de ton départ précipité, enchaîna le duc.

Cette réplique tira Andrew de sa contemplation. D'un ton où perçait la colère, il riposta :

— C'est exactement cela. Pourquoi est-ce que tu as monté cette peste contre moi ?

Lucien feignit l'innocence.

— Mon cher frère, je ne vois pas du tout de quoi tu parles.

— Ça m'étonnerait. Tu lui as raconté que je faisais des expériences sur les animaux, et ça l'a tellement indignée qu'elle s'est jetée sur moi toutes griffes dehors ! Je ne savais plus où me mettre tellement j'avais honte.

Lucien poussa un profond soupir, affectant la mine de quelqu'un qui a atteint les limites de sa patience.

— Je croyais te rendre service.

— Pardon ?

— Voyons, Andrew, combien de fois m'as-tu répété que tu refusais de te marier ? Que tu ne supportais pas ces sangsues, ces demoiselles qui te harcèlent chaque fois que tu daignes assister à un événement ? Que tu ne voulais rien d'autre que te consacrer à la science ? Lady Celsiana avait l'air de s'intéresser à toi. Elle m'a posé des questions plutôt… personnelles. Ce que je lui ai dit, c'était uniquement pour la repousser.

— Quoi ?

Lucien croisa les bras et poussa un nouveau soupir – d'ennui, cette fois.

— Tu devrais me remercier au lieu de me condamner. Au bout du compte, elle t'a laissé tranquille, non ?

Andrew plissa les paupières, jaugeant d'un œil méfiant l'expression absente de son frère. Pourquoi avait-il le désagréable pressentiment qu'il mijotait quelque chose ?

— Oui… répliqua mollement Andrew.

— Tu vois ? Je ne pensais pas à mal.

Sur quoi, le duc eut encore un soupir. Puis il ferma les yeux et renversa la nuque sur l'appui-tête tandis que la berline s'éloignait de Rosebriar Park dans un nuage de poussière. Dans la pénombre du véhicule, personne ne vit le sourire malicieux qui joua sur ses lèvres tandis qu'il ajoutait :

— D'ailleurs, cela m'étonnerait fort que tu la revoies.

4

Lucien se trompait. Car Andrew revit lady Celsiana Blake environ trente-six heures plus tard.

Il était encore au lit quand il entendit le roulement d'une calèche sur l'allée gravillonnée, des aboiements, puis du tapage non loin de sa fenêtre. Il songea d'abord que Lucien avait convoqué un autre charlatan pour l'examiner. Mais c'était une voix féminine qui l'arrachait au sommeil.

La voix de lady Celsiana Blake.

Pour tout dire, il eût préféré affronter un charlatan.

Andrew tira la couverture sur sa tête et tenta de se rendormir. Par les cornes de Satan! Quelle heure était-il? 8 heures?

Il perçut un brouhaha en provenance du rez-de-chaussée. Lucien ne s'accordait guère plus de quatre heures de sommeil par nuit. Alors, pour sûr, il était debout.

Ainsi qu'Andrew le craignait, on ne tarda pas à frapper à la porte de sa chambre.

— Milord? s'enquit James, son valet. Monsieur votre frère m'a demandé de vous annoncer que vous aviez de la visite. Lady Celsiana Blake et son frère, le comte de Somerfield, vous attendent.

Andrew roula sur le flanc. Les yeux clos, il s'emmitoufla davantage dans ses draps et couvertures.

— Eh bien, ils attendront longtemps! grommela-t-il. Dites à monsieur mon frère qu'il n'a qu'à s'occuper d'eux. Je ne suis pas d'humeur sociable.

44

— Comme vous voudrez, milord.

Andrew attendit que son valet ait regagné le hall avant de s'étirer comme un félin et de s'abîmer de nouveau dans la volupté du sommeil.

Du moins essaya-t-il.

Quelques minutes plus tard, il fut brusquement tiré de sa torpeur par une lumière aveuglante. Campé devant une fenêtre, Lucien acheva d'ouvrir en grand les lourdes tentures pour laisser entrer l'implacable soleil matinal.

— Allons, Andrew! C'est extrêmement mal élevé de faire attendre ses hôtes.

— C'est tout aussi mal élevé d'obliger quelqu'un à sortir de son lit pour le jeter dans la fosse aux lions.

Avec l'horrible impression que les rayons du soleil lui brûlaient les yeux, il plissa les paupières et s'assit.

— Qu'est-ce qu'elle fabrique à Blackheath, d'abord?

— Elle a répondu à mon invitation.

— Tu l'as invitée? s'écria Andrew.

— Tu semblais tellement offusqué qu'elle t'imagine en train de maltraiter tes chiens… J'ai pris la liberté de l'inviter afin de rétablir la vérité.

— Lucien, grommela-t-il entre ses dents, je suis parfaitement capable de m'occuper de lady Celsiana. Je n'ai pas besoin que tu t'en mêles.

— Eh bien, vas-y! Elle et son frère t'attendent dans le salon bouton d'or.

— Gerald vous y attend, corrigea une voix féminine depuis le pas de la porte.

— Qu'est-ce que vous faites là? s'exclama Andrew, bondissant du lit.

À la fois ébahie et subjuguée, Celsie sentit ses joues s'empourprer. Car Andrew de Montforte se présentait à elle dans le plus simple appareil, révélant à son regard sa poitrine légèrement poilue, ses épaules dénudées, ses bras robustes, son ventre plat et musclé.

— Un domestique m'a… m'a… conduite jusqu'ici, balbutia-t-elle, les yeux braqués sur son torse.

45

— Comment cela ?

— D'après le duc, on était censé m'accompagner jusqu'à votre laboratoire.

— Espèce de fumier ! jura Andrew. Qu'est-ce que tu as encore mijoté ?

Les bras croisés, l'air innocent, Lucien demeura imperturbable.

— Modère ton langage, mon grand. Nous ne sommes pas seuls.

— Justement, rétorqua Celsie en pointant le menton, je vous laisse.

Elle tourna les talons et se rua dans le couloir dans un froufroutement de jupons.

— Tu ferais bien de la rattraper, dit Lucien, elle se dirige probablement vers ton laboratoire. Si tu ne veux pas qu'elle y découvre des expériences suspectes…

— Salaud !

Andrew enroula à la hâte la courtepointe autour de sa taille et courut pieds nus dans le couloir, à la poursuite de sa visiteuse.

Quand Celsie l'entendit qui la rattrapait, elle accéléra l'allure, tourna à gauche, puis fit volte-face pour l'affronter.

— Vos domestiques se perdent-ils souvent dans votre château ? railla-t-elle. Le valet auquel votre frère m'a confiée devait pourtant me conduire à votre laboratoire, et non à votre… votre…

— … ma chambre, acheva Andrew, aussi furieux qu'elle.

— Jamais on ne m'a autant humiliée !

— Je n'y suis pour rien, moi. Ce n'est pas moi qui vous ai invitée à pénétrer dans mes appartements.

— Si j'avais su où on m'emmenait, figurez-vous que je n'y aurais pas mis les pieds.

— Parce que vous seriez entrée dans mon laboratoire sans que je vous y invite au préalable ?

— Votre frère m'a permis d'y jeter un œil.

— Mais qu'il aille au diable, bon sang ! Je refuse qu'une fouine telle que vous fasse irruption dans mon local.

— Auriez-vous quelque chose à cacher ?

Les poings crispés, Andrew la fusilla du regard. Celsie détourna la tête, mais, au lieu de fixer le vide, ses yeux se posèrent sur son torse d'Apollon nu jusqu'à la courtepointe ceinte autour de ses hanches. Une vision extrêmement séduisante. Soudain choquée, elle releva le regard et vit une mâchoire que la nuit avait garnie de poils châtain foncé, une bouche aux lèvres pincées par la colère, une expression déterminée, des cheveux ébouriffés auxquels la lumière donnait des reflets d'or.

Désarçonnée, elle baissa les paupières pour contempler le tapis déroulé sous leurs pieds.

— Je... je m'en vais, lança-t-elle, pivotant et fuyant d'une démarche rapide.

Andrew lui emboîta le pas. Elle eut beau avancer, l'ombre de son poursuivant absorba sa frêle silhouette.

— Parfait, répliqua-t-il.

— Je me doutais bien que je n'aurais pas dû venir.

— Surtout à une heure aussi indue...

À ces mots, elle se retourna si vite et si brusquement qu'elle heurta la poitrine d'Andrew. Elle sursauta et recula vivement.

— Qu'est-ce que vous racontez ? Il est presque midi. Comment pouvais-je deviner que vous vous prélassiez au lit une bonne partie de la journée ? Est-ce que, par hasard, vous effectueriez vos expériences au clair de lune, afin de camoufler vos pratiques sataniques ?

— Ces « pratiques sataniques », voyez-vous, je les réalise en plein jour, sauf quand une ennuyeuse mondaine incapable de s'occuper de ses propres affaires m'en empêche.

— Espèce de mufle ! On ne m'avait jamais traitée de mondaine, encore moins reproché de m'immiscer dans la vie des autres.

— C'est pourtant ce que vous faites depuis l'instant où vous m'avez agressé en plein bal.

— Oh, quel toupet ! Vous n'êtes qu'un butor, un détestable personnage au comportement insensé !

Non, mais regardez-vous, cracha-t-elle en le jaugeant des pieds à la tête. Vous vous tenez devant une lady avec pour seul habit une courtepointe !

Comme assommé par le mot « insensé », Andrew recula, plissa les paupières.

— Préférez-vous que je l'enlève ? fit-il d'un ton provocant.

— À présent, je m'en vais, dit-elle, tranchante.

Andrew se força à rester de marbre tandis qu'elle s'éloignait dans le couloir. *Vous n'êtes qu'un butor, un détestable personnage au comportement insensé !* Ses propos l'avaient secoué. D'abord exaspéré, il ne tarda pas à sentir la peur lui glacer le sang. Manifestement, certains aspects de sa personnalité n'avaient pas échappé à lady Celsiana.

Pareille à un torrent de lave, une nouvelle émotion bouillonna en lui. Il contempla la silhouette tentante de la jeune femme, ses fesses qui se dandinaient sous des mètres de satin vert chatoyant, sa nuque laiteuse, aristocratique, sous une chevelure d'un brun soyeux qu'une myriade d'épingles retenait attachée en hauteur. Il fut soudain pris du désir insensé de l'appeler, de dénouer la courtepointe afin de la désarçonner tout à fait.

Il se ravisa. Il la troublait assez sans en rajouter. Mais, vu les attaques qu'elle lui avait lancées, il avait bien envie de se venger.

Elle tournerait bientôt à l'angle. S'il attendait davantage, elle atteindrait l'escalier principal. Or, il refusait de la laisser partir sans avoir le dernier mot. Avec audace, il lança un défi qui allait changer le cours de sa vie.

— Lady Celsiana ? Aimeriez-vous voir les « expériences sataniques » sur lesquelles je travaille actuellement ?

Elle s'immobilisa. Et pivota.

— Je croyais que vous ne vouliez pas d'une mondaine dans votre précieux laboratoire, répondit-elle calmement.

— Vous oubliez le mot « ennuyeuse ».

48

— Je ne m'estime pas ennuyeuse quand je défends les animaux maltraités. Mais vous n'êtes sans doute pas d'accord, vous qui détestez les chiens.

— Hum... vous avez raison. Dans ma courte existence, je n'ai pas rencontré de femme plus ennuyeuse que vous, milady.

Celsie ravala la repartie acerbe qu'elle avait sur le bout de la langue et détourna la tête. La quasi-nudité de son hôte avait sur elle un effet qu'elle ne comprenait pas – une sensation de chaleur étouffante qui accélérait les battements de son cœur. Si seulement elle avait pu cesser de penser à son torse, à ses pectoraux poilus, à ce que cachait la courte-pointe...

— Alors ? insista-t-il. Voulez-vous voir mon laboratoire, oui ou non ?

— Non. Je n'en ai plus envie. Cela risque de me retourner l'estomac. Et puis, vous m'agacez, à la fin. Je n'aurais pas dû venir.

Il croisa les bras.

— Vous n'êtes qu'une lâche.

— Je vous demande pardon ?

— Vous vous targuez de protéger les animaux sans défense, mais vous prenez la poudre d'escampette tant vous êtes délicate.

Piquée au vif, Celsie redressa le menton. Elle brûlait de lui jeter quelque chose, n'importe quoi, à la figure.

C'est alors qu'elle décela dans le regard perçant de lord Andrew une lueur espiègle. Elle vit un sourire narquois naître à la commissure de ses lèvres.

Cette fois, elle ne flancha pas.

— Entendu. Puisque vous tenez tant à me montrer ces affreuses expériences, passez devant, je vous en prie.

5

Raide comme la justice, Celsie accepta le bras que lui tendait lord Andrew.

Seigneur, pourquoi n'avait-il rien mis sur lui ? N'importe quel habit aurait fait l'affaire.

Cesse de penser à ce que dissimule la courtepointe !

Mais elle eut beau se gourmander, elle en fut incapable. Elle ne réussit pas davantage à chasser le trouble qui l'avait envahie, cette onde de chaleur qui l'avait prise par surprise. Et tandis qu'elle marchait à ses côtés, elle se sentit toute petite. Comme c'était étrange d'être si près d'un homme qui la dépassait d'une tête ! Sa stature la réconfortait. À côté de lui, elle ne se sentait plus aussi... différente des autres femmes. Elle n'avait plus l'impression d'être cette originale qu'on décriait et qui faisait jaser les gens.

Est-ce que... – elle jeta un regard furtif à la courtepointe qui épousait ses hanches – est-ce qu'en dessous, il était aussi impressionnant ?

Elle piqua un fard.

— Je ne suis pas sûre que ce soit une bonne idée, finalement, déclara-t-elle.

Elle ne se sentait plus totalement maîtresse de son corps ; son beau compagnon, si cruel envers les animaux, lui faisait perdre ses moyens, et elle n'aimait pas cela.

— Au contraire, c'est une excellente idée.

— Voyons, vous n'êtes vêtu que d'une courtepointe. Quant à moi, je suis sans chaperon, et vous m'emmenez Dieu sait où. Le terme « excellent » me semble exagéré.

— Pas du tout, insista-t-il. C'est une excellente idée parce que ce n'est pas dans les plans de Lucien.

— Franchement, je ne vois pas le rapport.

Ils s'engageaient à présent dans l'aile ouest du château.

— Pour être tout à fait honnête, je crois que le domestique qui vous a conduite jusqu'à ma chambre l'a fait exprès.

Celsie resta perplexe.

— Peut-être s'est-il perdu en se rendant à votre laboratoire.

— N'importe quoi ! Cet employé travaille chez nous depuis vingt ans, et son père avant lui travaillait à Blackheath. Il savait très bien où il vous emmenait. Je vous parie ce que vous voulez qu'il s'est contenté de suivre des ordres. Les ordres de Lucien. Après tout, mon frère vous a invitée ici, n'est-ce pas ?

— Non, je suis venue de ma propre initiative. Je souhaitais me rendre compte par moi-même des monstrueuses expériences qui ont cours dans votre laboratoire.

Une ride soucieuse creusa le front de Celsie.

— Pourquoi dites-vous que votre frère m'a invitée ? Et pour quelle raison m'aurait-il envoyée à vos appartements alors que vous n'étiez pas en mesure de me recevoir ?

— Parce que c'est un enquiquineur de première et qu'il prend un malin plaisir à me pourrir l'existence.

Il ouvrit en grand deux portes en chêne sculpté.

— Nous y voilà. Attention où vous mettez les pieds.

Celsie s'écarta de son guide et demeura sans voix tandis qu'elle découvrait la vaste salle. Des étagères enchâssées dans les murs regorgeaient d'ouvrages. Les fenêtres se dressaient jusqu'au plafond, orné de frises et de moulures aux motifs floraux. Ils foulaient un très joli plancher en teck brun. Le meuble principal était une immense table où trônaient bouteilles, fioles et alambics, carnets et feuilles de papier froissées en boule, bougies consumées et livres ouverts. Un manteau était jeté au milieu de ce chaos ordonné. Un tableau noir sur lequel étaient griffonnées à la craie des formules mathématiques ou chimiques – Celsie n'aurait su le dire – reposait sur un chevalet, à côté d'un haut tabouret. L'ensemble exhalait une odeur de neuf, de peinture fraîche. Celsie discernait aussi des effluves de soufre, de vinaigre et de quelque chose qui avait récemment brûlé.

Il n'y avait pas un animal en vue.

Pas une cage, pas une laisse. Aucun cadavre de chien gisant dans un coin.

— Mais… bredouilla-t-elle, levant un regard confus vers lord Andrew, où sont les animaux sur lesquels vous pratiquez des expériences ?

— Je ne pratique pas d'expériences sur les animaux, répliqua-t-il d'un ton égal.

— Mais au bal, vous disiez que…

— Mon frère vous a induite en erreur. Lorsque vous m'avez attaqué devant tout le monde, et de cette façon si humiliante, cela m'a mis tellement en colère que je ne vous ai pas détrompée.

En proie au doute, Celsie le fixa, bouche bée, avant de détourner le regard.

— Oh, dit-elle d'une petite voix. Je… je suis absolument navrée.

— Je ne sors pas souvent dans le monde, milady, mais lorsque cela m'arrive, ce n'est pas pour que les gens se fassent de moi une opinion pire que celle qu'ils ont déjà.

— J'ignorais que vous aviez une mauvaise image, bredouilla-t-elle, incapable de croiser son regard.

— Si ma mémoire est bonne, vous m'avez traité d'hurluberlu et d'inventeur décérébré. Je me trompe ?

Brusquement, elle éprouva une envie irrépressible de disparaître dix pieds sous terre.

— Eh bien… oui. Je suis désolée. Je l'avoue, ce n'était pas très gentil de ma part, mais vous n'étiez pas le seul à être en colère.

Il lui tourna le dos et s'éloigna un peu, visiblement peu enclin à accepter ses excuses.

— Je vous le répète : je suis désolée.

Silence.

Jamais Celsie ne s'était sentie aussi embarrassée. Parce qu'elle s'était livrée à des conclusions hâtives et qu'elle l'avait humilié en public, il avait dû quitter le bal. Comme il l'avait dit, il n'était déjà pas en odeur de sainteté ; or non seulement elle l'avait blessé, mais elle avait contribué à ternir un peu plus son image. En se laissant aveugler par son combat pour les chiens, elle s'était emportée.

Une fois de plus.

Celsie crispa les doigts sur son réticule brodé. S'il y avait une personne qui méritait de subir les foudres de sa colère, c'était le duc. Elle et Andrew étaient les malheureux dindons d'une farce cruelle imaginée par Blackheath. Si Andrew la haïssait, c'était à cause de lui. C'était le duc qu'elle aurait dû affronter, pas son frère.

Elle lui dirait ses quatre vérités. Ça, il ne perdait rien pour attendre !

Le menton fièrement relevé, elle entreprit de faire une sortie aussi digne que possible, vu les circonstances. Soudain, elle entendit un cliquetis de griffes sur le palier, bruit familier et réconfortant dans une situation pour le moins gênante. Un instant plus tard, un setter brun moucheté, grand et élancé, pénétra dans la pièce en remuant la queue et rejoignit lord Andrew, en quête de caresses.

— Si cette chienne vous aime, je n'ai plus à m'inquiéter, se hasarda-t-elle à déclarer, s'évertuant à remplir le silence pesant, à rattraper son énorme bourde.

Il ne prit pas la peine de la regarder.

— Voici Esmeralda, dit-il.

— Quel joli nom !

— Mon frère m'en a fait cadeau pour mon anniversaire, il y a trois ans. Il pensait que je la dresserais pour chasser les oiseaux, mais je n'aime pas ça.

— Vous n'êtes pas féru d'armes à feu ?

— C'est la chasse que je déteste.

Elle eut un petit rire nerveux, désarçonnée par la brusquerie de ses répliques.

— Oh! Je croyais que tous les hommes aimaient tuer du gibier.

— Pas moi.

Sur ce, il pivota et darda sur elle un regard où se mêlaient défi et mélancolie. L'ardeur avec laquelle il la fixait la fit rougir. Elle baissa les yeux vers Esmeralda, qui considérait Andrew avec adoration.

Bizarrement, Celsie se sentit exclue, comme une enfant punie, et regretta de ne pas être sortie plus tôt. Elle ne savait plus où se mettre tant l'attitude de lord Andrew l'embarrassait. Était-il donc incapable de lui accorder son pardon? Incapable de comprendre? Par tous les saints, lord Taunton, et même lord de La Queue, étaient de meilleure compagnie que cet homme. Au moins, avec eux, elle savait comment se comporter.

— Je ferais mieux de vous laisser, lança-t-elle.

— Pourquoi cela? Vous ne souhaitiez pas voir mon laboratoire?

— Si, si. Mais... je ne voudrais pas vous déranger. Vous n'avez pas besoin qu'une mondaine se mêle de vos affaires, répondit-elle, affectant un ton badin.

Hélas, son sarcasme tomba à plat.

— Vous avez oublié l'adjectif « ennuyeuse ».

Celsie prit une profonde inspiration. Elle s'obligea à compter mentalement jusqu'à dix pour ne pas lui voler dans les plumes.

— Lord Andrew...

— Je ne vous empêche pas de partir, rétorqua-t-il en désignant la porte d'un geste dédaigneux. D'une part, il ne me semble pas avoir réclamé votre présence. D'autre part, je ne veux pas de femmes dans mon laboratoire, pour la bonne et simple raison qu'elles s'ennuient au bout de quelques minutes. Je doute que vous fassiez exception à la règle. Par conséquent, il vaut mieux que vous partiez avant de commencer à bâiller.

— Je ne m'ennuie pas, je sens que je gêne. Ce n'est pas la même chose. On ne peut pas dire que vous soyez doué pour mettre les gens à l'aise.

Il s'inclina dans une parodie de révérence.

— Mille excuses, dit-il. Je n'ai pas pour habitude de jouer les hypocrites. Mon attitude me trahit souvent.

Celsie le dévisagea. Il ne cilla pas. Dans ses yeux, elle capta quelque chose qu'il tentait désespérément de cacher, quelque chose que son orgueil s'efforçait d'occulter. Andrew finit par céder et détourna la tête.

Elle n'était pas d'accord avec lui : ce n'était pas son attitude qui le trahissait, mais son regard – provocant, sombre et néanmoins empli d'espoir. Ses yeux exprimaient l'opposé de son comportement.

En réalité, il ne voulait pas qu'elle s'en aille, songea-t-elle. Jamais il ne l'admettrait, mais il désirait qu'elle reste.

— J'accepte vos excuses, répondit-elle.

De nouveau, elle prit une longue inspiration et le gratifia d'un sourire bienveillant.

— Bon, cessons de nous chamailler, ajouta-t-elle. Faites-moi visiter votre laboratoire. Je vous promets que je ne m'ennuierai pas.

— Les femmes tiennent rarement leurs promesses.

— En outre, continua-t-elle, ignorant sa repartie acerbe, je n'ai jamais rencontré de savant. Est-ce vous qui avez écrit les formules sur ce tableau ?

— Oui.

Il lui lança un regard en biais qui signifiait : « Qui d'autre aurait pu écrire sur ce tableau ? Ma chienne ? Une souris qui serait passée par là et aurait subitement eu la vocation des mathématiques ? »

Elle ne se démonta pas pour autant.

— Vous avez dessiné et conçu cet engin complexe, là ? s'enquit-elle en désignant une machine qui gisait sur le plancher.

Il s'entêta à lui donner la même réponse laconique :

— Oui.

— Et tous ces livres... Apparemment, il s'agit de textes traitant de science, de mathématiques et d'alchimie. Vous les avez tous lus ?

Une ombre d'impatience passa sur le visage d'Andrew.

— Je suis l'auteur de certains de ces ouvrages, marmonna-t-il.

Il tira sur la tranche de l'un d'entre eux et le remit à Celsie.

— Celui-ci, c'est ma thèse de doctorat, déclarat-il, avant de se pencher sur sa table de travail et de fourrager dans ses papiers.

— Quel en est le sujet ?

— D'après vous ?

— Comment le saurais-je ? Elle est écrite en latin.

Combien de temps encore allaient-ils jouer au chat et à la souris ? pesta-t-elle intérieurement.

Elle plaqua sur son visage un sourire radieux, afin qu'il ne devine pas à quel point ses sarcasmes et son impolitesse la troublaient.

— N'importe qui verrait qu'il s'agit d'un traité sur les composants de l'air.

— N'importe quel homme ayant accès aux études, oui, riposta Celsie.

— Que voulez-vous dire ?

— Que vous, les hommes, avez une piètre opinion de la gent féminine. Les femmes n'ont pas accès aux études, encore moins aux grandes universités telles que Cambridge, Eton et Oxford ; elles n'ont pas la chance de voyager à travers l'Europe ; elles ne discutent pas politique dans les cafés, dans les clubs privés, dans les salons en sirotant leur cognac après avoir pris soin de congédier gentiment les hommes, sous prétexte qu'ils souffriraient d'entendre des conversations trop intelligentes pour leurs pauvres petits cerveaux frivoles.

« Comment voulez-vous que nous comprenions le latin ou les composants de l'air quand tout ce qu'on nous enseigne, c'est à manier un éventail, à nous occuper des bébés et à coudre ?

Lord Andrew la dévisagea. Il affichait un air impénétrable, mais son regard était si intense qu'elle faillit en perdre tous ses moyens.

— Cessez de me fixer comme si j'étais un insecte sous un microscope !

Andrew pivota et arpenta la vaste salle.

— Je vous l'accorde, dit-il d'un ton égal, les hommes ont un avantage. Cependant, la plupart de ceux qui vont à l'université gaspillent leur temps en futilités. Ils boivent, jouent de l'argent et fréquentent des filles de joie au lieu d'étudier.

— Était-ce votre cas ?

— Non.

— En avez-vous eu l'envie ?

— Non.

Décidément, se dit-elle, ses réponses monosyllabiques avaient de quoi agacer.

— Pourquoi ?

Il lui lança un regard torve par-dessus son épaule.

— Parce que mes leçons me fascinaient davantage que les passe-temps auxquels s'adonnaient mes camarades.

Il contourna une table, talonné de près par Esmeralda.

— En outre, nous sommes quatre frères, et je suis le plus jeune. Par conséquent, il est plus qu'improbable que j'hérite du duché ; il fallait que j'aie un moyen de gagner ma vie. Ça n'aurait pas été très malin de gâcher mes études.

Eh bien, se félicita-t-elle, elle avait au moins réussi à lui délier la langue, à endormir momentanément son arrogance.

— J'espère inventer ou découvrir quelque chose qui me rendra célèbre, qui sera utile à l'humanité et qui changera le monde tel que nous le connaissons, avant que mon esprit ne...

Il s'empourpra.

— Avant que je ne quitte cette terre. Seul un imbécile ne profiterait pas de la chance que représente l'université. Et je suis tout sauf un imbécile.

Il mit un genou à terre et, retenant la courtepointe sur sa hanche, tria d'autres papiers qui jonchaient le sol, offrant à Celsie une vue imprenable sur son dos nu.

— Ah, les voilà, dit-il en extirpant du tas plusieurs grandes feuilles de vélin légèrement froissées.

Il se releva. Après avoir ménagé un peu de place au milieu du fouillis qui encombrait sa table, il étala les dessins afin de les lui montrer.

Celsie s'approcha et regarda l'une des esquisses.

— Qu'est-ce que c'est ? s'enquit-elle.

— Je travaille sur une idée qui permettrait d'améliorer les transports.

— Je vois…

Les yeux d'Andrew se plissèrent.

— Ah, bon ?

— Bien sûr que non. Expliquez-moi plutôt en quoi cela consiste.

Il la considéra d'un air méfiant, essayant de savoir si elle était de nouveau sarcastique. Finalement, il balaya sa remarque d'un revers de main et lissa la feuille.

— Ceci est une diligence à deux compartiments. J'ai souvent pensé aux pauvres gens qui voyagent sur le toit parce qu'il n'y a pas assez de place à l'intérieur de la voiture, pas vous ?

— Si. Vous êtes exposé aux éléments, ballotté. Vous vous accrochez comme vous pouvez aux balustrades et vous priez le Seigneur de vous laisser la vie sauve.

— Exactement.

Campé près de Celsie, si près que son épaule nue frôlait la joue de la jeune fille, Andrew traça du bout de l'index les contours de son dessin.

— Comme vous le voyez, ce véhicule sera équipé d'une petite cage d'escalier amovible qui mènera à l'étage bâti en lieu et place du toit sur lequel sont actuellement assis les passagers. Au lieu d'avoir un seul compartiment protégé, ma diligence en aura deux, l'un sur l'autre. Non seulement cela permettra de transporter plus de voyageurs, mais cela réduira considérablement le nombre d'accidents, de blessés ou de tués que l'on déplore sur les routes.

Celsie contempla les croquis. Puis elle leva le regard vers leur créateur, ce génie au caractère revêche. Incrédule, elle ne put empêcher un sourire admiratif de courir sur ses lèvres.

— Vous êtes brillant, commenta-t-elle.

— Non, seulement déterminé.

Il rougit imperceptiblement. Celsie capta dans son regard une chaleur qui n'y était pas un instant plus tôt.

« Mieux vaut ne pas l'embarrasser », songea-t-elle. D'un coup d'œil furtif, elle vit une partie d'un autre dessin, sous celui qui représentait la diligence à deux compartiments.

— Qu'est-ce que c'est ? s'enquit-elle en désignant la grande feuille de vélin.

Il tira sur le plan, envoyant valser sur le plancher ceux de la diligence.

— C'est une idée que j'ai eue à propos d'un système de plomberie qui devrait révolutionner la prévention des incendies dans des grandes demeures comme celle-ci.

Andrew inclina la tête, et des mèches châtains vinrent balayer son front. De l'index, il traça des lignes sur le plan tout en expliquant :

— Là, une pompe aspirera l'eau d'une source extérieure ; l'eau sera mise en réserve dans cette barrique reliée à ces tuyaux fixés au plafond. À la première alerte, il n'y aura qu'à tirer cette manette et l'eau emplira les tuyaux, éteindra le feu, sauvant ainsi la maison et ses habitants.

Il fit glisser le dessin pour lui en montrer d'autres.

— Et ceci…

— Lord Andrew ?

Surpris, il coula vers elle un regard légèrement impatient. Celsie avait ramassé les plans de la diligence et les considérait avec beaucoup d'attention.

— Auriez-vous des maquettes de vos inventions ? demanda-t-elle. J'adorerais les voir.

— De la diligence uniquement. Elle se trouve dans les écuries. Hélas, la construction de pareils engins est bien moins excitante que leur conception.

— Certes…

Elle eut un moment d'hésitation avant d'exprimer son admiration.

— Vous avez fabriqué une machine volante. Vous avez fait sensation en vous lançant à son bord du toit de ce château, l'an dernier. Tout Londres en a parlé. Le roi n'avait, paraît-il, jamais rien vu d'aussi spectaculaire.

Avant même d'achever sa phrase, Celsie comprit qu'elle avait commis une erreur. Andrew se rembrunit. Troublé, il se remit à fourrager dans ses papiers. Ses gestes se firent plus brusques.

— Mon engin volant fut un échec cuisant, dit-il d'un ton catégorique.

— Mais il vous a sauvé la vie, ainsi qu'à votre frère Charles.

— Il n'a pas fonctionné comme prévu.

— Vous en construirez un autre, alors ?

— Non. J'ai d'autres idées qui seront bien plus utiles à la société.

Un court silence plana. Celsie posa enfin la question qui lui brûlait les lèvres.

— Pourquoi le duc a-t-il prétendu que vous faisiez des expériences sur les animaux ?

— Je vous l'ai dit tout à l'heure : pour m'embêter.

— Il y a une chose qui m'échappe.

Elle regarda Esmeralda, qui s'était couchée au pied de son maître, ses épaules et son dos soyeux appuyés contre les chevilles nues d'Andrew.

— Votre frère, continua-t-elle, m'a confié que vos chiens n'étaient pas toujours dans leur état normal.

Il haussa d'abord un sourcil perplexe. Puis il eut un sourire qu'il peina à masquer. Pour la première fois, Celsie remarqua qu'il avait une irrésistible fossette au menton.

— Ah… ça ! fit-il, énigmatique.

— Quoi, ça ?

Lord Andrew entreprit soudain de mettre de l'ordre dans ses croquis, les empila, tapota les bords de la pile pour qu'elle soit bien nette. Manifestement, il évitait son regard. Néanmoins, il lui répondit :

— L'autre jour, j'ai découvert quelque chose par accident. J'étais en train de préparer une solution, et j'avais l'esprit ailleurs. Je ne me souviens pas vraiment de ce que j'ai mélangé, mais un peu plus tard, Lucien et moi nous sommes disputés, Esmeralda et Boudin, le bouledogue de ma sœur, se sont agités eux aussi, et cette fichue mixture est tombée par terre.

Il émit un juron inaudible et poursuivit :

— À peine avais-je le dos tourné que les chiens se sont mis à lécher le sol.

— Oh, s'exclama-t-elle, Dieu du ciel…

— Oui, j'ai eu la même réaction. J'ai essayé de les arrêter mais c'était trop tard, ils avaient déjà ingéré un peu de ce liquide. Et l'instant d'après, ils étaient en train de…

— En train de quoi ?

À l'étonnement de Celsie, Andrew rougit pour de bon.

— Eh bien, ils… euh… ils s'accouplaient.

— Oh ! Esmeralda était-elle en chaleur ?

— Non, pas du tout.

— Et pourtant, ils…

Elle acheva sa phrase d'un geste.

— Absolument, répondit-il.

— Doux Jésus ! Lord Andrew, vous avez découvert un aphrodisiaque ! L'avez-vous testé sur d'autres… hum…

— Ça ne va pas la tête ? riposta-t-il en roulant des yeux indignés. Je ne suis pas le monstre que vous croyez.

— Je suis curieuse, c'est tout. Vous rendez-vous compte de la valeur que pourrait avoir cette trouvaille ? Imaginez les applications possibles !

— Je préférerais être reconnu pour ma diligence ou mon système de plomberie, dit-il d'un ton soudain austère.

— Je ne voulais pas vous offenser…

— Cette découverte était purement fortuite. J'aurai beau me démener, je ne saurai pas recréer cette potion. Par conséquent, elle n'a aucune valeur.

— Puis-je la voir ?

— Elle est en sécurité dans le coffre-fort de Lucien.

— La totalité de l'aphrodisiaque ?

— Quasiment.

— Oh, lord Andrew, seriez-vous prêt à m'en vendre un peu ?

Incrédule, il la dévisagea.

— Pour quoi faire ?

Ce fut au tour de Celsie de piquer un fard.

— Voyez-vous, je possède un somptueux étalon qui, malheureusement, n'a pas une grande passion pour les juments. Il est superbe – une ossature parfaite, une belle encolure et une intelligence hors du commun. J'aimerais qu'il se reproduise afin qu'un poulain hérite de ses qualités. Mais comme il refuse de monter une jument… Quelques gouttes de votre solution miracle feraient peut-être l'affaire…

— Et vous m'accusez de mener des expériences sur les animaux ? Vous ne manquez pas de culot ! s'exclama-t-il, outré.

Celsie s'empourpra de plus belle.

— J'adore mon cheval ! Jamais je ne lui donnerais quelque chose susceptible d'affecter sa santé.

Il eut une moue dubitative. Elle renchérit :

— Et pour vous le prouver, je vous mets au défi de me faire essayer votre soi-disant aphrodisiaque ! Je parie qu'il ne provoquera aucune réaction chez moi. Vos chiens étaient seulement d'humeur ardente, voilà tout.

— Vous souhaitez goûter l'aphrodisiaque ?

— Absolument ! J'en prendrai pour vous démontrer que je n'administrerais jamais à mes animaux un produit que je n'aurais pas testé moi-même.

Il la fixa un instant, semblant peser le pour et le contre.

— Non, déclara-t-il.

— Et vous me traitiez de lâche ?

— Je n'ose pas imaginer les conséquences d'une telle expérience.

— Auriez-vous peur que j'abuse de vous ? dit-elle dans un éclat de rire, avant de chasser aussitôt cette idée aussi absurde que choquante. Allons, je vous connais à peine. N'ayez crainte, je ne me jetterai pas dans vos bras.

Il se mordilla les lèvres, visiblement tiraillé par le doute, songeant au défi que lui lançait Celsie, peinant à prendre une décision.

— Je vous paierai une fortune pour quelques gouttes, milord. En guise de gratitude, je vous offrirai un des poulains de Sheik.

— Vous ne plaisantez donc pas...

— Ai-je l'air de plaisanter ?

Il haussa les épaules.

— Parfait, répondit-il avant de se diriger vers une armoire vitrée et d'insérer une clé dans la serrure de la porte. Vous ne direz pas que je ne vous ai pas prévenue.

6

Andrew sortit de l'armoire la précieuse fiole. Comme il avait une fâcheuse tendance à oublier où il rangeait les choses, il avait choisi de confier les trois quarts de la solution à son frère. Il en avait conservé quelques dizaines de millilitres pour un examen ultérieur. Les gaspiller pour un pari avec lady Celsiana ne l'enthousiasmait pas... même si elle était la seule femme avec sa sœur à s'intéresser à ses recherches et à ne pas avoir bâillé d'ennui tandis qu'il lui montrait son laboratoire. Même si elle était la seule dont il ne détestait pas la présence ici...

Expérimenter la formule sur un être humain relevait de l'examen approfondi qu'il envisageait, se dit-il. L'idée lui parut soudain infiniment plus séduisante – d'un point de vue scientifique, bien sûr.

Son futur sujet d'étude n'avait pas bougé. Le port altier, lady Celsiana ne semblait pas le moins du monde inquiète. Dans ses yeux brillait une lueur de défi. Elle était sans doute résolue à lui prouver qu'il avait tort, que cet élixir n'avait rien d'aphrodisiaque.

Et si la potion faisait effet ?

Brusquement, Andrew regretta de ne pas s'être vêtu décemment – de ne pas s'être vêtu, tout court – et de se tenir devant elle avec pour seul habit une courtepointe nouée lâchement autour de la taille. L'accouplement d'Esmeralda et de Boudin n'avait peut-être été qu'une coïncidence, songea-t-il pour se rassurer. Et même s'il avait bien créé un aphrodisiaque, il s'était probablement écoulé assez de temps pour qu'il perde de son efficacité. Lady Celsiana Blake boirait la solution et rien ne se produirait.

Il versa de l'eau dans un verre, tapota la fiole pour que quatre gouttes du précieux liquide tombent, puis lui tendit le breuvage.

Leurs regards se rencontrèrent. L'espace d'une fraction de seconde, il lut dans le sien l'hésitation, la nervosité, qu'elle masqua par un geste ostentatoire : elle fit mine de porter un toast et avala d'un trait sa boisson.

— Voilà, dit-elle, triomphante, en lui rendant le verre vide. Je l'ai bu et je me sens normale.

— Je suis heureux de l'entendre.

— Je n'éprouve ni le besoin de vous arracher cette courtepointe, ni celui de vous violer, ni...

Elle s'interrompit soudain, cligna des paupières et porta une main à sa gorge – laiteuse, ravissante, féminine. Puis elle leva vers Andrew des yeux écarquillés. Ses doigts glissèrent lentement, allèrent effleurer le galbe d'un sein.

— Je me sens bizarre, avoua-t-elle, visiblement inconsciente de l'endroit où se trouvait sa main.

Mais Andrew, lui, était subjugué par les gestes de lady Celsiana. Ses doigts fins dessinèrent un cercle sur la soie vert céladon de son corsage, au travers duquel pointait un mamelon dressé par le désir. Andrew déglutit, tellement hypnotisé qu'il en oubliait de respirer.

Les joues rosies par l'émotion, les paupières alanguies, elle lui jeta un regard timide. De nouveau, il déglutit bruyamment. Quand elle s'humecta doucement les lèvres, Andrew sentit son cœur battre plus vite. En un geste non moins troublant, elle tira sur le haut de son corsage, laissant entrevoir la fine chemise qu'elle portait en dessous.

— Qu'est-ce que... balbutia-t-elle, le souffle coupé. Que contient cette solution ?

— Je vous l'ai dit : je ne m'en souviens pas.

— Hum… ce n'est pas grave, susurra-t-elle. Ce qui importe, c'est ce que cela provoque en moi.

— Et qu'est-ce que cela provoque en vous ? articula-t-il avec peine.

Il déploya un gros effort pour se rappeler l'enjeu scientifique de cette expérience, la raison pour laquelle il avait accepté sa proposition.

« Garde les pieds sur terre », s'ordonna-t-il.

Hélas, tout son sens critique semblait lui échapper.

— J'ai des fourmillements, chuchota-t-elle.

Andrew ne réussit qu'à répéter bêtement les mots de lady Celsiana.

— Des fourmillements ?

— J'ai chaud, précisa-t-elle – ses joues étaient cramoisies. Je… je ne sais comment vous décrire cela. J'éprouve une drôle de sensation au creux des reins…

— Je… je vois…

Une violente érection s'empara de lui. À mesure que son pouls s'accélérait, sa volonté s'éclipsait derrière un paravent de pensées brumeuses. Il parvint toutefois à conserver une miette de self-control.

— Je ferais mieux de vous conduire à votre frère.

— Mais je ne veux pas, s'écria-t-elle, tout en portant sa main gauche à sa chevelure.

D'un geste presque magique tant il fut bref, elle libéra ses cheveux de ses épingles. Renversant la tête, elle fit cascader son épaisse chevelure sur ses épaules, dans son dos, sur son buste. Ses yeux verts brillants de désir, elle le gratifia d'un sourire enjôleur.

— J'ai envie de vous.

— Lady Celsiana, vous n'êtes pas dans votre état normal. Vous ne savez pas ce que vous dites.

— Oh que si !

Nonchalante et féline, elle s'approcha de lui, pareille à une chatte réclamant un câlin.

— Et je sais ce que je fais, ajouta-t-elle en lui prenant la main pour la poser sur son sein. Oh, je me sens mieux, beaucoup mieux. Je vous en prie, Andrew, donnez-moi du plaisir. Vous voulez bien me caresser là où j'éprouve ces fourmillements ?

— Dieu du ciel...

— Laissez Dieu en dehors de ça, dit-elle dans un rire argentin et provocant.

Sans pudeur mais avec sensualité, elle libéra son sein de son carcan de soie. Andrew contempla le mamelon enflé, rose vif, aussi ferme qu'un pépin de pomme. Fascinée, les yeux rivés sur son sein, Celsiana le souleva et l'offrit effrontément au regard d'Andrew.

— Regardez! dit-elle avec un petit gloussement.

Ça! Il n'avait pas attendu qu'elle le lui demande pour regarder. Et il était pris d'une irrépressible envie de toucher le fruit défendu...

— Pourquoi mon mamelon est-il dressé comme ça?

— Parce qu'il... il veut... hum... il a besoin de...

— De quoi a-t-il besoin?

— De rien.

— Comment cela, de rien? fit-elle avec une candeur désarmante.

Andrew demeura figé, un poing serrant nerveusement la courtepointe. Il s'interrogeait. Fallait-il qu'il parte en courant avant qu'il ne soit trop tard, pour lui comme pour elle? Il n'eut pas le loisir de réfléchir plus longtemps, car elle s'était approchée... tout près de lui. Leurs corps se rencontrèrent. Celsiana leva la tête pour mieux le regarder, appuya son sein sur son torse nu et poilu.

L'air amusé, Esmeralda se leva, gagna la porte à pas feutrés, l'ouvrit d'un coup de museau et sortit.

Le battant resta entrouvert.

Seigneur...

Celsiana se débarrassa d'un de ses souliers et fit glisser sa jambe sur le mollet d'Andrew, qu'elle caressa avec ses orteils. La sensation du bas de soie frottant contre sa jambe l'excita au point que son érection parut vouloir déchirer la courtepointe.

Respirant avec peine, il jeta un coup d'œil paniqué à la porte entrebâillée.

— Lady Celsiana...

— Allons, Andrew, vous n'aimez pas cela ?

— Cette fichue porte n'est pas fermée !

— Personne ne viendra. D'ailleurs, il faut vivre dangereusement, non ?

Elle s'écarta suffisamment pour modeler de ses doigts le dessin de ses pectoraux, effleurer un mamelon, parcourir le chemin de poils le long de son ventre jusqu'à…

— Milady, s'il vous plaît, essayez de vous maîtriser !

— Pourquoi ? L'envie de vous toucher m'a démangée dès l'instant où je vous ai vu dans votre lit. Vous savez que vous êtes extrêmement bien bâti ? Ces muscles tendus, cette silhouette masculine… Finalement, je suis ravie que vous ne portiez aucun vêtement.

— Il faut arrêter ça tout de suite !

— Arrêter quoi ? Oh, Andrew, lâchez cette courtepointe. Laissez-moi voir si le reste est aussi magnifique que ce que j'ai déjà vu.

— Non, ce n'est pas une bonne idée.

Le souffle lui manqua lorsqu'il sentit les doigts de Celsiana se promener sur la courtepointe, qu'il agrippait comme un bouclier. S'attardant sur une hanche, elle le gratifia d'un sourire où se mêlaient provocation et timidité.

— Bien sûr que si, répliqua-t-elle. C'est une excellente idée. Vous n'avez rien à cacher, n'est-ce pas ?

Elle tira sur la courtepointe, mais il résista, crispant une main tremblante sur le nœud près de céder.

— Et c'est moi que vous traitiez de lâche ? fit-elle, mutine.

Andrew émit un grommellement. Il perdait tout contrôle de soi, de son corps, malgré les efforts surhumains qu'il déployait pour résister à la tentation. Les muscles de son torse lui semblaient se liquéfier sous les baisers de Celsiana, qui lui coulait des regards lascifs. Elle lui caressa l'abdomen, descendit encore, alla taquiner le bord de la courtepointe.

Une courtepointe à laquelle il s'accrochait comme un naufragé s'accroche désespérément à sa bouée de sauvetage.

« À l'aide ! » songea-t-il confusément. Il esquissa un pas en arrière, se demandant s'il pouvait encore s'échapper et sachant pertinemment qu'il ne le voulait pas.

Ce qu'il voulait, c'était...

Quand il recula de nouveau, elle s'avança. Il sentit derrière lui le bord de sa table de travail. Et Celsiana se mit à effleurer son sexe, qui vibrait sous la courtepointe et qu'il ne pouvait évidemment pas empêcher de durcir sous l'audacieuse caresse.

— Oh, s'extasia-t-elle, les yeux écarquillés, voilà qui est intéressant !

— Je vous en prie, milady, recouvrez vos sens. Je... je vous préviens, vous le regretterez. Ce n'est pas... bredouilla-t-il. C'est...

Elle referma ses doigts autour de son sexe. Il sentit ses genoux flageoler.

— C'est merveilleux, conclut-elle à sa place.

De sa main libre, Andrew se cramponna à la table. Le contact du bois sous ses doigts était la seule chose qui l'ancrait dans la réalité.

— N'est-ce pas, lord Andrew ?

— Que voulez-vous dire ? parvint-il à demander dans un murmure.

— N'est-ce pas merveilleux ? insista-t-elle. Allons, ôtez-moi cette courtepointe.

— Non, milady, vous le regretterez, répéta-t-il. Nous le regretterons tous les deux.

En guise de réponse, elle continua de caresser à travers l'étoffe son membre turgescent, le serrant dans sa paume. S'il ne se maîtrisait pas, il allait exploser. Et soudain, il abdiqua. Qu'elle lui arrache donc cette courtepointe ! Dans un soupir, il lâcha l'étoffe et ferma les yeux. Il sentit la douce chevelure de Celsiana contre son ventre, ses mains qui soupesaient ses bourses.

Les sens à la dérive, Andrew cessa de résister.

Elle lui prit la main. Il s'agenouilla avec elle et l'embrassa fougueusement.

Leurs corps unis heurtèrent une pile de dessins. Dans un grommellement, Andrew appela à la rescousse le peu de discernement qu'il lui restait pour échapper à l'impitoyable séduction de la jeune femme, mais il fut bien incapable d'entendre la voix de la raison. D'une main, il s'empara du pied d'un haut tabouret comme s'il s'agissait d'un possible rempart contre la passion. Hélas, il était déjà pris au piège de son propre désir. Il relâcha le pied du tabouret et se laissa aller. Puis, saisissant Celsiana par la taille, il la fit asseoir sur lui et glissa une main gourmande sous ses jupons, le long de ses cuisses aussi douces que de la soie.

Oh, oui, elle a raison, c'est si bon...

Elle émit un gémissement de plaisir quand ses doigts fureteurs touchèrent sa toison humide et se glissèrent entre les deux lèvres infiniment délicates et tendres de son intimité.

— Oh, oui, soupira-t-elle en couvrant le front d'Andrew de baisers fervents.

Andrew prit alors possession de sa bouche, se délecta de la douceur innocente de Celsiana. Sa respiration se fit plus saccadée. Il sentit courir sa paume de son ventre à son sexe dur comme du marbre. Quand, soudain, du bout du pouce, elle lui caressa le prépuce, il ouvrit grand les yeux et, d'un geste brusque, attrapa le pied du tabouret.

Le tabouret chancela, heurta sa table de travail avant de tomber près de son oreille dans un fracas assourdissant. Un bécher chuta à son tour, entraînant à sa suite quelques bouteilles ainsi qu'une tasse à moitié pleine de thé.

— Par tous les saints ! souffla Andrew avant de refermer les yeux.

Celsie émit de petits soupirs aigus annonciateurs d'un orgasme tout proche. Cela suffit à Andrew pour s'immerger de nouveau dans une vague de plaisir. Dans un élan frénétique, il la saisit par la taille, l'assit sur son inflexible virilité et entreprit un langoureux va-et-vient. S'abandonnant tout entière, Celsie s'exclama :

— Oh, oui... c'est ce que je voulais... Oh oui, continuez... je vous en prie... encore...

Elle répondait à ses assauts par une pluie d'ardents baisers sur les joues de son amant, ses lèvres, sa nuque. Elle lui mordilla le lobe de l'oreille et susurra :

— Oh, Andrew, plus vite…

Sa jupe et ses jupons étalés autour d'elle comme les pétales d'une fleur, ses cheveux dansant au rythme de leurs ébats, elle se contracta sur le sexe turgescent d'Andrew.

— Encore…

Dans un coup de reins frénétique, il répandit en elle sa semence. Celsiana s'arc-bouta et jouit avec lui, les mains agrippées à ses épaules.

Tandis que se dissipaient les brumes doucereuses de la jouissance, chacun reprit sa respiration et ses esprits. Puis il y eut un instant de silence stupéfait, qu'une voix familière provenant du pas de la porte vint briser.

— Dieu du ciel ! En voilà une drôle d'expérience !

Plongé dans un abîme de confusion, Andrew dirigea son regard vers le seuil de son laboratoire. Le duc de Blackheath se tenait là, une poignée de domestiques à ses côtés. Hébété, Andrew découvrit également le frère de Celsie, le comte de Somerfield, raide comme la justice, qui le fusillait du regard.

— Par les cornes du diable ! jura Andrew.

Comme pour se masquer la réalité de sa situation, il plaqua une main sur ses yeux et se laissa tomber en arrière sur le plancher.

7

— Espèce de salopard! grogna Gerald en dégainant son épée et en pénétrant dans le laboratoire au pas de charge. Je vais vous tuer pour ce que vous avez fait, le Ciel m'en soit témoin!

Lucien, d'un calme olympien, saisit le bras de son hôte avant qu'il ne décapite son frère.

— Allons, allons, Somerfield, si vous tenez tant à le tuer, attendez d'être dehors. Vous ne verserez pas de sang sur ce beau parquet tout neuf.

Il scruta le couple surpris dans ses ébats. Couché sur le dos en tenue d'Adam, son frère arborait un air affligé. Partiellement dénudée, lady Celsiana était assise à califourchon sur son amant.

— En outre, je suis sûr qu'Andrew a une explication parfaitement rationnelle à tout ça, n'est-ce pas? fit-il avec un sourire diabolique.

— Ah, ça oui! riposta Andrew en jetant un regard torve sur les intrus.

— Je t'écoute, dit Lucien d'un ton mielleux.

— Elle a bu cette fichue potion.

— Quelle potion? rugit Somerfield.

Lucien s'avança pour ramasser la courtepointe et la jeter sur le couple.

— Mon frère a découvert un aphrodisiaque, répondit-il, désinvolte, comme si de telles découvertes étaient monnaie courante dans le monde des inventeurs.

Les bras croisés, une esquisse de sourire au coin des lèvres, il considéra Andrew d'un air condescendant.

— Vraiment, tu me déçois. Je n'aurais jamais pensé que tu testerais cette dangereuse mixture sur une innocente jeune femme.

— Je n'y suis pour rien. C'est elle qui a insisté pour l'essayer.

— Qu'est-ce que vous racontez là ? s'écria Somerfield. Comment osez-vous accuser ma sœur d'un acte aussi... vulgaire ?

Andrew darda sur son nouvel ennemi un regard noir.

— Votre sœur n'est plus une innocente jeune fille, désormais, annonça-t-il. D'ailleurs, je me demande si elle l'a jamais été.

Celsie releva soudain le menton. Posant une main sur le sol pour se redresser, elle cligna des paupières, puis jeta un regard autour d'elle. Sa confusion première laissa peu à peu la place à un air horrifié.

— Doux Jésus... murmura-t-elle. Qu'est-il arrivé ?

— Vous avez abusé de moi, lui répondit Andrew.

— Quoi ?

— J'ai dit que vous aviez abusé de moi, milady.

— Pareille accusation mérite la mort, Montforte ! cracha Somerfield en brandissant son épée.

Lucien poussa un soupir ennuyé et agrippa de nouveau la manche de son hôte.

— Vu les circonstances, Somerfield, je pense qu'il serait sage de nous retirer dans la bibliothèque. D'une part, cela vous donnera le temps de vous calmer. D'autre part, cela permettra à nos jeunes amants de recouvrer leurs esprits ainsi que leur dignité. Andrew ? Je te propose à toi et lady Celsiana de nous rejoindre dans un quart d'heure. Nous trouverons, j'en suis certain, un moyen de satisfaire les deux parties.

— Moi, je camperai sur mes positions, maugréa Somerfield en menaçant Andrew de son arme.

Cette fois-ci, l'étincelle badine disparut du regard de Lucien.

— Somerfield, vous commencez à m'agacer sérieusement. Si vous faisiez preuve d'un peu de retenue, cela arrangerait tout le monde. À présent, suivez-moi. Je pense qu'un verre de cognac vous calmera. Vous pourrez ainsi affronter le problème avec sang-froid et maturité.

Tirant le comte irascible par le bras, Lucien regagna la sortie. Parvenu sur le seuil, il jeta un coup d'œil par-dessus son épaule. Andrew vit alors dans les yeux noirs de son frère une lueur triomphante qu'il connaissait bien.

Le duc esquissa un petit sourire et s'en fut.

— Salopard, grommela Andrew dans sa barbe.

Il aurait parié tout ce qu'il possédait que son aîné était, d'une façon ou d'une autre, l'instigateur de cette catastrophe.

Le «moyen de satisfaire les deux parties» que suggéra Lucien, une fois qu'Andrew et Celsie, mortifiée et en rage, se furent assis dans la bibliothèque, était ni plus ni moins le mariage.

Songeur, Lucien contemplait le couple. Chacun s'était assis le plus loin possible de l'autre et semblait bouillir d'une colère contenue.

— Indépendamment des circonstances exceptionnelles qui ont mené à cet acte, commença Lucien à l'intention de son benjamin, il est clair que tu as compromis cette jeune femme.

Andrew, désormais habillé, refusa le verre de cognac que lui tendait son frère aîné. Les mâchoires serrées, il demeura immobile, le regard braqué sur l'immense fenêtre à meneaux. Lucien enchaîna :

— Tu lui as pris sa virginité, lui ôtant toute chance de faire un bon mariage. Par conséquent, je te conseille d'agir en homme d'honneur.

Andrew bondit sur ses pieds.

— Je ne l'épouserai pas.

Celsie l'imita.

— Quant à moi, je refuse de l'épouser !

— Asseyez-vous ! Tous les deux ! ordonna le duc, irrité. Bon sang, je ne vous ai quand même pas condamnés à la potence !

— J'ai dit que je ne l'épouserai pas, répéta Andrew avec feu.

— Il est hors de question que je me marie avec *lui*.

— Bon, reprit Lucien en souriant et en regardant le comte. Que suggérez-vous que nous fassions, Somerfield ?

— Il a compromis ma sœur ! S'il est un gentleman digne de ce nom...

— Ce n'est pas moi qui lui ai demandé d'avaler cette satanée potion ! riposta Andrew.

— Mais c'est vous qui l'avez inventée !

Celsie commençait à perdre patience.

— Messieurs...

— Vous ne l'avez pas empêchée de la boire, coupa Gerald.

— Messieurs... protesta Celsie avec plus de véhémence.

— Et je vous rappelle que vous étiez complètement nu sous elle, tonna Gerald en avançant d'un pas, les poings crispés.

Celsie posa brutalement son verre sur la table basse.

— Seigneur Dieu ! Cessez donc de parler de moi comme si j'étais invisible, comme si je n'avais pas de cerveau, comme si je n'étais rien d'autre que... qu'une puce à l'oreille d'un toutou !

Elle se tourna vers son frère.

— Gerald, je te le répète, c'est moi qui ai demandé à lord Andrew la potion. Je doutais de son efficacité. Je suis seule fautive dans ce... cette histoire, et je m'insurge contre une union aussi absurde qu'inutile.

— Et si tu es enceinte ? s'écria Gerald.

— Si tel est le cas, c'est ma faute et non celle de lord Andrew. Il ne m'a pas obligée à... à...

— ... abuser de lui, conclut Lucien obligeamment, en remplissant de nouveau son verre.

— Inutile d'être aussi cru, Lucien ! explosa Andrew tandis que Celsie piquait un fard.

— Je me contente de répéter les termes que tu as employés tout à l'heure.

— Ai-je abusé de vous ? demanda Celsie d'une voix où commençait à percer la terreur.

Ce fut au tour d'Andrew de rougir.

— Ne me dites pas que vous ne vous en souvenez pas.

— Je me rappelle avoir ouvert les yeux et m'être étonnée de me voir...

— ... à califourchon sur mon frère, acheva Lucien.

— Morbleu, Lucien !

— Je vous remercie, monsieur le duc, de décrire la situation avec tant d'élégance, railla Celsie, ulcérée.

Blackheath inclina légèrement la tête avant de lever son verre à la santé de son interlocutrice, laquelle darda sur Andrew un regard où luisaient la colère et le désarroi. Elle vit dans ses yeux une chaleur éphémère. Puis, les mâchoires crispées, il détourna le visage. Il n'était pas moins victime qu'elle de cet incident. Il l'avait dissuadée de boire la potion. Avant cela, il avait même refusé de lui en céder pour son étalon. Mais elle n'avait pas pris au sérieux sa mise en garde. Elle avait cru qu'il la défiait. Et voilà où tout ça les avait menés.

— Vous n'avez pas répondu à ma question, lord Andrew.

Il s'éclaircit la gorge.

— Eh bien, disons que vous vous êtes conduite comme un prédateur.

— Avez-vous résisté ?

— Voyons, Celsie ! protesta Gerald.

— Je vous écoute, insista-t-elle.

— Euh... au début, oui. Mais pour être tout à fait honnête, milady, vous étiez plutôt... persuasive.

— Oh, doux Jésus... gémit-elle en portant ses mains à son visage.

Mais elle ne tarda pas à relever le menton et regarda Andrew droit dans les yeux.

— Puisque votre honneur est entaché, c'est à vous de décider de la suite à donner à cette affaire.

— Mais ça ne doit pas se passer comme ça, intervint de nouveau Gerald, soudain blême. Franchement, Celsie, je n'ai jamais rien entendu de plus grotesque.

— Calme-toi, Gerald. Après tout, c'est moi qui ai forcé lord Andrew à me donner la potion, aussi dois-je en assumer les conséquences.

— Je croyais que tu avais oublié ce qui était arrivé ?

— Je me souviens de cette partie-là de notre entrevue.

— C'est quand même lui qui t'a déflorée !

— L'inverse est peut-être vrai aussi.

— J'en doute fort, déclara le duc, plongé dans la contemplation de son cognac. Il y a longtemps qu'Andrew a perdu sa virginité.

Il adressa à son benjamin un sourire entendu.

— N'est-ce pas, Andrew ?

Celsie vit ce dernier tourner une fois de plus son regard vers la fenêtre.

— Vous voyez, ma chère ? L'affaire est entendue.

— Au contraire, riposta Celsie, rien n'est fait. Lord Andrew ? Que décidez-vous ?

— Je me suis déjà prononcé. Avec tout le respect que je vous dois, milady, je n'éprouve ni le besoin ni l'envie de me marier. J'aimerais simplement oublier cette histoire et reprendre le cours de mon existence.

— Je n'éprouve moi non plus ni le besoin ni l'envie de me marier, et je veux également effacer cet épisode fâcheux de ma mémoire. Gerald, s'il te plaît, ramène-moi à la maison. Je commence à avoir mal à la tête.

Le duc sirota son cognac.

— Ma chère, c'est une excuse que vous auriez dû invoquer il y a une heure. Ou plutôt, corrigea-t-il en se tournant vers Andrew, une excuse que *tu* aurais dû invoquer.

En cet instant précis, Celsie nourrit l'envie insensée qu'Andrew poignarde son abomination de frère. Il se redressa prestement. La mine rembrunie, il s'adressa à Lucien :

— Lady Celsiana a formulé son désir, et j'ai dit ce que j'avais à dire. Je m'en vais, à présent.

— Moi aussi, lança-t-elle en se levant de son fauteuil.

— Mais qu'en est-il de l'honneur bafoué de mon frère ? demanda Lucien en haussant un sourcil candide. Ce serait extrêmement embarrassant pour lui si l'affaire s'ébruitait. Imaginez qu'on vienne à apprendre qu'une femme a abusé de lui et qu'il n'a pas apprécié...

— Je n'ai jamais dit que je n'avais pas apprécié, répliqua Andrew.

Lucien poussa un soupir las.

— Ça ne change pas grand-chose. Tu es grand, tu aurais pu l'empêcher d'abuser de toi. Tu es aussi responsable qu'elle dans cette affaire. Non, vraiment, je crois que tu n'as pas d'autre choix que le mariage.

Celsie en avait plus qu'assez. D'un pas résolu, elle s'approcha du duc de Blackheath, qui demeurait affalé dans son fauteuil, un sourire au coin des lèvres.

— Vous êtes sourd ou quoi ? lui demanda-t-elle sèchement. En quelle langue faut-il que je vous le dise ? Je refuse de me marier.

— Vous ne vous rendez pas compte, ma chère, de la gravité de la situation. Si vous m'expliquiez en quoi l'idée d'épouser un si bel homme vous révolte, je recouvrerais sans doute l'ouïe.

— Ce n'est pas votre frère que je rejette, mais le mariage.

Le duc considéra de nouveau sa boisson ambrée.

— Ah, oui... fit-il, énigmatique. Les deux soupirants que vous étiez censée épouser ont rendu l'âme dans des circonstances pour le moins extraordinaires. Si mes souvenirs sont bons, le dernier en date s'est étouffé avec un petit pois. En fait, ce sont plus vos prétendants qui rejettent le mariage que vous...

— Un seul d'entre eux est décédé, répliqua Celsie d'un ton glacial. Vous ne voudriez quand même pas que je porte la guigne au frère que vous aimez tant ?

— Sornettes ! rétorqua Lucien avec un sourire démoniaque. Ce n'est pas un petit pois qui aura raison d'un Montforte. Tu n'as pas peur d'être terrassé par un petit pois, n'est-ce pas, Andrew ?

— Pourquoi aurais-je peur d'un satané petit pois quand quatre malheureuses gouttes de ma potion réussissent à m'envoyer en enfer ?

— Mais ce n'est pas aussi grave que ça le paraît. Cette lady est charmante, non ? murmura Lucien en levant son verre en direction de Celsie. Elle a de l'esprit et assez d'argent pour financer tes désastreuses inventions. Alors, je ne vois pas où est le problème.

— Le problème, c'est que je ne veux pas de femme qui bouleverse mon travail, ma vie. Je n'ai pas le temps de m'occuper d'une épouse.

— Tu aurais dû y penser avant de faire avaler l'aphrodisiaque à lady Celsiana. Tu vas probablement être obligé de grandir un peu et d'élever un enfant. Tu n'es pas têtu et égoïste au point d'oublier qu'un bâtard risque de naître de cette union, n'est-ce pas ?

Celsie abattit une main sur la table basse.

— Cessez de le harceler ! À l'évidence, il ne désire pas m'épouser. Et je vous le dis pour la dernière fois : je refuse moi aussi de me marier !

— Mon frère ne vous plaît pas ?

— Là n'est pas la question. Oh, et puis j'en ai plus qu'assez de cette discussion absurde ! Gerald, je veux rentrer. Tout de suite.

— Celsie...

— Immédiatement. Si tu ne tiens pas à ce que je me mette davantage en colère...

Gerald reposa son verre. Ses yeux étincelaient de rage.

— Parfait. Attends-moi dans la calèche. Je te rejoins dans un court instant.

Après un bref salut à l'adresse du duc, Celsie tourna les talons et sortit de la bibliothèque, laissant dans son sillage un épais silence.

— Voilà qui conclut notre affaire, dit enfin Andrew.

— Ça ne conclut rien de tout, Montforte, rétorqua Gerald.

Toujours dans son fauteuil, Lucien fronça les sourcils.

— Vous avez déshonoré ma sœur. Puisqu'elle s'obstine à ne pas demander réparation pour cet affront, considérez que je le fais pour elle.

— Pardon ? fit Andrew, perplexe.

— Je vous retrouverai demain à l'aube, sur le pré. Les armes décideront de la suite à donner à notre problème. Au revoir, milord.

8

— Ne prends pas cet air affligé, Andrew. Ce n'est qu'un combat à l'épée, à peine de quoi t'ouvrir l'appétit pour le petit déjeuner.

Après le départ de Celsie et du comte, les deux frères s'étaient violemment disputés. Ou, plus exactement, Andrew s'en était pris à Lucien, l'accusant d'avoir orchestré cette débâcle.

Fidèle à lui-même, Lucien était resté nonchalamment assis dans son fauteuil, opposant à la diatribe de son benjamin le calme imperturbable qui le caractérisait.

Le souper s'était déroulé dans une atmosphère électrique. La table avait été desservie par les domestiques depuis longtemps. Les musiciens qui jouaient les mélodies les plus en vogue sur le Continent pour la maisonnée du duc s'étaient eux aussi retirés. La plupart des serviteurs étaient allés se coucher. À cette heure indue – il était minuit passé de dix minutes –, Lucien et Andrew auraient déjà dû regagner leurs appartements respectifs.

— Je suis affligé pour bien des raisons, mais je te rassure, la peur de mourir n'en fait pas partie, répliqua Andrew sans lever le nez du traité d'alchimie qui retenait son attention depuis deux heures.

— Soulagé de te l'entendre dire. Après tout, tu es un Montforte.

Une moue méprisante sur le visage, Andrew donna une chiquenaude à une page et griffonna quelques notes dans le calepin calé contre son coude droit.

— Un Montforte qui a du plomb dans l'aile, marmonna-t-il.

— Ne dis pas de sottises. Quand tu as de nouveau été capable de respirer normalement, tu as passé des heures entières, tous les jours, à travailler d'arrache-pied pour recouvrer tes capacités d'antan. Nous savons tous les deux que tu reviens de loin.

En effet. Après le tragique incendie qui avait endommagé les poumons d'Andrew, Lucien l'avait obligé à accomplir de rudes exercices, à ferrailler avec lui, même lorsqu'il se sentait faible et découragé, incapable de soulever une arme. Andrew répugnait à l'admettre, mais personne n'arrivait à la cheville de Lucien dès qu'il s'agissait de manier l'épée. Aussi, en tant que partenaire d'entraînement, son frère était-il bien placé pour juger de sa dextérité.

— Si tu crois que je vais te remercier, tu te mets le doigt dans l'œil. Je ne suis pas d'humeur. J'en ai marre que tu manipules les gens. Fiche-moi la paix, veux-tu ?

— Oh, Andrew, ne sois pas blessant.

— Laisse-moi te dire une chose : je n'irai plus aux bals ni aux soirées ; je n'assisterai plus à aucune manifestation publique. Je ne suis pas normal, et tu le sais. Jamais je ne le serai. Un de ces jours, on finira par l'apprendre. C'est d'ailleurs un miracle que personne n'ait cillé au bal de charité, l'autre soir.

« Tu es sans doute capable de tout contrôler – sauf peut-être le temps qu'il fait –, mais tu ne pourras pas me protéger si les gens deviennent soupçonneux.

— Je me suis bien débrouillé jusque-là.

— Certes. En tout cas, à partir de maintenant, je resterai à la maison. Je ne suis pas comme toi, Gareth et les autres, je déteste les mondanités. Je n'ai jamais aimé cela. Ces gens du « beau monde », ce ne sont que des flagorneurs, des poseurs qui ne font rien d'autre que parler politique, scandales et mode.

— De quoi veux-tu qu'ils discutent ? Des composants de l'eau potable ? De l'effet de la chaleur sur certains gaz ? De la formule pour calculer la distance

82

qui nous sépare du soleil ? Andrew, ton esprit vogue dans de très hautes sphères, inconnues de la plupart des gens que tu peux rencontrer.

— En effet. Autre chose : je préférerais mourir en combattant Somerfield demain plutôt que de me faire examiner par un autre de tes soi-disant médecins.

— D'accord, concéda Lucien, je n'inviterai plus de médecins ici.

Andrew appuya son front sur sa paume et, d'une pichenette, tourna une page. Il fit un gros effort pour se concentrer de nouveau sur ce mélange aléatoire de substances chimiques qui avait donné un aphrodisiaque et risquait de ruiner sa vie.

Il ne cessait de penser à lady Celsiana Blake, qui avait montré beaucoup d'intérêt pour son travail – les autres femmes qui avaient eu droit à une visite guidée de son laboratoire s'étaient passablement ennuyées.

Puis il se la représenta drapée dans ce qu'il lui restait de dignité lorsque Lucien avait tenté de la forcer à accepter un mariage dont elle ne voulait pas. Courageuse, elle avait pris sa défense, endossant la responsabilité de leur fatal instant d'égarement. N'importe quelle autre femme ne se serait pas gênée pour l'accuser.

— Eh bien, Andrew, lança son frère en repoussant sa chaise, il me semble que nous sommes parvenus à un accord. Peut-être pourrions-nous nous ménager une trêve et nous conduire avec civilité. Je suis las de ces querelles.

— Il fallait y réfléchir avant de jouer les manipulateurs.

— Ce n'est pas un jeu, mon garçon. Tu ne te rends pas compte de la gravité de la situation. Si tu avais été un gentleman digne de ce nom, tu aurais demandé la main de cette jeune femme.

— Je préférerais demander la patte d'un de ses gentils toutous.

— Hum... il est vrai que l'homme qui épousera la belle lady Celsiana cohabitera avec ses chiens, s'il ne s'étrangle pas avant avec un petit pois.

— Ne t'inquiète pas pour moi. Je n'ai pas l'intention de me marier avec elle et je déteste les petits pois.

Andrew referma son ouvrage, se versa une généreuse rasade de cognac et darda un regard noir sur Lucien, assis à l'autre bout de la table.

— Ne te mêle pas de ma vie, Lucien. Je ne te le répéterai pas.

Le duc fronça les sourcils.

— Pardon ?

— Tu m'as très bien entendu.

Andrew laissa planer un silence lourd de sens. D'une voix traînante, il ajouta :

— Grâce ou à cause de toi, Charles et Gareth ont trouvé une épouse. Je ne serai pas le troisième larron à convoler en justes noces parce que tu l'as décidé. Me suis-je bien fait comprendre ?

D'un revers de main dédaigneux, Lucien répliqua :

— Mon garçon, il fallait tôt ou tard qu'ils se marient. Quant à toi… eh bien, comme tu nous le serines à l'envi, la science a besoin de toi. Tu dois inventer de grandes choses. Une femme ne ferait que t'entraver dans ton travail de recherche.

Andrew serra les mâchoires.

Lucien se contentait de répéter peu ou prou des propos qu'il avait souvent tenus lui-même mais, dans la bouche de son frère, ces mots prenaient un accent moqueur qui le hérissait. Il n'eut pas le loisir de lui lancer une repartie acerbe car son frère enchaîna :

— D'ailleurs, je ne t'ai pas demandé de donner à cette jeune femme la fameuse potion. Je ne t'ai pas demandé de la compromettre. Et ce n'est certainement pas moi qui ai forcé son imbécile de frère à te provoquer en duel. Excuse-moi de te rappeler les faits, mais si l'un de nous deux est fautif dans cette histoire, ce n'est pas moi.

Un sourire diabolique courut sur ses lèvres. Il ajouta :

— Que je trouve tout cela amusant importe peu, finalement.

— C'est cela, grommela Andrew dans sa barbe en se servant de nouveau à boire.

— Tu devrais troquer la bouteille contre ton bouquin. Un peu de cognac, ça calme les nerfs avant un duel, mais point trop n'en faut.

— Laisse mes nerfs tranquilles, je ne suis vraiment pas d'humeur.

— Pourvu que ton humeur change d'ici demain matin…

— Elle changera quand toi et les autres cesserez de vous mêler de mes affaires. Je ne demande pas la lune, je veux juste qu'on me fiche la paix.

— Ce n'est pas bien de rester seul.

— C'est l'hôpital qui se moque de la Charité, maugréa Andrew.

— Qu'est-ce que tu viens de dire ?

— Tu m'as parfaitement compris. Tu étais impatient de conduire Gareth et Charles à l'autel, et je suis prêt à parier que je suis le prochain sur ta liste. Mais qu'en est-il de toi ? En tant que duc, tu ne peux pas te soustraire indéfiniment à tes obligations. Tu as des devoirs envers ta famille, ton titre, tes domaines et nos ancêtres.

« Pourtant, tu renâcles à te marier et à donner aux Montforte un héritier. Si tu continues à lambiner, le sixième duc de Blackheath sera le fils de Charles.

— Mum… fit Lucien en se caressant nonchalamment le menton. Ou bien ce sera Charles, le sixième duc…

Andrew plissa les yeux.

— Qu'est-ce que tu racontes ?

— Oh, rien, rien…

Lucien s'était exprimé sur un ton trop désinvolte pour être honnête. Mais Andrew n'eut pas le temps de s'interroger sur la réplique sibylline de son frère. Celui-ci réprima un bâillement et se leva de table.

— Je vais te laisser, car tel est ton souhait. Je monte me coucher, et je te conseille d'en faire autant. Tu devras te lever tôt.

Lucien parvint à l'autre extrémité de la table.

— Plus tôt que d'habitude, oui. Bonne nuit, dit Andrew d'une voix maussade.

Scrutant la silhouette courbée d'Andrew, Lucien s'arrêta pour lui tapoter l'épaule.

— Bonne nuit, mon garçon.

Ses témoignages d'affection étaient rares. Il se serait coupé un bras plutôt que de demander pardon. Andrew tressaillit et, sans quitter des yeux son verre de cognac, repoussa la main de son frère.

Lucien sortit en silence de la salle à manger et s'engagea dans le dédale de couloirs sombres. Il n'y avait pas un chat. L'écho sinistre de ses pas se répercutait sur les murs de pierre tandis qu'il gagnait la tour où se trouvaient ses appartements. Il dépassa les pièces vides où avait logé Charles, puis les anciens appartements, également inoccupés, de Gareth, et ceux de Nerissa, qui dormait du sommeil du juste.

Un jour prochain, il l'espérait, elle quitterait elle aussi le nid de Blackheath Castle, songea-t-il.

Il marqua une courte pause devant la chambre de sa sœur, posa une paume sur la porte. Un petit sourire ému adoucit soudain son air grave. Puis il reprit son chemin, s'arma de courage pour gravir l'escalier où son père s'était rompu le cou, jadis. À ce souvenir, sa vue se brouilla, et des larmes roulèrent sur ses joues.

Vingt ans s'étaient écoulés, et pourtant, cette image le hantait encore. La nuit où, désespéré, il s'était jeté sur le corps inerte de son père lui paraissait si proche ! Saisi d'effroi, il s'était senti subitement accablé par le poids de l'âge adulte, par la responsabilité que représentait un duché séculaire.

Et lorsque sa mère, terrassée par le chagrin, était morte en couches trois jours plus tard, Lucien s'était senti investi d'une mission : s'occuper de ses trois frères et de sa sœur – un nourrisson privé de sa maman.

Il n'avait alors que dix ans, mais il avait dû dire adieu à son enfance. Tandis que les cercueils de ses parents entraient dans le caveau des Montforte, le jeune Lucien avait tenu sa toute petite sœur dans ses bras ; ses frères blottis contre lui, de part et d'autre, sanglotaient. Il s'était alors juré de prendre soin d'eux jusqu'à son dernier souffle. Jamais, au grand jamais, il ne faillirait à sa promesse.

Il privilégierait toujours sa famille. Le duché et la montagne de responsabilités qu'il représentait passeraient au second plan.

Il parvint au sommet de la tour qui abritait les vastes appartements ducaux et pénétra dans l'immense chambre circulaire que perçaient de hautes fenêtres à petits carreaux. De là, on avait une vue imprenable sur les vallées et les Lambourn Downs à des lieues à la ronde. Dehors, le vent de novembre soufflait, lugubre.

Lucien pria son valet ensommeillé d'aller se coucher et, vêtu d'un peignoir de soie noire, s'approcha des fenêtres pour se perdre dans la contemplation de la nuit. Au loin, on distinguait les lumières vacillantes de Ravenscombe.

Il fallut à Lucien un long, très long moment, avant de se glisser entre les draps rêches et froids, dans son immense lit médiéval en chêne sculpté. Il souffla la bougie posée sur la table de chevet mais garda les yeux ouverts, fixant l'obscurité. La pluie se mit à tambouriner contre les carreaux.

C'était dans ce même lit qu'avait dormi chaque lord de Ravenscombe, puis, après que la famille avait gravi un échelon dans l'aristocratie, chaque duc de Blackheath. C'était ce lit qu'ils avaient partagé avec leurs épouses, les duchesses.

Songeur, Lucien poussa un lourd soupir.

Au plus profond de lui, il savait que cette couche n'accueillerait jamais *sa* duchesse.

Non, il n'avait pas peur de la mort. Il n'en avait jamais eu peur. Il craignait seulement de ne pas vivre assez longtemps pour voir son vœu exaucé – ses frères et sa sœur bien-aimés mariés et heureux.

Andrew, tu épouseras Celsiana. Parole ! Je serai là pour le voir.

Au loin dans la nuit, un rossignol entonna son chant mélodieux. Le clair de lune perça les nuages et

9

À l'horizon, l'aurore ornait le ciel de rubans rouges, orange et or. Les Downs, hautes et immémoriales collines du Berkshire, semblaient s'embraser ici et là. La brume avait semé sa rosée, mille gouttelettes pareilles à des diamants qui scintillaient sur les brins d'herbe. Des traces crayeuses signalaient une route ou un chemin menant à une ferme.

Andrew avait préféré ne pas se coucher. Il avait passé la nuit dans la salle à manger, absorbé par ses livres, s'échinant à comprendre la composition de la potion qu'il avait bêtement créée. L'impitoyable quête de réponses était pour lui le seul moyen de dompter ses pensées. Car lady Celsiana avait beaucoup accaparé son esprit durant cette nuit blanche – ce qui n'était pas le cas du duel imminent.

À présent que le jour se levait, ce combat ne représentait qu'une vague contrariété dont il voulait se débarrasser au plus vite. Malgré sa nuit sans sommeil, il ne se sentait pas le moins du monde fatigué.

Le visage renfrogné, ses cheveux bouclés en bataille, il sortit de ses appartements vêtu d'une ample chemise blanche sous un gilet, d'un pantalon de cuir moulant ses cuisses musclées et de bottes cavalières. Tout dans son attitude exprimait l'impatience, l'ennui. Néanmoins, il avait une telle allure que les servantes poussaient des soupirs admiratifs sur son passage.

Peu conscient, comme à l'ordinaire, de l'agitation qu'il provoquait chez le sexe faible, il poursuivit son chemin jusqu'au grand hall, où il trouva Lucien qui l'attendait. Il ne fut pas étonné de voir que le duc, rasé de près et élégamment vêtu de noir, conservait son air imperturbable. Cependant, il y avait sous ses yeux d'imperceptibles cernes.

— Aurais-tu mal dormi ? le taquina Andrew en prenant sous le bras le tricorne que lui tendait son valet.

— Mum, marmonna Lucien, et moi qui pensais que tu serais d'humeur plus aimable ce matin…

— Tant que je ne serai pas délivré de tout ce qui perturbe ma vie, mon humeur ne s'arrangera pas. Et cette lady est un élément perturbateur non négligeable.

— Certes. Mais qu'adviendra-t-il si tu ne sors pas vainqueur du duel ? En admettant que tu survives, l'honneur exige que tu épouses lady Celsiana.

— Dans ce cas, j'espère perdre. À choisir, je préfère la mort au mariage.

Lucien lui adressa un regard faussement compatissant tandis qu'ils descendaient les marches du perron pour monter dans la calèche qui les attendait tout près. Le duc saisit la gazette du matin impeccablement pliée sur la banquette, l'ouvrit et se mit à lire quand le cocher fouetta l'attelage.

Assis face à lui, Andrew garda les yeux braqués sur la pelouse coupée au cordeau tandis que la voiture se mettait en branle. Les eaux des douves sur lesquelles lui et Charles avaient lamentablement atterri, à bord de l'engin volant qu'il avait inventé, scintillaient sous les premiers rayons du soleil. Une fois franchi le corps de garde, l'attelage accéléra l'allure, laissant derrière lui les murailles crénelées de Blackheath Castle.

Lucien restait plongé dans sa lecture. Sa nonchalance ne fit qu'agacer davantage Andrew. Ça ! Il n'y avait que lui pour s'absorber paisiblement dans les nouvelles du pays alors que son frère s'apprêtait à jouer sa vie sur le pré, derrière l'unique auberge que comptait Ravenscombe.

— Ne t'inquiète pas, dit Lucien, caché par sa gazette, dont il tourna une page. D'après ce que j'ai compris,

Somerfield est un piètre épéiste. Allons, mon garçon, haut les cœurs !

— Somerfield est le cadet de mes soucis.

— Dois-je en déduire que tu songes à lady Celsiana ?

Andrew rougit et détourna le regard.

« Par le nombril de Belzébuth ! » jura-t-il en silence. Il se serait fait découper en petits morceaux plutôt que de donner raison à son frère. La mine boudeuse, il fixa la vitre et se laissa bercer par le balancement de la calèche.

Finalement, il poussa un soupir et finit par répliquer :

— C'est autre chose qui me tracasse.

Lucien marmonna un « mum » dubitatif. En proie à la colère, Andrew jeta à son frère un regard meurtrier, mais ses yeux ne rencontrèrent que les feuilles de la gazette déployée.

— Je n'arrive pas à me rappeler ce que j'ai mis dans cette fichue potion. J'ai passé presque toute la nuit à tenter de trouver des réponses, à essayer de comprendre pourquoi la solution a produit ce maudit aphrodisiaque, et je n'ai pas avancé d'un pouce. J'ai voulu garder une partie de la mixture pour l'analyser, mais cela n'a servi qu'à me mettre dans ce pétrin.

Il eut un silence désabusé.

— D'abord, il y a eu l'incendie, reprit-il, et maintenant ça ! Tudieu ! Les mélanges hasardeux de substances chimiques causeront ma perte.

— Peut-être devrais-tu arrêter de jouer à l'apprenti sorcier.

— Espèce de crétin ! Je suis un homme de science. Les expériences que je fais sont aussi vitales pour moi que l'air que je respire.

Lucien ne pipa mot. Andrew était persuadé qu'il souriait derrière sa gazette.

La calèche poursuivait sa route à travers les collines crayeuses. Lorsqu'ils entrèrent dans le petit village de Ravenscombe, Andrew scruta les alentours avec inquiétude et fut soulagé de voir qu'il n'y avait personne. La dernière chose dont il avait besoin, c'était d'un public.

Hélas, son soulagement fut de courte durée.

Comme la voiture ralentissait dans la rue principale, il aperçut des gens derrière les fenêtres de leurs cottages, d'autres qui sortaient de chez eux, d'autres encore qui leur faisaient des signes de la main... et tout le monde allait dans la même direction, celle qu'avait prise leur attelage.

— Crénom de Dieu ! jura-t-il en se redressant sur la banquette.

Lucien abaissa son journal.

— Il y a un problème ?

— Oui. Regarde dehors. C'était censé être une affaire privée, pas un spectacle !

— Mum... oui, répliqua le duc, l'air absent, avant de reprendre sa lecture et de tourner une page dans un froissement terriblement agaçant. Tu n'as pas intérêt à les décevoir. Tu es un Montforte.

— Comment diable se fait-il qu'ils soient au courant du duel ?

— Mon garçon, on ne peut malheureusement pas empêcher les domestiques de parler.

Des paillettes dorées scintillèrent dans les yeux verts d'Andrew. Le regard ténébreux de son frère, lui, demeura impassible.

Avec un juron inaudible, Andrew se renfonça dans la banquette, reprenant sa posture boudeuse. Parvenue au bout de la rue, la calèche tourna à gauche et s'arrêta devant le lieu de rendez-vous. Avec un soupir las, Lucien replia son journal, consulta sa montre gousset et attendit qu'un des valets de pied s'avance pour déployer le marchepied.

Quand les deux frères descendirent de voiture, des exclamations jaillirent de la foule des villageois. Endimanchés pour la plupart, ils portaient leurs enfants sur les épaules. Les chiens tournicotaient autour de leurs maîtres en aboyant, ajoutant à l'atmosphère une touche étonnamment festive, surtout pour une heure aussi matinale. Il y avait même des marchands ambulants qui vendaient des gâteaux. Les villageois ne tardèrent pas à encercler un Andrew bouillonnant de rage, lui adressant des courbettes, lui tapotant l'épaule pour lui souhaiter bonne chance.

L'Intrépide se fit violence pour ne pas tourner les talons, se hisser dans la calèche, rentrer au château et s'enfermer à double tour dans son laboratoire. C'était d'ailleurs ce qu'il ferait, et pas même un cataclysme ne pourrait l'en déloger, dès qu'il en aurait fini avec cette odieuse mascarade.

Le regard fixé droit devant lui, il marcha aux côtés de Lucien jusqu'au pré mouillé de rosée situé juste derrière *La Poularde Folichonne*, l'auberge de Ravenscombe. Les villageois leur emboîtèrent le pas en lui criant des encouragements. Avec stupéfaction, Andrew découvrit d'autres badauds déjà attroupés aux abords du terrain – beaucoup trop de monde à son goût. Tous poussaient des exclamations et buvaient à la santé du futur vainqueur.

— C'est quoi, ce tohu-bohu ? demanda Andrew, obligé de crier pour couvrir la clameur. Je parie que tu es aussi derrière tout ça !

— Cesse donc de m'accuser à tout bout de champ, si tu ne veux pas que je te provoque en duel à mon tour… Ah ! Voilà la calèche du comte. Je vois aussi le cabriolet du docteur Highworth. Bon, finissons-en.

Andrew acquiesça en marmonnant entre ses dents. Il pestait contre le sort qui l'empêchait d'être dans son laboratoire, d'avancer notamment sur son projet de diligence à double compartiment.

— Oui, dépêchons-nous. J'ai du travail qui m'attend à la maison.

Il regarda en direction de la calèche de Somerfield. Où était donc son adversaire ? Il ne vit qu'un vieux chien à la robe blanche tachetée de roux, au noble museau maquillé de givre, tapi derrière une des roues arrière du véhicule et clignant des paupières sous le faible soleil du matin.

Campé devant la portière, un jeune homme plutôt efféminé écarquilla les yeux quand il aperçut Andrew et surtout l'intimidant duc de Blackheath. « C'est sans doute le second de Somerfield », ronchonna en lui-même Andrew. Que le pauvre gars soit pétrifié ne l'étonnait pas. Car il ne ferait pas le poids contre Lucien si, pour une raison ou pour une autre, les seconds devaient se battre.

Puis la portière s'ouvrit… livrant passage à lady Celsiana Blake et non à Somerfield, comme Andrew s'y attendait. Habillée d'une ample chemise et d'une culotte qui moulait ses longues jambes fuselées, elle arborait un sourire confiant.

Le cœur d'Andrew manqua un battement.

— Ça! Pour une surprise, c'est une surprise! murmura Lucien, haussant des sourcils stupéfaits et parlant pour son frère, qui était bien incapable de prononcer un mot.

— Mon frère est indisposé, déclara Celsie, provocante. Je me battrai donc à sa place.

— Quoi? s'écria Andrew, recouvrant subitement la parole.

Les longs cheveux bruns de Celsie étaient coiffés en une queue de cheval qu'elle rejeta en arrière d'un geste effronté. Les mains sur les hanches, elle croisa le regard d'Andrew.

— Vous m'avez très bien entendue. Il est indisposé, répéta-t-elle. Enfin, plus précisément, il est enfermé dans sa chambre au *Lambourn Arms*, l'auberge où nous sommes descendus, un garde en faction devant sa porte.

Un petit sourire joua sur ses lèvres.

— Il est hors de question qu'il risque sa vie pour moi, poursuivit-elle. Après tout, ce n'est pas l'honneur de Gerald qui est en jeu, mais le mien.

— Vous plaisantez? Je refuse de me battre en duel contre une femme!

— Pourquoi? De mon côté, cela ne me dérange absolument pas d'affronter un homme.

— Quelle bouffonnerie! Je m'en vais, s'écria Andrew, fou de rage.

Il pivota et entreprit de regagner la calèche ducale, mais Lucien l'attrapa sans ménagement par le bras.

— Voyons, Andrew, ça ne te ressemble pas de reculer devant un défi, surtout lancé avec tant de panache.

— Mais bon sang ! C'est une femme...

— Mum... oui, je te le confirme.

— Je refuse de participer à cette pantalonnade. J'ai des choses infiniment plus importantes à terminer dans mon laboratoire.

À quelques pas de là, Celsie commençait à ressentir la même gêne, la même amertume qu'au bal de charité, lorsque celui-ci avait tourné au désastre. Non, se tança-t-elle, elle ne flancherait pas. Elle ne lui laisserait pas deviner à quel point son refus la blessait. Une fois de plus, elle souffrait qu'on ne la prenne pas au sérieux. Et dire qu'elle avait pensé qu'il la respecterait assez pour relever le défi ! Mais il était comme les autres hommes, en définitive : condescendant et arrogant. Elle déglutit et redressa fièrement le menton.

— Alors ? s'enquit-elle d'une voix forte, afin que tout le monde l'entende. Si vous partez, vous vous humiliez devant tous ces gens. Ils attendent mieux de vous. Imaginez ce qu'ils vont penser de vous et de votre famille. Un Montforte qui tremble devant une femme !

Les poings crispés, les yeux étincelants de colère, Andrew fit volte-face.

— C'est donc vous qui avez eu l'idée de convier trois cents personnes à ce simulacre de duel ?

— Bien sûr. Je voulais m'assurer que vous ne battriez pas en retraite.

Aux côtés de son benjamin, le duc de Blackheath se tapotait la bouche d'un geste désinvolte, s'efforçant de masquer son sourire à la vue d'Andrew pris au piège.

— J'avoue que je l'ai un peu aidée, déclara-t-il.

— Je ne rentrerai pas dans ce jeu malsain, cracha Andrew.

Hors de lui, il partit en trombe en direction de la calèche ducale. Celsie eut un coup au cœur. Un brouhaha de murmures s'éleva de la foule déçue.

Il ne l'humilierait pas une seconde fois, se jura-t-elle. Quand il fut à mi-chemin, elle déclara :

— Vous êtes peut-être un savant, milord, mais aussi un poltron.

Il s'immobilisa.

— Si vous aviez eu un homme comme adversaire, vous n'auriez pas été si prompt à abandonner la partie, lança-t-elle. Parce que je suis une femme, vous me refusez le respect que vous auriez accordé à mon frère s'il s'était présenté. Parce que je suis une femme, vous pensez que je n'irai pas au-delà de deux ou trois échanges, vous me croyez incapable de défendre mon honneur toute seule. Eh bien, allez-y, retournez à votre cher laboratoire, milord.

Dans ses yeux se lisaient le mépris et la rancœur.

— Les rumeurs qui courent sur votre compte sont probablement fondées, lança-t-elle.

Lentement, Andrew se retourna pour lui faire face.

— Quelles rumeurs ?

— On raconte que vous n'aimez pas vraiment les femmes, si vous voyez ce que je veux dire…

Andrew sentit couler dans ses veines une lave destructrice. Chacune de ses artères parut se dilater dangereusement. Il n'était pas loin de perdre tout sang-froid, d'exploser. D'une voix menaçante, il riposta :

— Mon comportement d'hier envers vous aurait dû chasser ces inepties de votre cervelle.

— Votre comportement d'hier ? Dois-je vous rappeler qu'il est la cause de ce duel, milord ?

Elle se fendit d'une courbette moqueuse, se tourna vers le public qu'elle gratifia d'un sourire éblouissant, puis s'approcha d'Andrew. Il se raidit. Elle dégaina son épée. Visiblement, elle ne céderait pas. Elle se campa devant lui, si près qu'en baissant le regard, il vit ses seins remuer sous sa chemise.

De la pointe de son épée, elle lui effleura le menton, l'obligeant à lever les yeux vers elle.

— Il ne tient qu'à vous de démentir ces rumeurs. Et de me montrer le respect qui m'est dû.

La pointe de la lame toujours braquée sur lui, Andrew déploya un effort surhumain pour contenir sa fureur. Sentant que sa colère était sur le point de balayer toute autre considération, il pria le Très-Haut de lui venir en aide.

Soudain, Lucien, qui se tenait à quelques mètres de la calèche, s'éclaircit la gorge.

— Écoutez-moi. Je viens d'avoir une merveilleuse idée.

Figés sur place, Celsie et Andrew continuaient à s'affronter du regard.

— Et quelle est-elle, monsieur le duc ? demanda Celsie, imperturbable.

— Je crois que mon frère craint simplement de vous tuer. Ou d'être tué. Par conséquent, je suggère que vous vous battiez jusqu'à ce que la première goutte de sang soit versée. Ainsi, le public sera satisfait et votre honneur sauf.

— L'idée n'est pas mauvaise, marmonna Celsie.

— En outre, je vous propose d'ajouter un enjeu. Si vous êtes victorieuse, lady Celsiana, vous n'entendrez plus jamais parler de mariage avec mon frère.

— Et si je l'emporte ? maugréa Andrew.

— Tu gagnes le droit de retourner à ton laboratoire et de n'être plus importuné par le monde extérieur.

— Plus jamais ?

— Plus jamais, répondit le duc avec autorité.

Andrew ne put réprimer un sourire satisfait. Pendant une fraction de seconde, une bouffée délirante s'empara de lui, et il faillit éclater d'un rire tonitruant comme l'aurait fait un aliéné. Oh, ce serait facile de triompher, se dit-il. C'était trop beau pour être vrai. Il lui suffisait simplement d'écorcher sa rivale pour qu'on le laisse en paix. À jamais.

Une minuscule goutte de sang, et plus personne ne le dérangerait.

Oh, oui ! L'offre était trop tentante pour qu'il la rejette.

Soutenant encore le regard provocant de Celsiana, il repoussa calmement l'épée de celle-ci.

— Parfait. J'accepte ce duel.

— Très bien, rétorqua-t-elle. Et lorsque je vous aurai battu, qu'on ne vienne plus m'ennuyer avec cette absurde histoire de mariage. Est-ce clair ?

— Très clair. Quand *je* vous aurai battue, je veux que vous disparaissiez définitivement de ma vie.

10

Monté sur une jument alezane, Gerald, fou de rage, filait au galop vers le terrain où sa demi-sœur se préparait à croiser le fer avec lord Andrew.

Il chargea dans les rues de Ravenscombe, se moquant éperdument des villageois qu'il bousculait ou risquait de piétiner. Il fallait qu'il atteigne le pré à temps pour arrêter cette maudite Celsie avant qu'elle ne gâche tout. Elle l'avait non seulement humilié en le cloîtrant dans sa chambre, mais elle était sur le point de lui ôter la seule chance qu'il avait d'éliminer lord Andrew de Montforte, lequel représentait une réelle menace pour le sauvetage financier de Gerald. Il ne pouvait pas la laisser faire ça. Dieu merci, son valet l'avait trouvé et libéré.

S'il parvenait à tuer Andrew, il n'y aurait plus d'obstacle entre lord Harold de La Queue et la fortune de Celsie. Et si sa sœur s'entêtait à éconduire le baronnet, Gerald chercherait un autre prétendant. Il connaissait nombre de célibataires tout prêts à succomber aux charmes de Celsie... et de sa dot. Le futur marié devrait cependant accepter les conditions de Gerald.

Soudain, il arriva au premier rang de la foule.

— Qu'est-ce que tu fabriques ici ? s'écria Celsie quand il se fut arrêté. Mêle-toi de tes affaires !

— Il est de mon devoir de défendre l'honneur souillé de ma sœur. Lâche cette épée. Tout de suite.

— Gerald, sors du pré immédiatement.

Il mit pied à terre.

Cette querelle devant les Montforte, devant les villageois de Ravenscombe, infligeait un sévère camouflet à son orgueil. Il ne supporterait pas cela longtemps. Poings et mâchoire crispés, il fondit sur Celsie. Luttant contre l'envie de l'étrangler sur place, il gronda :

— Je te rappelle que c'est moi qui ai provoqué en duel lord Andrew de Montforte. Il en a accepté les termes. Tu n'as donc rien à faire ici.

— Ce duel me concerne, c'est donc *mon* duel.

Dans un accès de rage, Celsie frappa du pied et se retourna. « Reprends-toi, s'ordonna-t-elle. Ce n'est pas le moment de flancher. »

À cet instant, Andrew, qui l'observait d'un air à la fois incrédule et compatissant, s'avança vers Gerald. Les deux hommes s'inclinèrent pour se saluer.

— Somerfield, dit Andrew sèchement, n'y voyez pas d'offense mais, en votre absence, les termes du duel ont changé. Je vous propose de vous substituer à votre sœur, à condition que vous vous prêtiez au jeu.

— Et quel est-il, je vous prie ?

— Le premier qui blesse l'autre, intervint Celsie, gagne le droit qu'on le laisse tranquille.

Gerald fronça les sourcils.

— Il s'agit aujourd'hui de punir celui qui t'a défloré. Ta vertu ne vaut-elle pas davantage que deux ou trois gouttes de sang ?

Celsie s'empourpra.

— Je refuse que l'on meure à cause de moi.

— Et si tu avais combattu et, par mégarde, blessé grièvement, voire tué Montforte ?

— Franchement, Gerald, ça me paraît hautement improbable.

Une ombre soucieuse se peignit sur la figure de Gerald. Les villageois commencèrent à s'impatienter. Un fermier grommela :

— C'est pour aujourd'hui ou pour demain ?

— Hé ! J'me suis pas levé aux aurores pour écouter vos chamailleries, renchérit son voisin.

— Ça vient, ce duel ?

Un amer goût de défaite dans la bouche, Celsie pivota et rejoignit la ligne de touche où patientait le duc de Blackheath. Ce dernier souriait, les bras croisés. Comment pouvait-il s'amuser du malheur des autres ? Elle l'aurait volontiers giflé tant il l'énervait.

— Quel dommage... chuchota-t-il, tandis que Gerald confiait sa jument à un villageois et que les deux duellistes se préparaient. J'aurais aimé voir mon frère prendre une déculottée.

— C'est bien ce qui serait arrivé. J'aurais triomphé, pour la bonne et simple raison qu'il ne m'aurait pas prise au sérieux et ne se serait pas battu normalement.

— Au contraire ! Il vous prend très au sérieux, milady.

Celsie ne daigna pas répondre.

— Vous rendez-vous compte, ma chère, que si vous aviez accepté de l'épouser, nous serions tous tranquillement au lit ?

— Je ne l'épouserai pas, rétorqua-t-elle. Le sujet est clos, d'accord ?

— Oui, pardon. À présent, si vous voulez bien m'excuser...

Il s'inclina courtoisement et sortit un élégant mouchoir de soie.

— Apparemment, poursuivit-il, le duel est imminent. En tant que second, j'ai certaines obligations.

— Empêchez-le de lui faire du mal, chuchota-t-elle, s'efforçant de ne pas paraître trop nerveuse.

— De qui parlez-vous ?

— Ne le laissez pas blesser... mon frère.

Il opina et prit congé. Le cœur de Celsie se mit brusquement à battre la chamade. Elle sentit une boule se former dans sa gorge.

Bien sûr que je m'inquiète pour Gerald. Mais... Seigneur... je ne pourrais plus me regarder en face s'il arrivait malheur à Andrew. C'est ma faute si les choses se sont envenimées. Après tout, peut-être est-ce moi qui devrais affronter Gerald...

On frisait le ridicule, se dit-elle, songeuse.

Le malaise s'insinuait en elle, lui engourdissait les sens. Elle s'assit sur l'herbe, cueillit une fleur de pissenlit que le vent avait déplumée. Tout en faisant rouler la tige entre le pouce et l'index, elle prit de profondes inspirations pour se calmer, tandis que des gouttes de sueur coulaient le long de son dos.

« Cesse d'imaginer le pire, se gourmanda-t-elle. Pense à autre chose. Pense au refuge que tu prévois d'inaugurer à Windsor la semaine prochaine, aux écoliers que tu as l'intention d'y emmener pour leur apprendre à s'occuper correctement de leurs animaux de compagnie. Pense à ces malheureux chiens tournebroches que tu délivreras... »

Soudain, tel un épais nuage de brume, des *chut* répétés enveloppèrent l'assistance. La voix distinguée de Lucien récita les règles du duel. Elle l'entendit préciser ce sur quoi ils s'étaient entendus : la première goutte de sang versée marquerait la fin du combat. Alors qu'elle s'obligeait à regarder en direction des duellistes et qu'une terreur inexpliquée s'emparait d'elle, Passoire chemina jusqu'à elle et s'étendit à ses pieds.

Elle l'attira contre elle, réconfortée par sa présence.

— Oh, mon bon vieux Passoire, je n'arrive pas à croire qu'on en soit arrivés là...

— En garde !

Le duel débuta.

Celsie aurait voulu se dérober au cruel spectacle, se ruer jusqu'à sa calèche et se laisser conduire jusqu'aux confins de la Cornouaille, mais elle ne bougea pas.

Autour d'elle, les villageois se mirent à crier des paroles d'encouragement.

Les deux hommes décrivirent des cercles, forçant l'autre à se poster là où le soleil levant l'aveuglerait. Andrew se déplaçait avec une agilité et une grâce redoutables qui firent l'admiration de Celsie. Gerald était visiblement nerveux. Ni l'un ni l'autre ne souriait.

À l'instant où Gerald chargea, elle comprit qu'il ne se battait pas pour une goutte de sang mais pour tuer.

Horrifiée, elle bondit sur ses pieds et faillit franchir la ligne de touche, mais se retint à temps. Ç'aurait été imprudent, et elle ne voulait pas troubler la concentration des duellistes. Gerald attaqua une nouvelle fois, et Andrew, un large sourire aux lèvres, riposta avec une incroyable dextérité. On aurait juré qu'il savourait la partie comme s'il s'était simplement agi d'un petit exercice matinal.

Il jouait au chat et à la souris.

Gerald, pour sa part, ne jouait pas. Il était tellement impatient de donner le coup de grâce que la tactique de son rival lui échappait complètement. Andrew faisait durer le combat, ménageant Gerald, la fierté et la dignité de celui-ci.

Le cœur de Celsie s'emplit de gratitude face à la noblesse du geste d'Andrew. Ses mains étaient si crispées qu'elles s'engourdissaient. Elle tâcha néanmoins de se détendre, afin d'admirer la maîtrise d'un grand épéiste. Un homme beau à se pâmer qui faisait preuve d'une époustouflante agilité. Le même homme grâce auquel elle était devenue une femme.

Scintillant furtivement au soleil, les lames s'entrechoquaient avec fracas, dessinaient des arcs de cercle. La pointe d'Andrew toucha la manche de Gerald et la déchira du poignet jusqu'au coude, mais il n'y eut pas de sang. De plus en plus admirative, Celsie comprit qu'il l'avait fait exprès. Ce n'était pas le moment. Pas encore.

« Que Dieu le bénisse ! » pria-t-elle en silence.

Gerald porta une botte maladroite.

De nouveau, Andrew la contra avec précision. Il frappa d'estoc et déchira l'autre manche de son adversaire. Puis il entreprit de manœuvrer pour conduire Gerald au soleil, se prépara à mettre un terme victorieux au duel… et, brusquement, il vacilla sur ses jambes.

L'épée lui tomba des mains. Son regard, étrangement, se fixa sur la cime des arbres.

— Andrew ! s'écria Celsie, croyant qu'il avait été touché.

— Tricheur ! cracha Gerald. Vous saviez que j'allais gagner. Vous pensiez vous en sortir en feignant d'être blessé, espèce de lâche !

Et tout sembla se précipiter. Le regard absent, Andrew mit un genou à terre. Gerald fondit sur lui, prêt à le transpercer de son épée.

Estomaquée, Celsie vit Lucien surgir de nulle part, rapide comme l'éclair, s'emparer de l'arme gisant sur l'herbe et parer le coup mortel que Gerald destinait à son frère. Le visage exsangue, les yeux exorbités, le regard terrifié, Gerald chancela.

Une soif vengeresse déformait les traits du duc. Contrairement à son frère, il ne jouait pas. À l'évidence, il avait l'intention de tuer Gerald.

— Non ! cria Celsie en se précipitant sur le terrain, tête baissée. Ne le tuez pas ! Il n'est pas de taille à vous affronter. Vous le savez pertinemment.

Le duc ignora sa supplique.

Se redressant, Andrew secoua la tête. Il prit vite la mesure de la situation et blêmit. Tandis qu'il tournait autour de Gerald, l'impitoyable duc esquissa un sourire à glacer le sang.

Celsie s'interposa entre eux. La lame de son frère accrocha sa manche immaculée, qui devint brusquement rouge sang.

— Arrêtez ! hurla-t-elle. Blackheath ! Épargnez Gerald et je jure devant Dieu que j'épouserai votre frère.

11

Il le savait.

L'espace d'une seconde, le temps parut s'arrêter. Celsie se sentit défaillir. Tous les regards étaient braqués sur elle.

Par la Sainte Vierge! Blackheath savait depuis le début que je me sacrifierais pour cet empoté de Gerald. Il comptait sur ma réaction. Sinon, pourquoi aurait-il tardé à éliminer Gerald?

Il attendait que je me rue à son secours!

Ses oreilles se mirent à bourdonner. Trois cents personnes la dévisageaient. Pâle comme un linge, tremblotant, Gerald dardait sur elle un regard meurtrier. Une étincelle triomphante brillait dans les yeux noirs du duc. Quant à Andrew... elle ne parvenait pas à déchiffrer son expression.

Une marée humaine commença à évoluer autour d'elle. Mais la clameur sous son crâne devint telle qu'elle couvrit la rumeur de la foule. Relevant le menton, elle cligna furtivement des paupières pour chasser l'étourdissement qui la guettait. Puis, courageusement, elle entreprit de regagner sa calèche.

Seigneur, je vous en supplie, faites que je ne m'évanouisse pas devant tous ces...

Manifestement, ce n'était pas un jour où le Seigneur veillait sur elle car, à cet instant, elle eut l'impression que le sol se dérobait sous elle. Une douleur aiguë lui mordit le bras. Elle entrevit sa manche souillée de son sang, vacilla...

— Celsiana, vous allez bien?

La voix d'Andrew lui semblait provenir de très loin, alors qu'il n'était qu'à quelques enjambées de là, courant vers elle.

— Celsie?

— Je… je vais m'évanouir, chuchota-t-elle avant de plonger dans les ténèbres… et dans les bras robustes d'Andrew.

Ce dernier, perplexe, n'en revenait pas que l'impétueuse lady Celsiana Blake soit sujette aux vapeurs. Mais il ne pouvait pas lui jeter la pierre. D'une part, elle avait failli assister au massacre de son frère. D'autre part, elle venait de s'engager sur la voie du mariage avec un illuminé. On aurait perdu connaissance à moins.

La compassion, le besoin de la protéger qu'il éprouvait laissèrent la place à la fureur quand il vit Lucien s'approcher, armé de son épée.

— Une riche héritière… murmura le duc, l'air de rien, en rangeant la lame de son frère dans son fourreau. J'ai toujours su que tu ferais un bon mariage. Faut-il publier les bans?

— Va au diable, espèce de sale entremetteur!

La réplique d'Andrew fit pâlir les spectateurs les plus proches. On ne s'adressait pas au duc de Blackheath en des termes aussi insultants! Cependant, Lucien se contenta de hausser un sourcil amusé.

— Modère ton langage, répliqua-t-il sans accorder un regard à Somerfield, rouge comme un coq, qui battait en retraite aussi vite que le lui permettait sa jument. Voyons, Andrew, pourquoi ne reposes-tu pas cette demoiselle? Tout le monde va penser que tu y prends du plaisir. En outre, cela m'étonnerait qu'elle se réjouisse de se trouver dans tes bras, lorsqu'elle recouvrera ses esprits.

— Et toi, pourquoi n'ôtes-tu pas ce sourire satisfait de ton visage avant que je ne le fasse moi-même? grommela Andrew.

— En voilà des façons de parler à celui qui t'a sauvé la vie!

— Tu as raison. J'ai envie de tout sauf de te parler.

Sur quoi, étreignant Celsiana, il tourna les talons et partit en direction de la calèche. Ce besoin de la protéger le troublait plus qu'il ne voulait l'admettre.

— Tu pars chercher une licence spéciale ? lança Lucien, provocant. Cela ne m'étonne pas que tu sois pressé.

Andrew était dans une colère telle qu'il eut l'impression que sa tête allait exploser.

— J'emmène lady Celsiana loin d'ici, loin de ces gens, loin de toi. Elle sera assez choquée comme ça quand elle reprendra connaissance ; je n'ai pas envie qu'elle se retrouve entourée d'une foule d'étrangers qui la dévisagent et la félicitent pour ses noces imminentes.

S'il n'avait pas eu les bras occupés, se dit-il en serrant les mâchoires, Lucien n'aurait pas eu le loisir de fanfaronner ainsi. Jetant à son frère un regard noir, il poursuivit :

— Tu n'es qu'un abject manipulateur, un monstre sans âme. J'espère que tu es fier de toi.

— De t'avoir sauvé la vie ? Oui. Même si je ne crois pas que « fier » soit le terme le plus approprié…

Andrew grommela un juron inaudible et continua de marcher, talonné de près par Lucien qui enchaîna :

— Parfait. File. Mais ne t'en va pas sans remontant, ajouta-t-il en lui tendant la flasque qu'il avait tirée de son manteau.

— Qu'est-ce que c'est ?

— Du cognac. Je l'avais apporté au cas où tu serais blessé.

Andrew parvint à saisir la flasque sans lâcher Celsie et la fourra dans la poche de son gilet. Puis, d'un bon pas, il gagna la calèche ducale, bouillant d'une colère noire – une colère dirigée contre Lucien, contre le sort, contre le fait que les habitants de Ravenscombe, ainsi que la femme qu'il avait dans les bras, savaient désormais qu'il avait un sérieux problème. Mais il se rassura en se disant que les gens n'avaient finalement retenu de ce duel que l'improbable et théâtrale demande en mariage faite par Celsie.

Il installa la jeune femme sur la banquette, grimpa à son tour dans la calèche et fit claquer la portière. Puis il reprit Celsie dans ses bras et cogna au toit du véhicule pour donner le signal du départ.

— Dépêchons-nous! ordonna-t-il.

— Mais monsieur le duc...

— Qu'il aille rôtir en enfer! J'ai dit : dépêchons-nous!

— Où est-ce que je vous conduis, milord?

— N'importe où. Emmenez-nous loin d'ici, et plus vite que ça!

L'attelage se mit en branle. À la faveur d'un large virage, Andrew vit à travers la vitre un océan de visages. Passablement irrité, il tira le store. Les chevaux trottèrent et, quelques instants plus tard, la voiture quittait Ravenscombe à vive allure.

Adossé à la banquette, Andrew tenait son ravissant fardeau, le regard fixé droit devant lui, les mâchoires crispées, le cœur étreint par des émotions qu'il préférait ne pas analyser. Non, il ne la regarderait pas. Peu importait qu'il soit facile de jeter un coup d'œil furtif à sa sublime chute de reins sans qu'elle le sache. Peu importait qu'il brûle d'envie de laisser courir son regard – et ses mains – sur ses cuisses tentatrices que moulait une culotte d'équitation. Peu importait que ces possibilités lui provoquent une érection – la protubérance qui vibrait sous son pantalon frôlait les fesses d'une Celsie inconsciente.

Mais c'était un combat que même l'Intrépide ne pouvait gagner. Lorsque, vaincu, il baissa le menton, ses yeux rencontrèrent ceux de sa protégée – grands ouverts, d'un vert tendre constellé de pépites d'argent. Tout en le contemplant, elle murmura :

— Merci.

— De quoi me remerciez-vous?

— De m'avoir emmenée avec vous.

La nuque posée sur l'avant-bras d'Andrew, elle continua :

— Je ne m'étais jamais évanouie. Devant plusieurs centaines de personnes, qui plus est. Je... C'est tellement humiliant!

Andrew ne dit mot. Il connaissait par cœur cette sensation. Il avait déjà subi pareille avanie.

— Vous sentez-vous mieux, à présent ? s'enquit-il d'un ton bourru.

— Oui. Non… Oh, je ne sais pas. Tout est arrivé si vite que j'en ai encore le tournis.

— Mum… vous n'êtes pas la seule.

Manifestement, il était très en colère, mais elle ne pouvait lui en vouloir. La mâchoire serrée, il regardait le paysage défiler d'un œil dur. Sous elle, elle percevait les battements de son cœur, son torse qui montait et descendait comme une vague au rythme de sa respiration. « Lève-toi, va t'asseoir en face », lui souffla une voix intérieure à laquelle elle répondit : « Dans une minute. Quand je me sentirai un peu plus d'aplomb… »

— Andrew…

Il se raidit.

— Oui ? fit-il sèchement.

— Que vous est-il arrivé, là-bas ?

— Somerfield a failli me tuer, Lucien a failli tuer Somerfield et vous vous êtes jetée dans l'arène, sacrifiant votre célibat, et le mien par la même occasion. Voilà ce qui s'est passé.

— Je ne parle pas de ça.

— Alors, je ne vois vraiment pas à quoi vous faites allusion ou, s'il s'agit de ce à quoi je pense, je refuse d'en discuter. Est-ce clair ?

— Non. Pas du tout.

Celsie le couva du regard, s'efforçant de déchiffrer son humeur derrière le masque de colère.

— Je n'y comprends rien, ajouta-t-elle. D'abord, pourquoi êtes-vous tombé sur le terrain ? Vous jouiez avec Gerald, lui permettant de sauvegarder sa fierté, sa dignité, et l'instant d'après, vous…

— Il ne s'est rien passé, répondit-il avec hargne.

— Mais…

— Puisque je vous dis qu'il ne s'est rien passé.

— J'aurais pu croire qu'il vous avait touché ou assommé pendant que j'avais le dos tourné. Sauf que je n'ai pas quitté le terrain du regard. J'étais hypno-tisée…

Elle fronça les sourcils.

— Est-ce qu'il vous a frappé avec la poignée de son épée ?

— Oui, c'est exactement ça. Bon, à présent que nous avons tiré ça au clair, parlons d'autre chose, d'accord ? Et puis non, ne parlons plus. J'en ai assez de parler. Laissez-moi tranquille.

Son abrupte réplique la blessa. La réalité commença à l'enserrer dans ses griffes acérées et glacées. L'angoisse lui noua la gorge. *Oh, pour l'amour du Ciel, qu'est-ce que j'ai fait ?* Elle avait juré d'épouser cet homme. Voilà ce qu'elle avait fait. Elle avait ruiné sa vie et celle d'Andrew. Et tandis que les barrières protectrices érigées par le choc cédaient une à une, une succession d'émotions étreignit son cœur – l'incrédulité, la culpabilité, le chagrin, la colère et l'humiliation.

Elle avait envie de disparaître sous terre, ou bien de fuir jusqu'à atteindre le bout du monde. L'idée du mariage lui était insupportable. Avec cet homme. Avec n'importe quel homme.

Alors, pourquoi la rancœur qu'elle lisait dans les yeux d'Andrew la meurtrissait-elle autant ?

— Andrew, reprit-elle d'un ton hésitant, je sais que vous êtes en colère. Mais ce n'est pas parce que j'ai dit que je vous épouserais que vous êtes obligé d'accepter.

— Ah ? Et comment suis-je censé annoncer ça aux trois cents témoins qui étaient là ?

— Je croyais que vous vous moquiez du qu'en-dira-t-on.

— Eh bien, vous vous trompiez. Et puis, à l'évidence, mon frère désire cette union. Je suis certain qu'il y pense depuis le soir de votre bal. Si nous reculons, attendez-vous qu'il joue au maître chanteur.

— Pardon ? Mais il n'a rien pour alimenter un quelconque chantage.

— Parce qu'être surpris dans nos ébats n'est pas suffisant ?

Les joues de Celsie s'empourprèrent.

— Il n'oserait pas…

— Ne le sous-estimez pas, milady. En ce qui me concerne, il lui suffirait de glisser un mot à la bonne personne, et je perdrais toute chance d'entrer à la Royal Society[1]. Je ne peux pas risquer un scandale et, si vous tenez à continuer à fréquenter la haute société afin de la sensibiliser au sort réservé à vos malheureux toutous, vous non plus.

Celsie pinça les lèvres. Cet homme était impossible. Il suffisait qu'elle commence à le trouver attachant pour que, la seconde d'après, il se comporte en ours mal léché. Il était charmant, pourtant. Parfois. Elle en avait eu la preuve dans son laboratoire, lorsqu'elle avait témoigné de l'intérêt pour ses dessins, ses projets. Cet Andrew-ci était infiniment plus plaisant que le personnage hostile avec lequel elle voyageait. Elle connaissait des bergers allemands qui avaient meilleur tempérament.

— Il doit y avoir un moyen d'échapper à cette fâcheuse affaire, dit-elle. Vous n'allez pas bouder indéfiniment. Juste Ciel, il faut agir. Pourquoi ne faites-vous pas fonctionner votre cerveau de savant, milord, pour nous épargner le sort que ni vous ni moi ne désirons ?

— Croyez bien, milady, que je réfléchis au problème depuis que nous sommes montés dans cette calèche. Je suis au regret de vous annoncer que mon « cerveau de savant » n'a rien trouvé.

— Ah… vous êtes capable de concevoir des engins volants, des diligences à double compartiment, des formules mathématiques complexes, mais vous êtes incapable de contrecarrer votre frère.

— Parce qu'il est plus facile d'inventer ces machines que de déjouer les plans de Lucien.

— Vous pensez qu'il est derrière tout ceci ?

---

1. Institution anglaise destinée à la promotion des sciences fondée en 1660. *(N.d.T.)*

— Pas vous ? riposta-t-il en lui lançant un regard noir.

Elle ne répondit pas, mais elle partageait son opinion. L'air satisfait du duc lorsqu'elle s'était interposée entre lui et Gerald confirmait, si besoin était, cette hypothèse.

Ils étaient dans un sacré pétrin. Si Andrew, un homme brillant qui connaissait parfaitement son frère, se sentait incapable de les sortir de ce piège, comment l'aurait-elle pu ?

— Andrew…

— Il me semble vous avoir demandé de me laisser tranquille.

— Inutile d'être aussi désagréable. Je suis navrée de m'être immiscée dans ce duel, mais il fallait que je sauve Gerald. Si la vie de votre frère avait été en jeu, vous auriez fait comme moi.

— Ça dépend du frère, rétorqua-t-il, impitoyable, les yeux rivés sur la vitre.

C'en était trop. Celsie refusait de rester dans ses bras une seconde de plus. Elle entreprit de se redresser, mais fut terrassée par une vive douleur et ne put réprimer un cri. Grimaçant, elle vit la manche ensanglantée qu'avait déchirée la lame de Gerald.

— Tudieu ! jura-t-il en l'attirant vers lui. Montrez-moi ça.

Elle le repoussa et couvrit la plaie de sa paume, de peur de s'évanouir de nouveau à la vue du sang.

— Non…

— Vous avez mal ?

— Oui, la blessure vient de se rappeler à mon bon souvenir, s'efforça-t-elle d'ironiser.

— Laissez-moi y jeter un œil.

— Votre sollicitude me touche, mais si cela ne vous dérange pas, je préfère la montrer à un médecin qualifié plutôt qu'à un savant fou.

— Quant à moi, j'aimerais que vous ne me traitiez pas de fou, rétorqua-t-il d'un ton glacial. Je n'ai certes pas été formé à la chirurgie mais je sais faire un bandage.

— Vous n'êtes pas docteur, que je sache.

— Si, si... mais pas en médecine.

— En quoi, je vous prie ?

— En philosophie.

— Oh, voilà qui nous sera utile.

— Celsiana, cessez de jouer au plus fin. Laissez-moi regarder cette plaie.

Elle s'exécuta, ôta sa paume de son bras et détourna la tête.

— Bon, d'accord... mais je me demande avec quoi vous fabriquerez ce pansement.

Les mains d'Andrew étaient infiniment plus douces que le ton de sa voix.

— Ne bougez pas, ordonna-t-il en déchirant précautionneusement sa manche du poignet jusqu'au coude.

Celsie avait les yeux rivés sur le visage de son infirmier. L'observer lui permettait de ne pas penser à ce qu'il faisait. Était-il aussi sérieux lorsqu'il travaillait à une invention, aussi concentré dans tout ce qu'il entreprenait ?

Oh... comme elle aurait aimé que cette attention lui soit exclusivement dévouée ! Dans la chambre, par exemple...

Doux Jésus ! D'où lui venaient ces pensées ?

Brusquement troublée, elle déploya de gros efforts pour ne songer qu'à son bras. Andrew avait beau ne pas être chirurgien, il s'acquittait de sa besogne avec une maîtrise qui la réconfortait. Il enroula le bandage de fortune autour de la plaie et serra, ni trop ni trop peu, le bras meurtri, puis il noua soigneusement les deux extrémités. Quand il eut terminé, elle se sentit étrangement frustrée.

— Merci, dit-elle en se redressant un peu et en effleurant son bras à travers le bandage. J'ai déjà moins mal.

— Gardez-le propre et vous n'aurez même pas de cicatrice.

Leurs regards se croisèrent soudain. Quelque chose d'indéfinissable était passé entre eux. Celsie rougit. Une onde de chaleur la traversa. Andrew, quant à lui, se raidit. Ils détournèrent la tête en même temps. Elle devait bouger, se gourmanda-t-elle, prendre place sur la banquette opposée.

Elle quitta délicatement le giron protecteur d'Andrew et s'assit face à lui. Aussitôt, une sensation de vide, de froid, s'empara d'elle.

Un flot indistinct d'émotions inonda son cœur. Elle entrelaça ses doigts, serra fort, très fort, s'échinant à ravaler les larmes qui lui nouaient la gorge. Du coin de l'œil, elle vit qu'Andrew s'était replongé dans sa morne contemplation du paysage.

Un lourd soupir lui échappa. La réalité était suffisamment dure sans qu'il lui inflige ce silence embarrassant.

— Où allons-nous ? demanda-t-elle.

Sans daigner la regarder, il répondit :

— Où souhaitez-vous vous rendre ?

— N'importe où sauf à Ravenscombe. Et vous ?

— N'importe où sauf à l'église.

— Vous ne voulez vraiment pas m'épouser, n'est-ce pas ?

Au grand dam de Celsie, Andrew se contenta d'une réponse monosyllabique presque aussi insupportable que son mutisme.

— Non.

— Cela prouve au moins une chose : vous n'en avez pas après mon argent.

— Ne vous offensez pas, milady, mais je ne veux pas de vous, fortune ou pas.

Celsie avait beau rejeter l'idée du mariage autant que lui, sa réponse la blessa. Quelle femme aurait supporté sans ciller une telle rebuffade, surtout de la part d'un des plus beaux gentlemen que comptait l'Angleterre ?

— Je ne peux pas vous en tenir rigueur, répliquat-elle d'un ton faussement enjoué. Je suppose que l'idée d'épouser une riche héritière est séduisante, mais hélas, aucune fortune ne peut compenser l'absence de poitrine d'une femme.

Il tourna brusquement la tête vers elle.

114

— Je vous demande pardon ?

— Vous avez très bien entendu. Je sais que vous, les hommes, aimez comparer vos possessions et vos acquisitions. Ma poitrine peu voluptueuse serait pour vous une source permanente d'embarras.

— Milady ! Votre conversation laisse franchement à désirer.

— Il en va de même pour mes fesses, si j'en crois l'opinion masculine.

Andrew devint rouge de colère.

— Je me moque de l'opinion de mes semblables. Et puisque nous parlons de ça, je vous trouve très joliment pourvue.

Elle haussa les épaules.

— Bon sang ! enchaîna-t-il, agacé. Pourquoi ne me croyez-vous pas ?

— Je ne suis pas dupe. Je sais ce que les hommes pensent de moi.

— Vraiment ?

— Oui. Et je suis convaincue de ne pas faire le poids, si vous voyez ce que je veux dire.

— Non, je ne vois pas ce que vous voulez dire. Écoutez, milady, mon refus de vous conduire à l'autel n'a rien à voir avec votre poitrine.

— Oh, vous avez donc peur de vous étouffer avec un petit pois.

— Pour votre gouverne, je n'aime pas les petits pois. Ce que j'aime, en revanche, c'est vivre ma vie comme je l'entends. Je refuse de m'encombrer d'une femme, qu'elle soit maîtresse, admiratrice ou – Dieu m'en préserve – épouse. Figurez-vous que j'ai du travail.

Elle le fusilla du regard.

— Eh bien, moi aussi, j'ai du travail. J'ai tout un réseau de refuges à travers le Berkshire à entretenir. Ils nécessitent une attention constante si l'on veut qu'ils continuent d'accueillir les animaux en détresse. Je me bats pour les petits chiens de cuisine, les tournebroches. J'ai lancé un programme à destination des enfants de mon village afin qu'ils apprennent à s'occuper de leurs chiens et de leurs chats.

« Il faut qu'ils comprennent que ce ne sont pas des objets que l'on abandonne ou que l'on tue parce qu'ils ont eu un accident ou qu'ils ne sont plus aussi mignons qu'à leur tout jeune âge. Je n'ai moi non plus pas besoin de m'encombrer d'un homme. Vous voyez, Andrew, je n'ai pas la moindre envie de convoler en justes noces.

Il la dévisagea.

— D'ailleurs, ajouta-t-elle, je n'ai pas encore rencontré d'homme qui apprécie les chiens autant que moi. Si jamais je me mariais, mon époux devrait non seulement s'accommoder de leur présence mais également m'aider dans mon combat et, bien entendu, les autoriser à dormir sur le lit.

Il eut un haussement d'épaules et répliqua :

— Je laisse Esmeralda dormir sur mon lit.

— Vraiment ?

— Absolument. Qu'y a-t-il d'extraordinaire à cela ?

— Oh, rien... Hormis le fait que vous êtes le premier que je connaisse qui l'admette. Qui sait ? Peut-être que vous feriez un mari acceptable, après tout.

— Certainement pas, je vous le garantis. N'importe quelle femme qui aura le malheur de m'épouser courra à la déception.

— Qu'est-ce qui vous fait dire une chose pareille ?

— Je ne connais pas une femme qui accepterait de partager son mari avec les activités scientifiques de celui-ci sans se morfondre d'ennui.

— Je ne pense pas qu'il y ait un homme prêt à partager son lit avec un chien, si gentil soit-il. Par conséquent, nous sommes quittes.

Une étrange lueur scintilla dans les yeux d'Andrew.

— Très drôle.

— Oui, je trouve aussi, répondit-elle, contente d'avoir réussi à briser quelque peu la glace. Oh, Andrew... qu'allons-nous faire ?

— Je l'ignore, dit-il dans un soupir las, en appuyant son front contre sa paume. Nous pourrions fuir l'Angleterre pour éviter ce satané mariage, nous rendre en France ou en Amérique... Non. Ce n'est pas assez loin pour Lucien. L'Arctique, à la rigueur...

— Sans doute, mais, à mon avis, nous gèlerions avant que vous ayez bâti votre laboratoire.

Il leva la tête et fixa Celsie. De nouveau, elle capta cette inexplicable chaleur qui ondoyait entre eux. Mais, cette fois-ci, il ne détourna pas le regard. Il ne se réfugia pas dans un accès de colère. Mieux, il esquissa un sourire. Et Celsie réalisa que, sous son tempérament explosif, cet homme cachait un charme irrésistible.

Brusquement confuse, elle baissa les yeux sur ses mains serrées et, d'une voix mal assurée, reprit :

— Il vaudrait mieux que vous me raccompagniez là-bas. Je dois récupérer Passoire.

— Celsiana...

— Oui ?

— Je... je suis navré. Je tiens à ce que vous sachiez que je ne suis pas en colère contre vous mais contre le sort.

— Je vous remercie.

— Et ce n'est pas la mariée, mais l'idée du mariage qui m'insupporte.

Il s'éclaircit la gorge avant de poursuivre :

— Il m'est difficile de ne pas l'admettre : vous êtes d'un courage exemplaire.

Celsie plissa les paupières.

— Pour une femme, vous voulez dire ?

— Non, en général.

Elle vit dans les yeux d'Andrew une étincelle bienveillante. Il enfouit la main dans la poche de son gilet pour en extirper une flasque.

— Nous nous sortirons de cette impasse, enchaînat-il d'une voix caressante. D'une manière ou d'une autre. En attendant, je vous propose de porter un toast.

— À quoi ?

Le regard dur, déterminé, il sourit.

— À la future déconfiture de mon Machiavel de frère.

12

Celsie prit la flasque métallique qu'Andrew lui tendait et qui portait encore la chaleur de sa paume. Comme elle n'aimait pas particulièrement le cognac, elle ne but qu'une infime gorgée. Mais c'était un toast qu'elle se réjouissait de porter. Elle lui rendit la flasque, qu'il vida en une grande rasade.

Leurs regards se croisèrent. Ils échangèrent un sourire complice.

Et l'instant d'après, elle fut terrassée par l'effet du breuvage.

Oh, non. Pas encore !

— Andrew...

Il avait dû lui aussi ressentir la même chose, car il se redressa brusquement, se cogna au toit de la calèche et se mit à proférer des imprécations.

— Morbleu ! Cette abomination de duc va bientôt regretter de m'avoir sauvé la vie !

Celsie reconnaissait la langueur qui, telle une vipère, instillait son venin dans ses veines. Comme la première fois, elle éprouvait le besoin irrépressible de se ruer sur cet homme, de le déshabiller, de caresser sa peau, son corps. Comme la première fois, un fourmillement lascif chatouillait ses seins et jusqu'au plus secret de sa chair.

Oh, non... Oui...

Fournissant un effort surhumain pour se maîtriser, elle s'adossa à la banquette.

— Pour l'amour du Ciel, Andrew, ce n'est pas du cognac, c'est...

— ... cette satanée potion ! grommela-t-il en imitant Celsie, la tempe plaquée sur l'appui-tête en cuir, pour ne pas la regarder.

Son regard brillant de désir ne lui avait cependant pas échappé. D'ailleurs, la même lueur vacillait probablement dans ses propres yeux. Andrew crispait et décrispait les poings. Des gouttes de sueur perlaient sur son front. Un cri de rage presque animal jaillit de sa gorge :

— Je vais le tuer, je le jure devant Dieu ! Cette fois-ci, il a dépassé les bornes !

— Mais je ne comprends pas...

— C'est lui qui m'a donné le cognac ! Il y a ajouté ce maudit aphrodisiaque.

Dans un élan désespéré, il s'élança vers la portière, prêt à se jeter de la calèche qui roulait à vive allure, comme pour empêcher son frère d'avoir le dernier mot. Heureusement, son genou heurta le coin du siège de Celsie, et il tomba lourdement sur le plancher. S'était-il cramponné à elle ou avait-elle tenté de le retenir ? Elle n'eût su le dire. Peu importait. Car une seconde après, il écrasait sa bouche contre la sienne.

Jamais on ne l'avait embrassée avec autant de fougue. Les seuls hommes à lui avoir ravi un baiser – toujours chaste – étaient les coureurs de dot qui l'entouraient de prévenances comme on couve la poule aux œufs d'or. Elle avait aussi eu droit aux baisers mouillés de lord Hammond avant qu'il ne meure étouffé par un petit pois. Si elle se fiait à son expérience, elle n'avait aucune raison de penser qu'embrasser un homme représentait autre chose qu'un cérémonial peu agréable.

Jusqu'à ce jour...

La sensation du corps robuste et puissant qui la plaquait contre la banquette la fit littéralement fondre. Andrew tira sur sa fine chemise pour se frayer un chemin sur la peau veloutée de son ventre, sans cesser de l'embrasser. Ses baisers à lui étaient loin d'être chastes, en tout cas. Il savait exactement ce qu'il voulait et comment l'obtenir. Tandis que leurs langues entamaient une danse endiablée, ses doigts audacieux effleurèrent le galbe de ses seins.

Désinhibée par la potion, elle le laissa faire sans protester et poussa un petit cri d'extase quand il titilla du bout du pouce un mamelon dressé par le désir. Lorsqu'il remua légèrement, elle sentit son érection contre sa cuisse. Haletante, elle arracha ses lèvres aux siennes et, désarçonnée par l'incroyable attirance qu'il exerçait sur elle, le dévisagea.

— Mon Dieu, murmura-t-il, qu'allons-nous devenir?

— Je ne sais pas, souffla-t-elle. Embrassez-moi et nous verrons…

— C'est ridicule, je vous connais à peine. Je n'ai même pas eu le temps de m'attacher à vous. J'ai envie de vous faire mille choses que réprouve la morale et je suis incapable de me maîtriser.

— N'essayez pas de vous contrôler, s'enhardit-elle à répondre.

— Oh, Celsie… je brûle de vous toucher, de vous embrasser jusqu'à perdre haleine.

Aussi légères qu'une plume, les lèvres d'Andrew frôlèrent ses paupières frémissantes. Son souffle chaud courut sur sa nuque, caresse divine. L'étreignant avec une sensualité qu'elle ne se connaissait pas, elle promena ses mains avides sur son dos musclé. Alors qu'elle lissait les cheveux soyeux d'Andrew, une pensée fugace la saisit.

Devait-elle remercier le Ciel de n'avoir bu que quelques gouttes de l'élixir, ou bien regretter de ne pas en avoir bu davantage? Devait-elle se réjouir de n'être pas véritablement sous l'emprise de l'aphrodisiaque? Car il lui semblait qu'elle était plus lucide que lors de leurs ébats dans le laboratoire.

Cette fois, elle s'était jetée dans les bras d'Andrew, alors qu'avec un petit effort, elle aurait pu le repousser.

Celsie n'eut pas le loisir d'approfondir sa réflexion, car Andrew l'embrassa éperdument. Ses lèvres étaient douces à se pâmer. Il émanait de lui un parfum énigmatique et ensorcelant qui évoquait quelque épice exotique, indéfinissable. D'une main, il lui caressait les cheveux, de l'autre...

— Vous... vous touchez mon... mes... balbutia-t-elle.

— Vos seins ? Oui. J'aime vos seins. Fermes et ronds, ils remplissent à merveille mes mains. Ils sont ravissants, vos seins.

— Vous ne les trouvez pas... Ils ne sont pas... trop petits ?

— Non, chuchota-t-il. J'ai envie de les caresser, de les couvrir de baisers. Mon Dieu, comme vous êtes belle...

Il se baissa, et elle ne vit plus que ses cheveux châtains tandis que son souffle brûlant parcourait sa poitrine. Son cœur manqua un battement, avant de recouvrer un rythme normal puis de cogner frénétiquement. Elle leva les bras pour aider Andrew à lui ôter sa chemise.

Sa bouche se lova au creux de ses seins et lascivement, prit possession, l'un après l'autre, de ses mamelons pareils à d'exquises friandises réclamant d'être léchées, suçotées. Un délicieux vertige la saisit.

— Oh... Andrew... qu'est-ce vous faites ?

— J'embrasse vos seins, mon oiseau de paradis.

— Mais... je croyais que l'on ne s'embrassait que sur la bouche.

— Eh bien, ma chère, les baisers se logent où l'on choisit de les loger. Quant à moi, j'ai choisi de vous embrasser ici... et là...

Sur ces mots, les lèvres d'Andrew cueillirent un mamelon tendu et offert. Celsie poussait de petits gémissements de plaisir, se trémoussait, passait les doigts dans les boucles de son amant, se cramponnait à sa chevelure comme pour résister à l'océan d'émotions qui la submergeait.

« Oh, laisse-toi aller, se dit-elle. Il ne veut pas s'arrêter et tu ne le veux pas non plus, n'est-ce pas ? Profite de ces instants car ils risquent de ne jamais se reproduire ! »

D'une main gourmande, il descendit jusqu'à la taille de sa culotte d'équitation, atteignit son entrejambe, lui écarta délicatement les cuisses.

— J'aimerais vous embrasser à cet endroit aussi, murmura-t-il en caressant son intimité qu'une fine peau de daim recouvrait. Le goûter de mes lèvres, de ma bouche, de ma langue…

— Quoi ? Comment pouvez-vous imaginer une chose pareille ?

Pendant ce temps-là, la calèche roulait à vive allure. Les soubresauts causés par la route caillouteuse rapprochaient les deux amants. La main d'Andrew vibrait davantage là où naissaient les fourmillements qui parcouraient le corps tout entier de Celsie.

— Ma belle, je vais faire mieux que l'imaginer…

Soudain, ils furent si près l'un de l'autre qu'elle distingua de minuscules éclats noisette dans ses iris, si près que l'intensité de son regard la transperça de part en part.

— Laissez-moi vous avouer quelque chose, ma chère Celsiana… Avec ou sans aphrodisiaque, je brûle de vous débarrasser de cette culotte depuis l'instant où je vous ai vue descendre de voiture. Je brûle de toucher vos longues cuisses veloutées, de dessiner la courbe de vos fesses, de glisser mes doigts dans la chaleur humide de votre intimité, de sentir combien vous me désirez… vous aussi.

Doux Jésus ! Elle n'était que trop consciente que sa chair intime crépitait d'un incommensurable désir. L'esprit enfiévré, elle darda sur Andrew un regard fasciné.

D'une voix grave et sensuelle, il poursuivit :

— Dès la seconde où l'attelage s'est mis en branle, j'ai eu envie de vous arracher vos habits, de vous prendre sur le sol de cette calèche. Quoi que vous puissiez dire, rien ne réprimera le désir que j'éprouve pour vous. J'ai envie de vous, de vous faire l'amour.

Il s'inclina encore pour savourer son mamelon, l'engloutir dans la torride caverne de sa bouche, tandis qu'il lui caressait l'entrejambe avec ardeur. S'enfonçant dans la banquette, Celsie baissa les paupières et, d'une voix chétive, elle répliqua :

— Et moi qui croyais que vous ne vous intéressiez pas aux femmes... que vous n'aviez que la science et vos inventions à l'esprit...

— Vous vous trompez, je m'intéresse à vous. Je ne veux pas me marier avec vous, c'est vrai, mais ne voyez là rien de personnel, murmura-t-il, le menton niché au creux de ses seins. Je refuse d'épouser qui que ce soit, c'est tout.

— Si le mariage apporte autant de plaisir chaque jour, peut-être n'est-il pas si détestable que cela, finalement, répliqua-t-elle dans un soupir, quand, du bout de la langue, il titilla ses mamelons rouges de désir.

Le contemplant derrière ses longs cils à demi baissés, elle ajouta :

— Si vous m'épousiez, Andrew, pourrions-nous... faire cela aussi souvent que possible ?

— Chaque jour et chaque nuit.

— Mais nous n'allons pas nous marier.

— Non. Nous tâcherons de déjouer les plans de Lucien... Faisons l'amour...

Elle retint son souffle lorsque, d'une main agile, il déboutonna sa culotte et glissa ses doigts sous la peau de daim pour atteindre les lèvres délicates et tendres de son intimité.

— ... maintenant.

— Oui, maintenant, répéta-t-elle.

Les mains vigoureuses d'Andrew saisirent la taille de sa culotte d'équitation. La chaleur de ses paumes se communiqua aux hanches de Celsie, qui se souleva afin qu'il lui ôte l'habit de cuir, offrant à son regard brillant sa nudité, ses longues jambes d'un blanc laiteux, ses seins, son bas-ventre...

Dans un accès de timidité, Celsie serra les cuisses.

— Non, gardez-les ouvertes, je veux vous admirer.

— Oh, c'est incroyable comme je sens votre regard sur moi.

— Bientôt, vous sentirez bien plus que mon regard, répondit-il d'une voix grave.

Il la dévora des yeux un long, très long moment. Puis, effleurant l'intérieur de ses cuisses, il remonta jusqu'à sa brune et humide vallée. Celsie se raidit. Sa main l'embrasait partout où elle se posait, faisant courir une coulée de lave dans ses veines. Chaque parcelle de sa peau d'albâtre rosit à mesure qu'elle se laissait aller au plaisir. Il introduisit un doigt entre les lèvres de son intimité, et quand il toucha le bouton de chair qui recelait le secret de sa jouissance, elle sursauta.

— Je vois que mon vœu est exaucé, dit-il avec un sourire mutin.

— Comment cela ?

— Eh bien, j'avais émis le souhait que vous brûliez de désir pour moi. Celsie, vous êtes chaude comme la braise.

— Je… C'est… c'est embarrassant.

Puis il entreprit un doux va-et-vient qui la fit gémir de plaisir.

— Je dirais plutôt que c'est flatteur, répliqua-t-il.

— Je ne parviens pas à me maîtriser.

— Quant à moi, j'ai une telle érection que c'en est presque douloureux.

Elle s'empourpra. Relevant son regard vers le sien, Andrew se figea.

— Qu'y a-t-il, ma belle ? Hier, vous étiez une tigresse. Aujourd'hui, vous ressemblez à un chaton. Rassurez-moi, Celsiana. Suis-je le seul que le désir a chamboulé ?

— Non, non… mais vous avez bu toute la flasque contenant ce maudit aphrodisiaque. J'en ai à peine pris une gorgée. Par pure politesse.

— Si vous souhaitez que j'arrête, je suis navré, mais vous devrez me balancer hors de la calèche.

— Je ne veux pas que vous arrêtiez, articula-t-elle en soutenant son regard.

— Dans ce cas, si vous avez une quelconque crainte, des doutes, exprimez-les et je prendrai sur moi pour calmer mes ardeurs.

— Je n'ai pas peur. Après tout, je…

Son cœur se serra soudain.

— Je ne suis plus vierge, n'est-ce pas ?

Brusquement dégrisé, Andrew l'observa avec plus de douceur. Et l'espace d'un instant, elle vit l'homme qu'elle avait deviné sous le masque de colère, celui qui avait tendrement caressé sa chienne, celui qui l'avait respectée sur le terrain, lors du duel, celui qui avait pansé sa blessure. Le bel Apollon qui, hélas, se barricadait derrière des manières de goujat. Il prit une profonde inspiration et répondit posément :

— Visiblement, vous ne vous rappelez pas nos ébats d'hier. Je tiens à vous préciser, Celsie, que je vous considère toujours comme une jeune femme innocente.

Celsie. Il l'avait appelée Celsie. Elle eut l'impression qu'une kyrielle de papillons s'envolaient au creux de son estomac.

— Je m'efforcerai, continua-t-il, de vous traiter avec les égards dus à une demoiselle vertueuse.

Ses paroles mirent du baume sur ses plaies.

Néanmoins, il eût fallu qu'elle soit surhumaine pour demeurer de marbre alors qu'Andrew, du bout des doigts, musardait entre les plis chauds et humides de son intimité. Si elle n'avait écouté que son corps, elle lui aurait demandé de la pénétrer plus profondément, mais seule une fille aux mœurs légères pouvait se permettre pareille hardiesse.

Quand, brusquement, la calèche entama une portion de route cahoteuse, le souhait de Celsie fut exaucé. En proie à une stupeur mêlée de plaisir, elle ne put réprimer un cri aigu. L'étincelle malicieuse dans les yeux d'Andrew ne lui échappa pas.

— C'est une drôle de sensation, n'est-ce pas ? questionna-t-il.

— Vous… Comment pouvez-vous le savoir ?

— J'en sais plus long que vous sur votre corps, milady, et il vous reste encore beaucoup à apprendre. Je sais aussi que bientôt nous emprunterons une route plus accidentée. Pendant deux ou trois kilomètres, vos sens seront à la fête lorsque vibrera la calèche.

C'est alors qu'il s'agenouilla et explora de sa bouche le recoin d'intimité que jamais elle n'aurait imaginé qu'un homme puisse visiter ainsi. *Oh, Dieu du ciel!*

Le véhicule eut un nouveau soubresaut. La langue fiévreuse d'Andrew plongea en elle pour le baiser le plus audacieux, le plus langoureux qu'on lui eût jamais donné. Elle faillit défaillir tant les sensations qu'il lui prodiguait étaient intenses. Se sentant incapable de réfléchir, de bouger, et même de respirer, elle retint son souffle et s'abandonna au plaisir diabolique qui l'envahissait inexorablement.

À ses lèvres, à sa langue, il joignit les dents. Seigneur, c'était merveilleux... et choquant à la fois – cette zone qu'il titillait de sa bouche experte n'était sans doute pas destinée à être caressée de manière aussi indécente.

— Andrew! gémit-elle. C'est... oh... c'est...

— Vous n'avez aucun souvenir de ce qui s'est passé entre nous hier, mais je vous promets une chose : vous n'êtes pas près d'oublier notre échange d'aujourd'hui.

Puis il plongea en elle plus loin encore qu'elle n'en rêvait. Elle se tortillait au rythme de ses assauts ; chaque contact de sa langue avec sa chair la faisait se cambrer davantage et soupirer. Ainsi qu'il l'avait prédit, la route était on ne peut plus accidentée. Il poussa le vice jusqu'à ordonner au cocher d'accélérer l'allure.

— Oh... oh... espèce de débauché! s'exclama-t-elle, partagée entre le plaisir et l'irritation.

Tandis que galopait l'attelage, Celsie perdait pied, sombrait corps et âme dans les méandres de l'extase. Plus Andrew léchait, titillait, mordillait son bouton de chair, plus elle gémissait. Et les chocs que subissaient les roues de la calèche ajoutaient à ce supplice divin. Elle ne résisterait plus longtemps aux profondes caresses de son amant...

— Oh... s'il vous plaît... s'il vous plaît, murmura-t-elle, les ongles plantés dans le cuir de la banquette.

— Plus vite! ordonna-t-il.

Le grondement des roues sur la chaussée bosselée leur fit vite l'effet d'un tremblement de terre, et sous ses paupières closes, Celsie vit une explosion de couleurs. Elle s'arc-bouta, offrant ses délicates lèvres aux coups de langue d'Andrew, et exprima sa jouissance dans une longue exclamation aiguë.

— Oh... par la Sainte Vierge...

Les jambes tremblantes, se trémoussant encore pour accueillir les baisers érotiques d'Andrew, elle renversa la nuque en arrière tandis qu'il la transportait une nouvelle fois sur les rives de l'extase.

D'un seul mouvement, Andrew déboutonna son pantalon, le fit glisser sur ses cuisses musclées et poilues, et pénétra Celsie. Plongeant son visage dans le creux de l'épaule de sa compagne, respirant avec bonheur le parfum qui émanait de ses longs cheveux bruns, il entama un va-et-vient voluptueusement enivrant qui lui fit atteindre l'orgasme à son tour.

Au-dessus d'eux, le cocher n'entendit rien.

13

Quand Gerald regagna son auberge, sa terreur avait laissé place à un sentiment de dégoût de soi qui lui retournait l'estomac comme un repas mal digéré. D'un pas de brigadier, il se dirigea vers les écuries, confia sa jument à un palefrenier et trouva refuge dans la salle de bistrot.

Un bon verre de whisky le calma. Un deuxième le ragaillardit. Un troisième réussit à lui rendre un peu du courage qu'avait sapé le duc de Blackheath. Il n'avait pas terminé son quatrième verre qu'il retournait aux écuries.

Il négocierait avec le duc. D'une façon ou d'une autre, il le ramènerait à la raison, lui prouverait que son frère n'était pas fait pour Celsie.

Ce mariage n'aurait pas lieu.

Un moment plus tard, il était de nouveau en selle. Il éperonna sa monture épuisée et galopa en direction de Blackheath Castle. Il craignait que le duc ne refuse de le recevoir, mais ce dernier l'accueillit et, non sans arrogance, le fit patienter dans le grand hall pendant trois quarts d'heure – ce qui ne manqua pas de raviver la colère de Gerald.

Enfin, un valet de pied vint le chercher.

— Monsieur le duc vous attend dans la bibliothèque, dit-il avec une courbette. Si vous voulez bien me suivre…

Gerald trouva sa Némésis[1] campée devant un mur de livres, consultant négligemment un vieux volume à la reliure de cuir ornée de dorures. Le maître des lieux s'était changé, mais sa tenue de velours bleu nuit était aussi sombre que la précédente et conférait à son impressionnante silhouette une allure particulièrement sinistre. Le dos tourné, il ne semblait pas pressé. Il prit son temps pour replacer l'ouvrage sur son rayonnage avant de pivoter sur lui-même. Un sourire froid retroussait le coin de ses lèvres. Son regard était à l'avenant.

— Ah, Somerfield. Je vous attendais. Je vous proposerais volontiers un rafraîchissement, mais j'avoue ne pas être bien disposé à votre égard, ce matin.

Le duc arbora encore ce sourire à glacer le sang. Il poursuivit, en soulevant la carafe pour se verser un verre de xérès :

— Compte tenu des circonstances, vous le comprendrez aisément.

Gerald tenait à exprimer ses doléances, et sans tarder. Il n'avait pas l'intention de tergiverser. Les yeux fixés sur le visage aristocratique et sévère du duc, il décréta sans préambule :

— Je ne peux pas laisser Celsiana épouser votre frère.

Son interlocuteur ne cilla pas. Imperturbable, il regarda la boisson ambrée couler dans son verre de cristal et répliqua :

— Eh bien, c'est vraiment dommage, car je suis en faveur de cette union.

— En faveur ? Vous êtes fou ou quoi ?

— Je vous demande pardon ?

Une étincelle meurtrière brilla dans les yeux noirs du duc tandis qu'il portait le verre à ses lèvres.

---

1. Dans la mythologie grecque, Némésis est la déesse de la vengeance. En anglais, le terme *nemesis*, s'appliquant à une personne, désigne un redresseur de torts ou un vengeur, ou bien – comme c'est le cas ici – un ennemi, un rival personnel. *(N.d.T.)*

— Je vous rassure, reprit-il, je suis en pleine possession de mes capacités mentales. En revanche, je m'interroge sur les vôtres.

— Je ne vois pas ce que vous sous-entendez.

— Vraiment ? Hier, vous avez provoqué mon frère en duel parce qu'il refusait de demander la main de lady Celsiana. Ce matin, dans un accès de fourberie, vous avez essayé de le tuer et vous avez failli le payer de votre vie. Et maintenant, vous voilà à pester contre ces fameuses noces. Je vous préviens, Somerfield, ma patience a des limites. Venir ici débiter des insanités n'arrange pas votre situation. Je vous croyais plus intelligent.

Gerald se hérissa. Il aurait eu bien besoin d'une rasade de xérès, mais manifestement Blackheath n'était pas près de lui accorder cette faveur.

— Mettons le petit incident de ce matin sur le compte de votre tempérament capricieux, Somerfield. Je veux bien faire preuve d'une certaine indulgence envers vous par égard pour ma future belle-sœur. Mais ce que je n'arrive pas à comprendre, c'est votre revirement.

Il eut un court silence réprobateur.

— Pouvez-vous m'expliquer pourquoi vous avez brusquement changé d'avis ?

— Je n'ai pas changé d'avis. J'ai simplement été pris de court par les événements. Celsie était censée épouser lord Harold de La Queue. Si elle se marie avec votre frère, lord de La Queue et moi-même serons la risée de la bonne société.

— Excusez-moi, mais je ne vois pas en quoi ce mariage vous serait néfaste à vous et à votre ami.

— Eh bien, lors du dernier bal, nous avons annoncé à la moitié des convives les fiançailles de Celsie et de lord Harold.

— Vous êtes un lâche doublé d'un imbécile, lâcha Blackheath d'un ton sec.

La coupe était pleine !

— J'exige, maugréa Gerald, que vous mettiez un terme à cette mascarade !

— Ai-je bien entendu ? Vous exigez ? fit le duc en haussant un sourcil incrédule.

Mal à l'aise et rouge comme un coq, Gerald se dandina.

— Mon cher Somerfield, sachez que je n'ai nullement l'intention d'annuler ce mariage. D'après moi, votre sœur et Andrew forment un très joli couple.

Il ôta une peluche de sa manche et darda un regard dur sur son hôte.

— Est-ce mon frère qui ne vous plaît pas ?

Gerald eut un nœud à l'estomac. Il connaissait mal le duc, mais son instinct lui soufflait qu'en affrontant ainsi Blackheath, il s'aventurait sur un terrain périlleux, voire mortel. L'abus de whisky l'avait hélas rendu imprudent, et il riposta :

— Exactement ! Il est arrogant, et avec son obsession pour ses folles inventions et ses philtres d'amour, on dirait qu'il vit sur une autre planète que la nôtre. Il a tout du pervers et du marginal. Pour résumer, il risque de rendre ma sœur malheureuse. Je ne vois aucun avenir enviable pour lui. Ne parlons même pas de carrière. Non, il n'a rien à offrir à Celsie.

Le duc le considéra pendant un long, très long moment. Les mains moites, Gerald sentit un frisson de peur le parcourir. D'une voix doucereuse, Blackheath finit par répondre :

— Et croyez-vous que ce lord de La Queue, dont je ne peux prononcer le nom sans éprouver un élan de pitié pour sa future femme, soit en mesure de satisfaire votre sœur ?

— Lui, au moins, a de réelles perspectives d'avenir !

— Ah ? Et auriez-vous l'amabilité de m'éclairer sur le sujet ?

Gerald ouvrit la bouche puis se ravisa. Lord Harold de La Queue n'était pas un meilleur parti que lord Andrew de Montforte, ils le savaient tous les deux.

Blackheath poussa un soupir las avant de se replonger dans la contemplation de son verre de xérès.

— Vous savez, Somerfield, je crois que j'ai compris la raison pour laquelle mon frère vous déplaît. Ce n'est pas parce qu'il a compromis Celsiana, mais parce qu'il n'est pas…

Il brandit son verre, plissa les paupières pour examiner les profondeurs ambrées de sa boisson.

— … malléable.

— Quoi ?

Le duc tourna son regard implacable vers Gerald.

— Je ne pense pas qu'Andrew accepte de se plier à vos exigences. Mon frère a toujours fait ce que bon lui semblait, et ça n'est pas près de changer. Vous ne parviendrez pas à le manipuler.

— Qu'est-ce que vous racontez ?

— Ne jouez pas au plus fin avec moi. Vous préférez lord Harold pour la simple et bonne raison qu'il est influençable et qu'il vous permettrait d'accéder à la fortune de Celsiana.

— Je vous demande pardon ? s'écria Gerald d'un ton outré.

Blackheath ne s'était pas départi de son sourire démoniaque.

— Personne n'ignore, Somerfield, que votre sœur vous loge gracieusement à Rosebriar Park. Vous n'avez nulle part où aller. Vous avez accumulé des dettes astronomiques au jeu, et vous êtes aujourd'hui dans l'incapacité de les honorer. Alors, bien sûr, une union entre lord Harold et votre sœur vous permettrait de vous en sortir. Je me trompe ?

— Comment osez-vous ? cracha Gerald.

— Désolé, je suis comme ça. Votre déplorable situation est d'ailleurs de notoriété publique.

Le duc but une gorgée de xérès qu'il prit un malin plaisir à déguster. Puis il ajouta :

— Allons, Somerfield, si vous êtes à ce point désespéré, trouvez-vous une riche héritière et vous serez tiré d'affaire.

— Vous m'insultez !

— Mille excuses, murmura Blackheath. Le fait que votre sœur ait usurpé votre place de duelliste ce matin vous a probablement blessé. Il est assez facile de rectifier cela. Je ne vois aucun inconvénient à me lever aux aurores demain...

Les deux hommes se jaugèrent.

— ... si vous voyez ce que je veux dire.

Gerald blêmit. Machinalement, il recula d'un pas, lissa sa cravate. Ignorant la provocation, il insista :

— Vous ne ferez rien pour empêcher cet absurde mariage ?

— Au contraire, je ferai tout ce qui est en mon pouvoir pour que cette union soit célébrée en grande pompe.

— Dans ce cas, je n'ai rien à ajouter.

Sur quoi, Gerald tourna les talons et sortit de la bibliothèque.

Dans ses appartements, lady Nerissa de Montforte s'occupait de sa correspondance matinale en sirotant un chocolat chaud quand son frère aîné frappa à la porte.

— Ah, Nerissa, dit Lucien avec le sourire satisfait qu'elle lui connaissait. Je vois que j'arrive à propos. Je crois que tu seras ravie d'écrire à Charles et Gareth pour leur annoncer le mariage.

Stupéfaite, elle écarquilla les yeux.

— Quel mariage ?

— Eh bien, celui d'Andrew, voyons.

— Andrew ?

— Tu ne t'attendais quand même pas qu'il reste vieux garçon ?

— Andrew va se marier ?

Faussement désinvolte, Lucien se frotta le menton.

— Oui, et ça ne saurait tarder.

Délaissant son courrier, Nerissa bondit sur ses pieds.

— Lucien, qu'est-ce que tu as encore fait ?

— Ma chère sœur, je n'ai absolument rien fait. Alors qu'il se battait en duel contre Somerfield, Andrew a eu une de ses... crises. Somerfield était prêt à le pourfendre.

Une ombre soucieuse passa dans le regard de Nerissa.

— J'ai donc pris le relais, poursuivit-il. Puis lady Celsiana Blake s'est interposée, me suppliant d'épargner la vie de son pauvre frère.

— Tu ne l'as pas tué, j'espère ?

— Non, mais j'ai émis une condition.

— Laquelle ? s'enquit-elle en plissant ses grands yeux bleus avec méfiance.

— À ton avis ? J'ai exigé qu'elle épouse Andrew. Oh, ne me regarde pas comme ça, sœurette. C'est pour son bien. Tu verras, lady Celsiana le rendra très heureux, même s'il n'en a pas encore conscience…

— Je n'arrive pas à le croire. Andrew est la dernière personne sur cette terre à vouloir se marier. Ça ne lui apportera rien !

— Au contraire, le mariage est la meilleure chose qui puisse lui arriver.

— Lucien, comment oses-tu lui imposer cela ?

— Je t'ai dit que je n'y étais pour rien, sœurette, répliqua-t-il d'une voix doucereuse.

— C'est cela ! Tu n'as pas fait exprès, l'autre soir, de raconter à lady Celsiana qu'il pratiquait des expériences sur les animaux ? Tu savais très bien qu'elle lui tomberait dessus aussitôt !

Un petit sourire naquit sur les lèvres de Lucien.

— Et je parie que tu as demandé au domestique de conduire lady Celsiana jusqu'aux appartements d'Andrew, sachant pertinemment qu'il était au lit, nu comme un ver.

Elle eut un silence lourd de reproches et poursuivit :

— Tu vas trop loin, Lucien.

— Ils s'entendront à merveille, tu verras. Un jour, Andrew me remerciera. La femme qu'il s'apprête à prendre pour épouse aussi, d'ailleurs. Il s'est déjà amouraché d'elle, mais jamais il ne l'admettra, bien sûr. Elle aussi s'est éprise de lui, mais elle se garderait bien de le reconnaître.

Il poussa un soupir affecté avant de poursuivre :

— Heureusement qu'il y avait des épées entre eux, ce matin, sinon nos deux amants auraient créé le scandale en se ruant dans les bras l'un de l'autre. Tout Ravenscombe était là pour assister à la scène.

— Qu'est-ce que tu racontes ? Je croyais qu'un duel se déroulait en privé. Et puis, Andrew devait affronter cet odieux Somerfield, et non sa sœur !

— Eh bien, ç'aurait dû se passer ainsi, mais les choses se sont compliquées...

— C'est-à-dire ?

— Notre demoiselle a enfermé son frère dans sa chambre pour pouvoir affronter Andrew à sa place. Son honneur et celui d'Andrew auraient été mis à mal s'il avait refusé de se battre contre elle. Oh, ne prends pas cet air horrifié, Nerissa ! Somerfield a réussi à s'échapper et est arrivé juste à temps pour reprendre le duel en main. Ce n'est qu'au moment où ce scélérat a tenté d'assassiner Andrew que je suis entré en scène.

Visiblement content de lui, il arbora un large sourire.

— Celsiana a déclaré qu'elle épouserait Andrew si je laissais la vie sauve à son frère.

— Oh, doux Jésus...

— Tout s'est passé très vite. Tu aurais dû voir l'expression d'Andrew quand il a compris que c'était lady Celsiana son adversaire, et non Somerfield ! Notre malheureux frère n'a pas eu le temps de se remettre du choc qu'elle insistait déjà pour l'affronter.

— Non !

— Si, si. Il y a assez de gens pour en témoigner.

Nerissa roula des yeux écarquillés.

— Je te rassure, fit Lucien. Par précaution, j'ai suggéré que la première goutte de sang versé marque la fin du combat. Hélas, Somerfield, qui est arrivé sur ces entrefaites, ne l'entendait pas de cette oreille.

— Dieu du ciel...

Prenant une profonde inspiration, Nerissa se ressaisit. Elle dévisagea Lucien. L'incroyable récit que lui relatait son frère aîné fit enfin sens. Brusquement, elle comprit la logique imparable du plan qu'il avait élaboré.

— Tu as fait mine de vouloir tuer son frère, sachant qu'elle viendrait à sa rescousse.

Il opina.

— Je suppose que c'est toi qui as prévenu tous les villageois. Tu souhaitais avoir le plus de témoins possible de tes petites manigances.

— Quel mal y avait-il à cela ? Les gens de Ravenscombe n'ont pas souvent l'occasion de se divertir.

Les lèvres pincées, en colère, Nerissa s'écarta de son bureau.

— Ce que tu as fait est méprisable. À la rigueur, je comprends que tu aies manipulé Gareth pour qu'il épouse Juliet, donnant ainsi un père à la petite Charlotte ; je comprends que tu aies bousculé Charles pour lui rendre l'assurance qu'il avait perdue. Grâce à toi, il a pu se sentir digne d'Amy. Mais là, c'est autre chose. C'est… c'est odieux ! Andrew est un rêveur solitaire. Il est différent des autres. Il n'a pas besoin d'une femme. Il n'en veut pas. Tout ce qu'il veut, c'est qu'on le laisse tranquille !

— Oui, je sais. Mais ce qui est fait est fait, répondit Lucien, qui ne semblait nullement contrit.

Nerissa considéra son frère avec attention. Haussant un sourcil soupçonneux, elle demanda :

— Tu ne prévoirais pas de t'immiscer dans ma vie, par hasard ? Je suis sans doute la prochaine sur la liste. Je me trompe ?

— Je ne me mêlerai de tes affaires que si tu ne t'en sors pas toute seule.

Nerissa ramassa ses lettres et poussa le fauteuil contre le bureau.

— Tu sais quoi ? J'espère qu'un jour, quand tu auras manipulé tous ceux qu'il te plaisait de manipuler, on te roulera toi aussi dans la farine. Qu'une femme te fera mettre à genoux. Ce jour-là, je serai la première à célébrer ta défaite. Il y a longtemps que tu la mérites !

Une étincelle amusée scintilla dans les yeux noirs de Lucien.

— Ce jour n'est pas près d'arriver, sœurette.

— Tu es incorrigible, maugréa Nerissa avant de pivoter et de quitter la pièce en trombe.

Lucien demeura immobile.

Quand les bruits de pas se furent estompés, son sourire disparut. Il entendit l'écho d'une porte qu'on claquait. Poussant un soupir las, il ôta la plume fleur de lys de l'encrier pour la ranger dans son boîtier.

Contrairement aux espoirs que caressait sa sœur à son sujet, aucune femme ne ravirait le cœur du duc de Blackheath. Il savait pertinemment que le temps lui était compté.

14

La calèche était à mi-chemin de Londres. Les effets de l'aphrodisiaque s'étaient évaporés depuis un bon moment, laissant dans leur sillage un silence embarrassé. Une indicible rancœur étreignait Celsie et Andrew. L'un et l'autre regrettaient amèrement d'avoir ingurgité le dangereux breuvage.

Se mordillant la lèvre inférieure, Andrew ruminait dans son coin. Assise en face de lui, Celsie, mortifiée par son attitude de dévergondée, se tenait raide comme la justice. Les bras croisés, elle regardait fixement par la vitre. Le silence s'éternisait.

Andrew en avait assez de cette tension. Qu'elle refuse de lui parler lui était bien égal. Il ne voulait pas davantage lui adresser la parole. Résolu à chasser de son esprit la belle indifférente, il sortit de la poche de son gilet un carnet et un crayon. Tambourinant celui-ci sur son genou replié, il entreprit d'esquisser un plan à propos d'une idée qui avait germé en lui une heure plus tôt.

Mais il aurait dû s'en douter : on ne chassait pas les problèmes d'un revers de main, surtout quand ils concernaient une femme. Et quelle femme !

Il commençait avec peine à se concentrer lorsqu'elle décida de briser le silence.

— Je... je suis désolée... bredouilla-t-elle. Je n'étais pas dans mon état normal.

— Oui, bon... je m'excuse, moi aussi.

Il continua de griffonner sur son calepin, se refusant à évoquer leurs ébats. Sa seule échappatoire : feindre d'être absorbé par son travail.

— Qu'est-ce que c'est ? demanda-t-elle.

— Un carnet, répliqua-t-il sans lever le menton.

— Oui, je vois. Qu'est-ce que vous faites ?

— Je dessine.

Deux étrangers ne se seraient pas exprimés différemment.

— Qu'est-ce que vous dessinez ?

— Je ne sais pas encore.

— Je peux regarder ?

Andrew crispa les mâchoires. Faisait-elle semblant de s'intéresser à son travail pour détendre l'atmosphère ? Probablement.

Il l'ignora, traça une courbe.

— Andrew, vous me permettez de voir votre croquis ?

Il soupira. En d'autres circonstances, la curiosité de Celsie l'aurait ravi, mais il supportait difficilement qu'elle l'interrompe dans ses réflexions. Même si, pour être honnête, il était incapable de réfléchir posément. Parce qu'elle était assise face à lui. Parce qu'il l'imaginait nue, se trémoussant sur son sexe.

Par tous les saints !

Il brûlait du désir de l'enlacer et de lui faire encore l'amour. Mais lentement, tendrement, cette fois. Sans potion chimique.

Qu'est-ce qui ne tournait pas rond chez lui, bon sang ? S'était-il cloîtré trop longtemps dans son laboratoire, au point de désirer une femme qui le hérissait ? Une chose était sûre : il ne voulait pas d'elle comme épouse. L'épouser ! Non, mais quelle idée ! Se marier avec elle lui apporterait tout sauf la sérénité. Pareille union ne ferait que le détourner de ses rêves et de ses projets. Le visage de marbre, il tendit le carnet vers elle afin qu'elle puisse voir son croquis.

— Mum... c'est... intéressant, dit-elle, l'air perplexe. Qu'est-ce que c'est ?

— Un système de suspension destiné à améliorer le confort des passagers. Le but est d'amortir certains cahots, et donc les vibrations causées par ceux-ci.

Elle piqua un fard.

— C'était l'aphrodisiaque, déclara-t-elle sans préambule, tandis qu'Andrew se remettait à dessiner. En temps normal, je ne me serais jamais comportée de la sorte.

— Dommage!

— Comment cela, dommage?

Imperturbable, les yeux rivés sur son carnet, il répliqua :

— Si je devais m'encombrer d'une femme, je détesterais être obligé de recourir à une potion pour coucher avec elle.

— Si je devais m'encombrer d'un mari comme vous, mon lit vous serait interdit de toute façon. Cessez donc de vous tourmenter avec la bagatelle.

— Ah, oui! J'avais oublié que vous préfériez la compagnie des chiens.

— Je ne voudrais pas vous apprendre les bonnes manières, milord! Cette remarque est on ne peut plus déplacée.

Du coin de l'œil, il perçut le regard furibond de sa compagne. Son estomac était le siège de grands remous. Jamais il ne s'était senti à ce point pris au piège, manipulé. Il étranglerait Lucien de ses mains, se promit-il. Ça oui, il le lui ferait payer très cher!

— En outre, ajouta-t-elle, il est hors de question que je vous accepte un jour dans mon lit, sauf si, par extraordinaire, mes sentiments à votre égard changeaient. Ou si vous inventiez une solution provoquant l'amour artificiel...

— Ah, oui... c'est une idée. Un projet intéressant.

— Vous feriez mieux de vous atteler à déjouer le plan de votre frère, riposta-t-elle d'un ton qui ne souffrait aucune discussion. Auriez-vous la correction de cesser de dessiner pendant que je vous parle?

140

Stupéfait, il se figea.

— J'aimerais avoir toute votre attention, poursuivit-elle.

Andrew leva les yeux.

— Voilà. Je vous écoute.

— Vous ne paraissez pas m'avoir entendue quand je vous ai dit que seul l'aphrodisiaque avait dicté ma conduite.

— Milady, je vous propose que nous oubliions une fois pour toutes cette abomination d'aphrodisiaque et ses conséquences. Si nous ne parvenons pas à nous dépêtrer de ce mariage, tentons au moins de trouver un modus vivendi. Chacun de nous mènera sa vie de son côté. Avec un peu de chance, nous ne nous croiserons qu'une fois par mois.

— Ce n'est pas acceptable.

— Ah, bon ?

Soudain, elle se concentra sur le bouton de sa manchette.

— Vous vous enfermerez dans votre laboratoire, vous me bannirez, moi et le monde extérieur, de votre quotidien. Nous n'irons nulle part, nous ne ferons rien ensemble. Vous parlez d'une vie !

Elle eut un haussement d'épaules, geste dans lequel il perçut une surprenante vulnérabilité. Fixant son bouton, elle reprit en baissant la voix :

— Si nous nous marions, j'aimerais vous voir de temps en temps.

— Pourquoi ?

— Pourquoi ? répéta-t-elle en le considérant comme si elle avait affaire à un enfant de cinq ans. Parce que maris et femmes sont censés passer du temps ensemble. Même si nous faisons un mariage de raison…

— Un mariage de convenance.

— Peu importe comment vous l'appelez. Il n'en reste pas moins que nous pourrions faire un effort pour nous apprécier.

— Je vois. Pensez-vous que nous soyons en mesure de nous apprécier ?

— Nous pourrions commencer par ne pas être désagréables l'un envers l'autre, dit-elle, l'air maussade, absorbée par la contemplation du bouton. Je sais que vous êtes en colère contre le duc. Moi aussi, je lui en veux terriblement. Faire ce qu'il a fait – mettre de l'aphrodisiaque dans le cognac –, c'était odieux. À cause de lui, vous et moi partons d'un mauvais pied. Pour lui, nous ne sommes que des marionnettes. Bien sûr, nous avons tous les droits d'être fous de rage...

Elle leva vers lui un regard implorant.

— ... mais devons-nous pour autant nous venger l'un sur l'autre ?

Andrew déglutit et tourna la tête vers la vitre. Il ne desserra pas les mâchoires.

— Aucun de nous ne veut de ce mariage, mais si nous conjuguons nos intelligences pour l'empêcher, nous ne serons plus dans l'affrontement. Si nous faisons preuve de...

Elle hésita un court instant.

— ... de gentillesse, il naîtra peut-être entre nous un certain attachement.

— Et pourquoi pas de l'amour ? railla-t-il.

— Ça ne risque pas d'arriver si vous continuez à vous comporter comme un rustre.

— Pardon, marmonna-t-il, les yeux rivés sur le paysage qui défilait avec monotonie. Je peux à la rigueur vous apprécier. Mais l'amour reste pour moi un concept brumeux.

— Pour moi également. Mais il n'est pas impossible qu'il survienne, même dans un mariage de raison.

En guise de réponse, Andrew se contenta d'un haussement de sourcils. Puis il s'adossa à la banquette, sortit légèrement son épée de son fourreau pour tailler son crayon et se remit à dessiner. Il n'en démordrait pas : il ne voulait ni s'attacher à elle ni qu'elle s'attache à lui.

Non, il ne le voulait pas... alors pourquoi, maintenant qu'elle n'était plus sur la défensive, qu'elle se

142

montrait aimable alors même qu'il se démenait pour la repousser, éprouvait-il cet amollissement de tout son être ?

— Que les choses soient claires, je ne veux partager ma vie avec personne, maugréa-t-il, toujours à son crayonnage.

Sur le carnet, un portrait peu avantageux de Lucien apparaissait. Il griffonna soudain une épée, laquelle était dangereusement pointée sur le duc.

— Vous ne pénétrerez pas dans mon laboratoire. Vous ne m'interrogerez pas, ni ne m'embêterez pendant que je travaille. Je veux avoir la paix. N'espérez pas que je joue les chevaliers servants pour les bals et les soirées à l'opéra. J'ai toujours eu une sainte horreur des mondanités. Ce n'est pas demain que je changerai.

En proie à la stupeur, elle le dévisagea. Il vit ses joues rougir de colère, son regard se durcir. Manifestement, elle était à bout de patience. Mais elle le gratifia d'un sourire compassé.

— Nous sommes d'accord ? s'enquit-il.

— Non. Car moi aussi, j'ai des exigences.

— Laissez-moi deviner. Le chien au lit, le chien à table…

— Vous vous méprenez. C'est à propos de nous. Il serait judicieux qu'en tant que couple, nous fassions quelques apparitions en société. Cela ne vous mènera nulle part de rester enfermé tout le temps dans votre laboratoire.

— Je ne vois pas pourquoi je délaisserais mes expériences pour fréquenter les flagorneurs.

— Vous savez quoi ? Les chiens valent décidément mieux que les hommes, et vous en êtes la preuve vivante. Ils donnent de l'amour sans compter, que vous soyez riche ou pauvre, en pleine santé ou éclopé. Et ils ne rechignent pas à passer du temps avec les humains.

— Rassurez-vous, milady, je serai ravi de passer du temps avec vous – au lit, j'entends. Je vous rendrai bien plus heureuse que votre gentil toutou ne pourrait le faire.

Elle le fusilla du regard.

— Vous êtes malade.

— Probablement, oui.

— Je préfère vous prévenir : je ne chasserai pas Passoire de la chambre. Si vous vous obstinez à ne pas quitter votre laboratoire, je ne vois pas pourquoi je ferais des efforts.

— Dans ce cas, j'espère que votre lit est assez grand pour accueillir les deux mâles qui comptent dans votre vie.

— Quant à moi, j'espère que vous prendrez sur vous pour honorer quelques-unes des invitations que nous ne manquerons pas de recevoir.

— Je suis navré. Le beau monde et moi, nous ne faisons pas bon ménage. Je trouve ces soirées horriblement ennuyeuses.

— Elles ne le sont pas toujours. On peut danser, rencontrer toutes sortes de gens, tenter de leur apprendre à mieux s'occuper de leurs animaux de compagnie.

Andrew était tout à son croquis. À présent, Lucien gisait décapité, une deuxième épée plantée en plein cœur.

— Je préfère rester à la maison. Néanmoins, vous êtes libre d'assister à toutes les soirées que vous voulez.

— J'en ai bien l'intention, répondit-elle sèchement.

— Parfait.

Le silence, plus lourd encore qu'auparavant, revint s'installer dans la calèche ducale.

Andrew se réfugia derrière son croquis, même si l'inspiration initiale l'avait abandonné. Son trait vengeur s'était évaporé, laissant la caricature inachevée. Agacé, il repoussa le carnet. Voilà qu'il se sentait coupable d'avoir sciemment blessé Celsiana ! La culpabilité nourrissait sa colère, laquelle réveillait la peur de déclencher une crise et d'être démasqué.

Il jeta à la dérobée un coup d'œil à sa compagne et constata qu'elle regardait par la vitre. Elle avait un profil ravissant, un nez qu'il aurait volontiers embrassé, des lèvres joliment pulpeuses… *Tudieu !* Qu'est-ce qu'elle voulait de lui? Combien de fois lui avait-il dit qu'il réprouvait l'idée même du mariage? Il avait pourtant cru qu'elle désirait elle aussi recouvrer sa liberté. Et voilà qu'elle insistait pour passer du temps avec lui, entretenir des relations amicales, le sortir en société, là où il risquait de flancher et de dévoiler à tous le mal qui l'affectait.

C'était à n'y rien comprendre. Las, il se frotta le visage.

Si on avait vent de ses problèmes de santé, ses pairs ne prendraient plus au sérieux ses expériences. On lui rirait au nez, et la porte de la Royal Society lui resterait à jamais fermée.

— Ce ne sera pas facile, murmura Celsie, qui fixait la vitre, une ombre triste, désemparée, dans le regard.

Son air maussade eut raison de la colère d'Andrew. Il ne supportait pas de la voir meurtrie.

— Désolé, marmonna-t-il. Je suis parfois un peu trop rude. Je ne suis pas de bonne compagnie. Ni pour vous ni pour personne.

Elle tourna la tête et croisa son regard. Ses lèvres se plissèrent en un sourire contrit – sa manière de s'excuser à son tour. Soudain, ses yeux se posèrent sur le carnet qu'il avait écarté. Elle fronça les sourcils. Andrew se crispa.

Puis elle se pencha pour saisir le calepin et examina le corps sans vie de Lucien, l'épée plantée en plein cœur, le sang dégoulinant de la tête tranchée.

Ignorant quelle serait sa réaction, il se mordilla les lèvres.

Contre toute attente, elle éclata d'un rire cristallin, qu'elle tenta d'étouffer derrière sa main. Dans ses yeux brillait une lueur espiègle.

Soulagé et amusé, Andrew se détendit.

Celsie ôta sa main et laissa échapper un glousse-ment. Le sourire aux lèvres, il récupéra son carnet. Et cette fois-ci, lorsque leurs regards se croisèrent, nul ne se détourna.

15

Andrew et Celsie n'étaient pas les seuls à éprouver des envies de meurtre à l'égard du duc de Blackheath.

Gerald, accompagné de son valet et du chien de Celsie, parvint à Rosebriar Park tard dans la soirée. Sa fureur ne s'était pas éteinte, seulement assoupie. Pareille à une vague tranquille, elle menaçait de se changer en déferlante si un vent mauvais la ranimait.

Sur le fond, Blackheath avait raison. En soi, cela ne le dérangeait pas que lord Andrew de Montforte soit le prétendant de sa sœur. Son problème, c'était son incapacité à manipuler l'Intrépide. Il n'était pas aussi malléable que lord Harold de la Queue ou certains autres de ses amis.

Vu les dettes faramineuses qu'il avait accumulées, Gerald n'était pas près de se sortir d'affaire.

En cet instant, il aurait été bien en peine de dire lequel des trois il méprisait le plus : l'arrogant duc de Blackheath, le frère écervelé de ce dernier pour avoir créé la potion responsable de ce fiasco, ou bien Celsie, qui refusait de lui prêter de l'argent.

— Sale égoïste, petite ingrate ! pesta-t-il entre ses dents. Tu ne vaux pas mieux que ta dévergondée de mère !

Des aboiements lui parvinrent de la niche. Il distingua Passoire, campé près de sa gamelle à eau vide, qui dardait sur lui un regard plein d'espoir. Mais Gerald ignora le vieux chien. Il abhorrait ses

146

yeux tristes et l'emprise qu'il avait sur sa sœur. *Palsambleu !* Elle se souciait davantage de ses bêtes que de son propre frère. Elle était capable de consacrer tout son temps, son énergie, son argent à ses animaux, mais elle ne lèverait pas le petit doigt pour effacer ses dettes.

Il détestait les Montforte, Celsie, et son père, qui s'était désintéressé de lui et l'avait déshérité après avoir épousé la mère de Celsie. Il l'avait portée aux nues jusqu'à ce qu'il la surprenne dans le lit d'un autre. Cette découverte fatale l'avait précipité dans le tombeau.

Gerald avait la désagréable impression que le monde entier s'était ligué contre lui. Tous les créanciers d'Angleterre frappaient sans doute à la porte de sa demeure londonienne. Encore heureux qu'il puisse se cacher quelque temps dans le Berkshire ! Mais son répit serait de courte durée. Car il ne serait pas étonné que Celsie le chasse de Rosebriar dès son retour. Après tout, il avait tenté d'assassiner son futur époux.

Impossible d'être perpétuellement en cavale. Il avait besoin d'argent, de beaucoup d'argent, et s'il ne parvenait pas à le soutirer à Celsie, il le trouverait ailleurs.

Passoire abandonna sa niche et lui emboîta péniblement le pas. Engourdi par la douleur et la fatigue, le chien ne put suivre Gerald tant celui-ci marchait vite et dut abandonner. Le comte n'avait nulle envie d'attendre le vieux chien. Il en avait assez des chiens.

Tout l'insupportait.

Comme il longeait la roseraie délaissée de Celsie, une bribe de la conversation qu'il avait eue avec Blackheath lui revint en mémoire.

Allons, Somerfield, si vous êtes à ce point désespéré, trouvez-vous une riche héritière et vous serez tiré d'affaire.

Gerald s'immobilisa.

Seigneur ! C'était la solution à tous ses problèmes. Pourquoi n'épousait-il pas une héritière ?

Bien entendu, il fallait d'abord en rencontrer une. Et le défi était de taille. Celle-ci devrait tomber amoureuse d'un comte sans le sou, affligé d'une réputation détestable et d'un penchant pour les jeux d'argent.

Comment faire ?

Il fixa l'une des dernières roses qui offrait ses pétales au clair de lune. Hélas, les premières gelées figeraient bientôt les fleurs qui avaient eu la malchance – ou l'audace – d'être tardives.

Une idée miraculeuse traversa soudain l'esprit de Gerald. *L'aphrodisiaque. Il faut que je mette la main sur l'aphrodisiaque.*

Puis il songea à Eva.

D'un commun accord, Andrew et Celsie avaient décidé de se rendre à Londres. Ils avaient besoin de temps pour réfléchir, loin de leurs familles respectives et des ennuis qu'ils avaient laissés derrière eux. Quand l'attelage arriva aux abords de Montforte House, la lune, haut dans le ciel, éclairait les toits de Londres.

Frissonnant dans son gilet sans manches, Andrew avait passé le plus clair du voyage muré dans le silence. Songeur, il s'était interrogé sur la douce inclination qu'il éprouvait pour Celsie. Devait-il s'en réjouir ou s'en inquiéter ?

À vrai dire, il aurait préféré se comporter en ami plutôt qu'en ennemi. Tandis qu'il la contemplait, endormie sous la couverture qu'il avait étendue sur elle après qu'elle s'était assoupie, un élan de tendresse s'empara de lui. Même s'il détestait se conduire comme un mufle avec elle, c'était la seule manière de la tenir à distance.

Il avait trop à perdre.

La calèche s'était immobilisée devant les hautes grilles en fer forgé de Montforte House. Il était temps de sortir.

— Celsie...

Elle ne bougea pas.

Andrew se rapprocha, lui toucha l'épaule.

— Celsie, réveillez-vous. Nous sommes arrivés.

Elle émit un vague gémissement, tira sur la couverture et demeura immobile.

La portière s'ouvrit sur un valet qui déplia le marchepied, et Andrew n'eut d'autre choix que de la soulever délicatement et de la prendre dans ses bras.

Elle était aussi légère qu'une plume. Son corps gracile se logeait parfaitement dans l'étreinte d'Andrew. Il aimait la sentir contre lui, ensommeillée, la joue sur son torse, une paume sur son cœur. Conscient que le valet se tenait tout près, s'efforçant d'être le plus discret possible, Andrew pivota et emmena sa compagne à l'intérieur de Montforte House.

Il ordonna aux domestiques de préparer un en-cas et un bain chaud, puis il monta à l'étage avec son ravissant fardeau. Bien sûr, il ne resterait pas avec elle. Il n'avait pas l'intention de partager sa couche. Ainsi qu'il se l'était promis, il tâcherait de garder ses distances.

En haut de l'escalier principal, il la conduisit à ses appartements. Lorsqu'il referma la porte et la posa sur le lit, Celsie souleva ses paupières lourdes de sommeil. Immédiatement, il décela dans ses yeux une lueur d'inquiétude qu'il s'empressa de dissiper.

— Détendez-vous, je ne vous toucherai pas.

— Où sommes-nous ?

— Nous sommes à Londres, à Montforte House. Vous êtes dans mon lit, mais n'ayez crainte, je ne reste pas. Une femme de chambre ne devrait pas tarder à vous apporter à manger. J'ai demandé qu'on vous prépare un bain chaud. Bonne nuit.

Elle s'adossa aux oreillers.

— Où allez-vous ?

— Je suis exténué. Je vais… ailleurs, me restaurer, me débarbouiller, puis j'irai me coucher.

— Oh…

Il lui jeta un regard agacé. Visiblement, elle était mal à l'aise de se trouver sur son lit. Elle avait beau être habillée, elle restait cramponnée à sa couverture. Elle semblait préoccupée, confuse, terriblement vulnérable. L'attendrissement qu'elle provoquait en lui le reprit et l'irrita.

— Qu'y a-t-il ? s'enquit-il, impatient.

Ignorant sa brusquerie, elle poussa un soupir et répondit :

— Je possède moi aussi une maison à Londres. Je crois qu'il serait préférable que j'y séjourne…

Pour une raison qu'il ne s'expliquait pas, sa mauvaise humeur s'intensifia.

— Parfait. Je ne vous retiens pas.

— Oui. Je pense que c'est mieux comme ça.

Elle lui lança un regard qu'il ne put déchiffrer et se mit debout. Puis elle baissa les yeux, les joues empourprées, comme mortifiée encore par leurs ébats des deux derniers jours. Il ne compatirait pas, ça non ! se gourmanda-t-il.

— Vous pouvez prendre notre calèche, proposa-t-il.

— Merci.

— Pourquoi ne pas nous retrouver pour le petit déjeuner ?

En proie à un étrange sentiment d'abandon, Andrew lui tourna le dos. Il ne parvenait pas à comprendre les raisons pour lesquelles la colère le taraudait encore.

— Nous… nous devons discuter et réfléchir à un moyen de démêler cet imbroglio.

— Entendu, répliqua-t-elle d'une voix neutre. À quelle heure souhaitez-vous que je vienne ?

— Quand vous voulez.

— Je sais que vous êtes un lève-tard. Par conséquent, disons midi.

— Je ne suis pas certain de trouver le sommeil cette nuit.

Elle opina en guise de réponse.

Il s'inclina courtoisement. Ses paumes étaient moites, son cœur battait la chamade. Elle avait atteint la porte lorsqu'il l'interpella d'un ton où perçait le désarroi :

— Attendez !

Elle pivota. Il crut voir dans ses yeux une lueur d'espoir. « Non, se dit-il, je me fais des idées. »

— Laissez-moi vous prêter un de mes manteaux, suggéra-t-il. Vous ne voudriez pas qu'on vous voie...

Désignant du menton sa tenue peu conventionnelle – sous la couverture, on distinguait la culotte d'équitation et les bas –, il conclut :

— ... vêtue de la sorte.

— Merci, chuchota-t-elle.

Ôtant la couverture de ses épaules, elle l'abandonna sur le dossier d'un fauteuil.

Andrew gagna sa garde-robe, en sortit un épais manteau de laine et le déposa délicatement sur ses épaules.

— Voilà, dit-il en reculant, presque à contrecœur. À demain, lady Celsiana.

— À demain, lord Andrew.

Il capta dans son regard une ombre de tristesse, ou de douleur. Peu importait, se morigéna-t-il. Il devait chasser Celsie de chez lui, de sa vie, avant que la colère ne reprenne le dessus.

Comme il se retournait pour ne pas la voir partir, il aperçut subitement quelque chose par la fenêtre qui donnait sur la rue. Intrigué, il s'approcha et se figea.

— Seigneur Dieu...

Une mystérieuse lumière ambrée éclairait la rue. Un large ruban gris aux rayures or s'étirait en lieu et place des pavés. Des sons étranges et effrayants emplirent sa tête, des lumières insolites l'éblouirent. Andrew écarquilla les yeux tandis qu'un frisson le parcourait des pieds à la tête.

Retenant son souffle, il leva lentement son regard vers la source de lumière et vit que l'éclatant disque lunaire, si haut dans le ciel, se réfléchissait dans la rue en une ligne parfaite de lunes dorées – un tapis de lunes illuminait la chaussée.

Les genoux flageolants, il ferma les yeux, agrippa le rebord de la fenêtre. Lorsqu'il rouvrit les paupières, un court instant plus tard, tout était redevenu comme avant.

Une seule lune veillait sur la capitale endormie. Des calèches menées par des chevaux à l'encolure aristocratique et des tombereaux roulaient sur les pavés. Un chien reniflait le caniveau.

Il réalisa alors que Celsiana l'avait rejoint et avait posé une main bienveillante sur son épaule.

— Andrew ?

Il secoua la tête pour se secouer mentalement.

— Est-ce que vous avez vu ? demanda-t-il d'un ton impatient.

— Vu quoi ?

Elle se pencha pour regarder par la fenêtre. Des plis soucieux ridèrent son front.

— Vous allez bien ? s'alarma-t-elle.

— Oui, oui. Ne vous inquiétez pas.

Incapable de réprimer ses tremblements, il se frotta les yeux. Une irrépressible envie de fuir s'empara de lui. Il voulait prendre les jambes à son cou avant de lui parler de sa vision. De sa folie.

Refermant ses doigts autour de ses muscles tendus, elle lui baissa les bras. Elle n'était pas dupe. L'étincelle de panique dans les yeux d'Andrew ne lui avait pas échappé. Quand elle posa sa paume sur son front, il ferma les paupières.

— Vous êtes souffrant, dit-elle. Vous transpirez et vous êtes pâle comme un linge.

— Celsie, je vous en prie, allez-vous-en !

— Oui, je vais vous laisser, mais pas avant de m'être assurée...

— Pour l'amour du Ciel !

Lui serrant les poignets, elle l'écarta brusquement de la fenêtre et l'attira vers le lit.

— Venez donc vous asseoir une minute, dit-elle. Ce matin, sur le pré, vous avez eu une crise aussi, n'est-ce pas ? C'est la raison pour laquelle vous vous êtes écroulé. Ne me racontez pas d'histoires, Andrew ! Vous êtes malade et vous avez besoin de repos.

— Je vais bien. Je suis affamé, c'est tout. Je...

— Asseyez-vous ! insista-t-elle.

— Pardon ?

— Vous m'avez très bien entendue. Je vous ai dit de vous asseoir.

Il n'eut pas le loisir de lui assener une phrase assassine – personne n'avait encore osé lui parler sur ce ton, encore moins une femme – car elle le poussa sur le matelas, l'obligeant ainsi à s'asseoir. Stupéfait, il la laissa lui ôter ses bottes. Puis elle prit place à ses côtés et porta de nouveau la main à son front bouillant.

Par tous les saints ! Jamais on ne l'avait dorloté. Sa mère avait probablement soigné ses bobos, mais il ne s'en souvenait pas – il était trop jeune quand elle était morte. Même entouré de ses frères et de sa sœur, il avait eu le sentiment de grandir seul. C'était ainsi. Il n'était pas habitué aux gestes tendres. Et voilà que cette femme le traitait affectueusement, qu'elle se faisait du souci pour lui.

Gêné, il eut un petit sourire.

— Je suppose qu'ensuite vous me parlerez comme à vos chiens et me direz : « Couché ! »

Un joli sourire naquit sur les lèvres de Celsie.

— Absolument ! répondit-elle. Vous semblez moins chaud, mais vous n'avez pas l'air en grande forme pour autant. Je vais en cuisine vous chercher quelque chose à grignoter rapidement. En attendant, glissez-vous sous les draps et n'en bougez pas jusqu'à mon retour. Suis-je assez claire ?

— Pardon ?

— J'ignore de quel mal vous souffrez, milord, mais je suis sûre d'une chose : votre ouïe n'est pas atteinte.

Andrew la dévisagea.

— Je me demande si je dois vous remercier pour vos soins, en rire ou m'en offusquer.

— Vous n'avez aucune raison de vous vexer. Après tout, je ne vous traite pas différemment des animaux dont je m'occupe.

— Venant de vous, je prends cela comme un compliment.

— Que cela ne vous monte pas à la tête. L'homme qui remplacera Passoire n'est pas encore né.

Sur ce, elle pivota et gagna la porte. Assis sur le rebord du lit, Andrew ne put s'empêcher d'admirer ses fesses et ses longues jambes que moulait scandaleusement sa culotte en peau de daim.

Une fois le seuil atteint, elle se retourna et darda sur lui un regard sévère. Il comprit, se glissa sous les draps, remonta la couverture jusqu'à son menton et poussa un profond soupir.

Puis elle s'en fut.

16

Vingt minutes plus tard, un plateau sur les bras, Celsie monta les marches à pas de loup. Elle s'attendait à trouver Andrew endormi, mais il n'en était rien. Appuyé contre la tête de lit, il griffonnait sur son carnet calé sur un genou.

Postée sur le pas de la porte, elle l'observa un moment.

Il était tellement absorbé par son crayonnage qu'il ne l'avait pas entendue arriver. Sur la table de chevet, une bougie projetait sa lumière vacillante sur son visage aux traits fatigués. Il avait dénoué sa queue de cheval, et de belles boucles châtain foncé tombaient sur ses épaules. Il avait beau rejeter en arrière les mèches rebelles qui lui barraient le front, elles revenaient le taquiner. Il semblait incroyablement juvénile et préoccupé. C'était un très bel homme.

Celsie demeura immobile, comme hypnotisée. Il y avait quelque chose de fascinant à contempler un génie qui, peut-être, travaillait à une invention qui changerait un jour la face du monde.

Exaltée par cette vision, Celsie fut saisie de l'irrésistible envie de se ruer vers le lit, de le rejoindre sous les draps, d'embrasser ses lèvres jusqu'à ce qu'elles lui sourient.

« Ça ne va pas la tête ? » se tança-t-elle pour se ressaisir.

Ce devait être un des effets secondaires de l'aphrodisiaque, à l'instar du fol espoir qui l'avait envahie avant qu'elle ne prenne congé : l'espace d'un instant, elle avait cru qu'il lui demanderait de rester... Évidemment, son espoir avait été déçu.

Elle s'éclaircit la gorge pour annoncer sa présence. Andrew sursauta.

— Bonsoir ! murmura-t-il.

À son grand étonnement, il cessa d'écrire, referma son carnet et le posa sur la table de chevet, avant de lui accorder toute son attention. Celsie fronça les sourcils. Son sermon dans la calèche avait-il déjà porté ses fruits ?

— Vous sentez-vous mieux ? demanda-t-elle en le gratifiant d'un sourire chaleureux.

— Beaucoup mieux, dit-il en lui prenant le plateau des mains.

— Bien, bien... Je vous ai apporté du thé, des restes de tourte au porc, des petits pois et des pommes de terre en robe des champs.

Elle avait préparé deux assiettes. Il saisit la sienne, ainsi que ses couverts, et lui rendit le plateau pour qu'elle puisse s'en servir.

— Non, gardez-le. C'est vous qui êtes alité. Vous n'avez rien pour poser votre assiette.

— J'ai mes genoux.

— Vous allez tout renverser. Attendez...

Elle tira la table de chevet et y installa son assiette, la théière et les tasses. Andrew prit le plateau, se redressa et entama sa part de tourte.

— Je parie que vous êtes une experte en dressage de chiens, déclara-t-il d'un ton ironique.

— Pourquoi dites-vous cela ?

— Vous n'aimez pas qu'on vous contredise. Si vous n'imposez pas de limites à vos chiens, ils prennent vite le dessus. Or, vous n'êtes pas du genre à vous laisser faire, ni par les chiens ni par les gens. Je me trompe ?

— C'est un compliment ?

— D'après vous ? répliqua-t-il, laconique.

Celsie haussa les épaules.

— Il est toujours plus facile d'accepter un compliment qu'une insulte. Alors, je préférerais que ce soit
un compliment.

Un sourire malicieux joua sur ses lèvres. Il répondit :

— C'en était un.

Elle lui versa une tasse de thé. Pourquoi donc sa
main tremblait-elle ? Son regard posé sur elle l'emplit
de chaleur et fit battre son cœur plus vite. Si bizarre
que cela puisse paraître, elle se sentait presque plus
à l'aise quand cet homme se montrait revêche. Lorsqu'il était charmant, elle perdait tous ses moyens. Et
lui servir le thé lui semblait aussi intime que partager sa couche. Était-ce un rituel qu'accomplissait une
épouse le matin pour son mari ?

— Souhaitez-vous du sucre ? Un nuage de lait ?

— Les deux, s'il vous plaît.

Elle remua la cuillère et lui tendit sa tasse. Lorsqu'il approcha la main pour saisir la porcelaine brû-
lante, il effleura les doigts de Celsie sur l'anse. Il eut
un mouvement de recul.

— Désolée, bredouilla-t-elle, embarrassée, s'em-
pressant de poser la tasse.

« Bavarde. Fais un effort pour discuter, se ser-
monna-t-elle. Mais qu'est-ce que je suis censée dire à
un homme de science reclus ? De quoi pouvons-nous
bien parler ? Et pourquoi suis-je brusquement si nerveuse ? »

L'observant alors qu'il buvait sa première gorgée,
elle déclara :

— Vous êtes encore pâle.

Andrew haussa les épaules.

— Je ne sors pas beaucoup de mon laboratoire.

Évidemment, il exagérait. Il se promenait réguliè-
rement dehors. Il aimait monter à cheval et contempler la nature. En revanche, il répugnait à s'éloigner
des remparts rassurants de Blackheath Castle.

L'air absent, il sirota son thé et se perdit dans ses
pensées. Heureusement qu'elle n'avait pas demandé
à voir son carnet, se dit-il. Car il avait couché sur le
papier la vision qu'il avait eue, dans l'espoir d'en tirer

quelque chose pour la science, la médecine. Il laisserait ainsi une trace de lui avant qu'on l'affuble d'une camisole de force et qu'on l'interne à Bedlam. Songer à cet antre de la folie le fit frémir au point qu'il faillit renverser sa tasse.

La peur était revenue. En fait, elle ne l'avait jamais quitté.

— Voulez-vous que j'aille vous chercher une autre couverture ? demanda Celsie.

— Ce n'est pas la peine.

— Vous avez froid. Vous avez mauvaise mine.

Elle posa son assiette avant d'enchaîner :

— Je crois qu'il vous faut un médecin.

— Non, non !

— Lord Andrew...

— Je me sens déjà mieux, je vous assure, affirmat-il avec son plus beau sourire. Je suis simplement fatigué, Celsiana. Je n'ai pas fermé l'œil de la nuit. Tout ce dont j'ai besoin, c'est de sommeil.

— Pourquoi n'avez-vous pas dormi ? C'est le duel qui vous tracassait ?

— Non, j'avais autre chose en tête. J'ai passé la nuit, le nez dans un ouvrage, à essayer de comprendre comment j'avais créé cet aphrodisiaque. Je suis épuisé.

Dubitative, elle plissa les yeux et le fixa.

Quelque chose dans son regard le désarçonna. Une lueur préoccupée. De la bonté. Elle semblait inquiète pour lui.

Le sourire d'Andrew se figea. Il n'était qu'un mystificateur. Tôt ou tard, il devrait lui révéler la vérité.

Car, après tout, il ne voyait pas comment éviter le mariage. Elle finirait par l'épouser, et il ne pourrait pas lui cacher indéfiniment sa véritable nature. Elle était en droit de savoir que Lucien avait demandé à tous les spécialistes qui faisaient autorité en matière de démence, de désordres mentaux divers et variés, de l'examiner, que ces médecins étaient venus des quatre coins d'Europe et qu'aucun d'eux n'avait été en mesure d'établir un diagnostic satisfaisant.

Son estomac se noua.

Oui, il fallait qu'il le lui dise. Mais quelle serait sa réaction ? Supporterait-il sa pitié, voire son dégoût, son effroi ? Jamais elle n'accepterait de le prendre pour époux si elle découvrait le pot aux roses. Alors, pourquoi rechignait-il à se confier à elle ? Qu'est-ce qui l'en empêchait ? Ne désirait-il pas éviter ce mariage ?

Et si elle tenait tout de même à l'épouser... eh bien, il lui expliquerait comment elle pourrait tirer profit de sa maladie. Un rire intérieur le secoua.

Réfléchissez, Celsie. Si par extraordinaire vous dilapidez votre fortune, vous pourrez m'exhiber à Bedlam et demander aux gens de payer pour me voir. J'entends déjà leurs commentaires : « Oh ! Regardez ! C'est le fameux lord Andrew de Montforte, l'inventeur de la machine volante qui s'est écrasée et des aphrodisiaques. Vous vous rendez compte ? Il vit dans une cage, il bave comme s'il était l'un des chiens de sa femme ! »

Puis la colère s'empara de lui. La bouchée de tourte qu'il mâchait prit soudain un goût amer. Il repoussa son assiette. Il n'avait plus faim.

Posant de nouveau la main sur le front d'Andrew, Celsie insista :

— Vous êtes malade ?

— Non, non, je vais bien, répliqua-t-il faiblement.

— Ce doit être les petits pois.

— Je vous demande pardon ?

Elle eut un rire sans joie.

— Rappelez-vous la malchance qui poursuit mes prétendants. Un des hommes que j'étais censée épouser est mort étouffé par un petit pois, et voilà que je vous sers des petits pois. Vous craignez sans doute de mourir dans les mêmes conditions.

— Milady, je vous rappelle que je n'aime pas les petits pois. Il faudrait que vous me forciez à en manger pour que l'on envisage une improbable mort par asphyxie.

— Jamais je n'oserais vous obliger à consommer un plat que vous détestez, riposta-t-elle en lui retirant son plateau. Vous êtes souffrant, Andrew. Il vaut mieux que je vous laisse tranquille. Vous avez besoin de dormir, et moi de… de réfléchir.

— Oui, je vous en prie, s'entendit-il répondre alors qu'il n'en pensait pas un mot.

Restez, s'il vous plaît. Je ne veux pas être seul. J'ai peur. J'ai besoin de vous. Restez…

Sans desserrer la mâchoire, il fixa le mur opposé d'un œil maussade. Les doigts agrippés à un coin de couverture, il luttait contre lui-même. Dans cette bataille, il n'y avait aucun vainqueur possible.

Celsie posa sur Andrew un regard confus. Il avait les yeux rivés sur la fenêtre devant laquelle il avait eu une crise. Il était incroyablement viril. Incroyablement beau.

Et seul avec son mal mystérieux.

Une fois de plus, elle devina la colère rentrée qui le tourmentait, le combat intérieur qu'il menait. Il avait besoin d'elle, elle le sentait. Mais les âmes solitaires étaient les dernières personnes sur cette terre à réclamer de l'aide, elle le savait d'expérience – son enfance avait été marquée au fer rouge de la solitude.

Après un instant, il releva vers elle ses yeux où la tempête faisait rage. Il la scruta pendant un long moment avant de détourner son regard vers l'âtre vide.

— Je croyais que vous deviez partir, marmonna-t-il entre ses dents.

Elle s'approcha pour lui effleurer le bras puis s'immobilisa. Il fixa la main qui avait failli le toucher. Penaude, elle eut un mouvement de recul.

— Allez-y, dit-il en désignant la porte du menton. Prenez le plateau. Vous apprécierez plus votre souper ailleurs, dans un endroit où vous n'aurez pas à supporter ma mauvaise humeur.

— Andrew… souhaitez-vous… parler ?

— Non. Je ne veux pas parler. Je veux que vous me laissiez.

— Qu'est-ce que j'ai fait ?

— Rien. J'ai trop de choses en tête, c'est tout. Je…

Il repoussa la courtepointe.

— En fait, vous devriez dormir dans cette chambre. J'en occuperai une autre, comme prévu.

Elle posa brusquement une paume contre son torse pour l'empêcher de se redresser.

— Non, vous ne bougerez pas d'ici, ordonna-t-elle.

Sous sa fine chemise de batiste, elle sentit ses poils, ses muscles tendus, et le battement de son cœur. De nouveau, il braqua son regard sur sa main afin qu'elle l'ôte, mais elle n'en fit rien. Se remémorant tout ce qu'ils avaient partagé, elle piqua un fard. Mais elle ne se départit pas pour autant de son assurance. Les yeux dans les siens, elle déclara :

— C'est vous qui êtes malade. Vous restez ici. Je trouverai une autre chambre.

Il la dévisagea puis rendit les armes.

— D'accord, fit-il.

À contrecœur, elle enleva sa main de son torse et croisa nerveusement les doigts.

— Je vous laisse votre thé ? s'enquit-elle.

— Non. Ne me laissez que ma mauvaise humeur.

— Elle s'en ira… à condition que vous acceptiez d'en parler, bien sûr. Partager vos soucis vous ferait du bien.

— Je doute que cela vous fasse du bien de les entendre. Par conséquent, je suggère que nous en restions là. Bonne nuit, Celsiana. Dormez bien.

Cette abrupte manière qu'il eut de la congédier la blessa. Ravalant aussitôt sa peine, elle le considéra avec attention. Il dirigea son regard vers la fenêtre qui ouvrait sur les ténèbres nocturnes. Que cachait cet homme ? Pourquoi refusait-il obstinément de se confier à elle ? Elle voulait le réconforter, mais ne savait comment s'y prendre.

Avec un soupir, elle rassembla les restes de leur souper. Immobile, Andrew contemplait l'obscurité, crispait et décrispait ses doigts sur la courtepointe. Il régnait un silence sépulcral dans la chambre. La tension était palpable.

« Bon, très bien ! songea Celsie en soulevant le plateau. Puisqu'il insiste, je vais le laisser se morfondre. Seul. Ah, les hommes… »

— Bonne nuit, Andrew. J'espère que vous aurez plus d'appétit demain et que vous serez de meilleure humeur.

Redressant le menton, elle pivota et gagna la porte, avec le secret espoir qu'il la rappelle, qu'il lâche prise et épanche son cœur. « Dieu sait que ce n'est pas bon de se coucher avec la colère au ventre ! » se dit-elle.

Mais il ne la rappela pas.

Désemparée, Celsie ferma la porte derrière elle et erra dans les couloirs sombres de Montforte House. Une fois dans sa chambre, elle se tourna et se retourna longtemps dans son lit, incapable de trouver le sommeil.

Étendue dans ce lit inconnu, dans cette maison inconnue, elle s'interrogeait. Mille pensées contradictoires assaillaient son esprit contrarié. Elle tentait d'imaginer à quoi ressemblerait le mariage avec l'homme brillant mais lunatique qui dormait à l'autre bout du couloir. Serait-ce une erreur monumentale qu'elle regretterait toute sa vie ? Ou bien la source de divines surprises, de complicité ? D'amour ?

Elle aurait tant aimé avoir Passoire avec elle ! Sa tendresse lui manquait. En proie au désarroi, elle scruta par la fenêtre, au-delà du square, les lumières d'une autre maison, tout en songeant que, décidément, les chiens valaient mieux que les hommes.

17

À l'heure où Celsie prenait congé de son compagnon d'infortune et pénétrait dans la chambre qu'on lui avait attribuée, Lucien rentrait à Blackheath Castle.

Il était tard, et le voyage l'avait fatigué. Quand le majordome lui apprit que ses frères étaient là et qu'ils l'attendaient dans la bibliothèque, il ne manifesta aucune surprise. Il tendit son manteau et son chapeau au domestique et les rejoignit.

Assis près de l'âtre, habillé en civil, Charles était plongé dans la contemplation des flammes. Le feu donnait à ses cheveux clairs un éclat doré. L'air préoccupé, Gareth se tenait à quelques mètres de son aîné. Tous deux accueillirent Lucien avec soulagement.

— Bon sang! Où étais-tu passé? demanda Charles sur un ton de reproche, en bondissant sur ses pieds.

Lucien haussa les sourcils.

— Je te signale, à tout hasard, que je suis un grand garçon, dit-il, arborant un sourire chaleureux. Il y a longtemps que j'ai quitté les jupes de ma nourrice.

Ils échangèrent une poignée de main fraternelle.

— Charles, enchaîna Lucien, je sais que tu prends ton nouveau rôle de père très à cœur, mais ne compte pas sur moi pour venir te raconter mes bobos.

Les joues empourprées, Charles répondit :

— Nous nous faisions du souci pour toi. Et pour Andrew.

— Oui. Où est-il, au fait ? demanda Gareth, qui s'approcha pour saluer le duc à son tour.

— Apparemment, il est à Londres, répondit Lucien en acceptant le verre de cognac que lui offrait Charles. Je viens d'ailleurs de m'y rendre pour obtenir une licence spéciale afin que le mariage ait lieu dans les meilleurs délais. L'évêque me devait une faveur ou deux.

— C'était donc vrai, maugréa Charles. D'après Nerissa, tu n'as pas pu t'empêcher de te mêler de ce qui ne te regardait pas.

— Je n'ai pas eu d'autre choix que d'intervenir, corrigea Lucien.

Charles s'appuya au chambranle de la porte. L'air consterné, il rétorqua :

— Je suppose qu'Andrew n'est pas au courant de ta... magnanimité.

— Détrompe-toi. Je crois qu'il est très lucide. Et un de ces jours, il me remerciera pour mon aide. Avec sans doute plus de ferveur que vous deux n'en avez témoigné à mon égard.

Les traits creusés par la fatigue, Charles passa une main dans ses cheveux. Une ombre de frustration se peignit sur son visage. La mâchoire crispée, il se tourna vers son frère.

— Bon sang, Lucien ! Tu as le diable dans la peau ou quoi ?

— Sans doute, répondit-il posément en achevant son verre.

Rien ne pouvait tant le faire fléchir que les yeux bleu pâle perçants que Charles fixait sur lui. En cet instant, il se sentait plus démuni qu'il ne l'avait jamais été. Il détourna la tête, se refusant à croiser le regard de son frère.

— Lucien ? fit Gareth.

Charles ne pipa mot. Même sans son uniforme, il émanait de lui une autorité toute militaire. Lucien s'approcha de la cheminée, souleva les basques de son habit pour poser les mains sur ses hanches et contempla sans rien dire le feu qui crépitait.

— Charles, reprit-il, depuis ta venue au monde, on t'a préparé à devenir duc s'il m'arrivait malheur…

— Serais-tu en train d'essayer de nous dire quelque chose ? s'enquit Charles.

Lucien opina du chef.

— J'ignore comment vous le dire.

Sans préambule, Charles demanda :

— Tu vas mourir ?

— Non, non. Ça n'a rien à voir.

Soucieux d'éviter le regard pénétrant de Charles et l'expression inquiète de Gareth, il pivota et marcha droit vers la fenêtre, d'où il contempla les collines endormies sous leur couverture d'étoiles. Partagé entre le besoin de parler et celui d'être fidèle à sa promesse, il demanda :

— Vous souvenez-vous du jour où nous avons enterré nos parents ?

— Oui, répondirent en chœur Charles et Gareth.

— Eh bien, ce jour, je leur ai juré que je prendrais soin de ma famille.

Il se retourna et leur fit face.

— C'est la raison pour laquelle j'ai à cœur de vous voir tous heureux et mariés.

— Oh, pour l'amour du Ciel, Lucien, nous sommes adultes ! grommela Gareth. Nous sommes capables de veiller sur nous-mêmes.

— Vous ne pouvez pas me demander de rompre mon serment. Et je considère que le bonheur de chacun d'entre vous relève de ce serment. Par conséquent, le mariage d'Andrew aura bien lieu.

Charles le dévisagea.

— Parce que tu crois que cela le rendra heureux ?

— Andrew ne veut pas se marier, renchérit Gareth.

Se versant un autre verre de cognac, Lucien répondit :

— Il doit impérativement convoler en justes noces.

— Et c'est toi qui accuses Charles de prendre sa paternité trop au sérieux ! riposta Gareth, passablement énervé.

— En tant que chef de famille, j'ai des responsabilités, ne t'en déplaise.

— Tu sembles oublier le respect des désirs d'autrui, maugréa Gareth. Et si tu laissais les gens choisir leur propre voie, vivre la vie qu'ils veulent ? Pourquoi es-tu persuadé de savoir mieux que les autres ce qui est bon pour eux ?

Un sourire confiant joua sur les lèvres de Lucien.

— En l'occurrence, c'est le cas, dit-il. D'ailleurs, en ce qui vous concerne, je ne pense pas m'être trompé.

Charles était encore appuyé au chambranle, le visage tourné vers l'âtre. En proie à une colère froide, il refusait de regarder Lucien.

Finalement, il se redressa et déclara :

— Cette discussion ne mène nulle part. Je vais me coucher.

— Charles...

— Nous partirons pour Londres avant l'aube, coupa-t-il en jetant à son aîné un regard dénué d'indulgence, et nous tenterons de réparer les dégâts que tu as causés. Bonne nuit.

Sur quoi, il s'inclina légèrement et s'en fut.

— Je crois que tu devrais toi aussi aller te coucher, dit Lucien à Gareth d'un ton affable.

Impassible, il faisait mine d'ignorer la hargne qui brûlait dans les yeux de Gareth, tout comme il avait feint d'ignorer les paroles blessantes de Charles. Il avait hélas l'habitude que ses frères le prennent pour un démon.

Gareth le considéra un long moment sans mot dire, puis franchit à son tour le seuil de la bibliothèque, ne laissant derrière lui que l'auguste silence des livres.

Contrairement à Charles, il n'avait même pas daigné souhaiter bonne nuit à son frère.

Le doux tambourinement de la pluie contre les carreaux réveilla Celsie. Le jour ne s'était pas encore levé. Emmitouflée dans les draps, elle écoutait le bruit paisible de l'eau dégoulinant des avant-toits.

Machinalement, elle fit glisser ses pieds sous la couverture, cherchant Passoire. En vain. Saisie de panique, elle se réveilla tout à fait. D'aussi loin qu'elle se souvînt, elle avait toujours dormi avec un chien ou un chat, ou les deux. Mais là, il n'y avait ni l'un ni l'autre. Elle réalisa vite qu'elle se trouvait à Montforte House, dans une chambre où flottait un parfum de rose – probablement celle de Nerissa.

Elle tira la couverture sur ses épaules, partagée entre l'envie de rester au lit et la nécessité de se lever, de retrouver sa propre demeure londonienne avant que le personnel des Montforte ne se réveille. Sa réputation était suffisamment entachée sans qu'elle en rajoute.

Pourtant, elle avait bien envie de se rendormir… Dix minutes, un quart d'heure, pas plus, se dit-elle. Ensuite, elle quitterait Montforte House.

Mais un bruit indistinct parvint à ses oreilles. Ouvrant grand les yeux, elle essaya de distinguer les formes des meubles qui se détachaient imperceptiblement de l'obscurité. Une lumière grise filtrait par les immenses fenêtres.

Soudain, elle discerna la haute silhouette d'un homme appuyé nonchalamment au chambranle de la porte et étouffa un cri d'effroi.

— Désolé, dit Andrew en se redressant. Ce n'est que moi.

— Juste Ciel, vous m'avez flanqué une de ces peurs ! Ça fait longtemps que vous êtes là ?

— Je ne sais pas. Vingt minutes. Deux heures. Un bon moment, en tout cas.

Gardant la couverture contre elle, elle s'assit et s'adossa contre la tête de lit.

— Qu'est-ce que vous voulez ?

— Un peu de compagnie, répondit-il d'une voix caressante.

— Je croyais que vous préfériez qu'on vous laisse tranquille. Vous avez été assez clair, il me semble.

Il pénétra dans la chambre, uniquement vêtu d'une longue chemise blanche qui lui arrivait à mi-cuisses. Ses cheveux bouclés, détachés, tombaient sur ses épaules. Cette vision de lui marchant pieds nus lui mit l'eau à la bouche. Elle en oublia son envie de replonger dans les bras de Morphée. Elle en oublia même son désir de fuir.

— J'aimerais m'excuser pour mon comportement d'hier soir, dit-il.

— Maintenant ? Cela ne pouvait pas attendre une heure plus décente ?

— Non.

— Bon, très bien. À présent que vous vous êtes excusé, vous pouvez retourner dans votre chambre.

Il haussa les épaules.

— À quoi bon ? Trop de soucis m'occupent l'esprit. Je n'arriverai pas à dormir.

— Eh bien, pourquoi ne dessineriez-vous pas les plans d'un nouvel engin volant ? Ou quelque appareil qui sauverait les chiens tournebroches de leur horrible sort ? Ou, mieux encore, une potion qui vous rende invisible ? C'est très déconcertant de se réveiller et découvrir qu'un homme vous observe.

— C'était plus fort que moi. Vous... vous êtes belle.

La douceur avec laquelle il s'était exprimé la troubla tant que son cœur manqua un battement. *Vous êtes belle.* Jamais on ne lui avait dit ça. Personne. Elle ne sut comment réagir. Soudain confuse, elle remonta davantage la couverture.

— Je... je suis gênée, murmura-t-elle.

— Vous ne devriez pas. C'était une simple observation. Rien de plus.

— Je préférerais que vous gardiez vos observations pour la science et non pour une femme en chemise qui n'a qu'une envie : dormir.

— Vous rendez-vous compte, Celsiana, que si nous ne parvenons pas à déjouer les plans de mon frère, nous nous verrons tous les matins au réveil ?

Il baissa la tête et frotta un orteil contre le montant de la porte. Des mèches retombèrent sur son front, lui donnant soudain un air de gravité.

— C'est assez déroutant, ajouta-t-il, mais d'une certaine façon, cette idée ne me paraît pas repoussante. Et vous ?

Une ombre de vulnérabilité passa sur le visage d'Andrew.

— Je... je vous trouve plus attirant que Passoire, c'est vrai.

— Écoutez-moi...

Elle se raidit et serra la couverture un peu plus fort.

— Je suis navré de m'être conduit comme un mufle. Je suis navré que vous m'ayez quitté hier en croyant que j'étais en colère contre vous, alors que je suis en colère contre la fatalité, contre les circonstances qui m'ont fait tel que je suis aujourd'hui...

Il prit une grande inspiration.

— Je suis d'autant plus navré que si vous m'épousez, je risque d'être le plus abominable des maris.

Elle darda sur lui un regard noir.

— Vous essayez de vous introduire dans mon lit, lord Andrew ?

Avec un haussement de sourcils perplexe, il demanda :

— Voulez-vous de moi dans votre lit, lady Celsiana ?

— Bien sûr que non. Ce serait inconvenant.

— Oui, oui... vous avez sans doute raison.

— Par ailleurs...

Elle eut un moment d'hésitation, puis acheva :

— ... je n'ai jamais dormi seule. Passoire me manque.

— Je serais un piètre remplaçant.

Un silence empreint d'attente et d'espoir plana au-dessus d'eux.

— Je ferais mieux de retourner dans ma chambre, ajouta-t-il, un sourire contrit sur les lèvres. Sauf si vous acceptez que je sois Passoire pour cette nuit. Auquel cas je serais ravi de me glisser sous vos draps.

— Pourquoi vous laisserais-je partager mon lit ?

— Eh bien… balbutia-t-il, premièrement, sachant que vous êtes ici, j'ai beaucoup de mal à trouver le sommeil. Deuxièmement, si nous nous marions, nous dormirons forcément ensemble. Et troisièmement…

— Oui?

— J'ai froid, avoua-t-il.

Poussant un soupir, elle le caressa du regard. Son cœur se mit à cogner dans sa poitrine.

— Pourquoi faut-il que vous soyez aussi charmant?

— Désolé, je n'essaie pas de vous séduire.

— C'est justement pour cela que je vous trouve charmant, dit-elle en repoussant la courtepointe. D'accord, rejoignez-moi, puisque vous y tenez tant. Mais vous ne me touchez pas, d'accord? Vous dormez.

— Vous n'êtes pas sérieuse?

— Si, si.

— Honnêtement, je suis venu dans votre chambre, vous consentez à partager votre couche avec moi et vous pensez que je serai capable de ne pas vous toucher?

— Vous pouvez essayer, répliqua-t-elle, mutine.

— Je ne suis pas certain de réussir.

— Alors, vous devriez regagner vos appartements, dit-elle, ignorant la raison pour laquelle elle espérait de tout son cœur qu'il n'en fasse rien. Je ne vois pas pourquoi c'est si difficile. Si vous êtes capable de créer des engins volants et d'inventer des objets incroyables, vous pouvez vous allonger à côté d'une femme sans la toucher.

Il esquissa un faible sourire et s'approcha du lit à pas de loup.

— J'ai l'impression que c'est une sorte de défi.

— Est-ce ainsi que vous percevez la chose? s'enquit-elle en s'écartant pour lui faire de la place.

— Comment voulez-vous que je la perçoive autrement? Vous m'invitez dans votre lit mais vous refusez que je vous touche… et cela, alors que nous avons déjà fait l'amour deux fois. Pourquoi nier le désir que nous éprouvons l'un envers l'autre?

— Parce que c'est encore la nuit et que j'aimerais me rendormir. Soit vous restez là à bouder, soit vous venez sous la couverture. Moi aussi, je commence à avoir froid.

Il s'exécuta.

Oh, s'il avait pu être comme ça tout le temps – charmant, plein d'esprit – au lieu de se métamorphoser en ours mal léché chaque fois que ça lui prenait...

Le matelas s'affaissa sous le poids d'Andrew. Celsie, qui avait atteint le bord du lit, se raidit. Chaque parcelle de sa peau frémissait d'aise à l'idée de l'effleurer involontairement. Il remonta la courtepointe et s'installa confortablement sous les draps. L'oreiller émit un soupir quand il y posa la tête. La couverture bâillait entre eux deux, si bien qu'un courant d'air presque imperceptible caressait les genoux de Celsie.

Ils demeurèrent figés quelques instants, dans une atmosphère de gêne mêlée d'attente. La virilité de son compagnon contrastait avec le parfum de rose qui régnait dans la pièce. Plus que jamais, elle éprouva le besoin d'avoir Passoire auprès d'elle. Son chien couché entre eux deux aurait certainement empêché les attouchements inopportuns.

La voix grave d'Andrew l'arracha à ses pensées.

— Parlez-moi de ces petits chiens tournebroches.

Osant à peine respirer, elle demanda :

— Que voulez-vous savoir ?

— J'aimerais comprendre pourquoi leur sort vous tient tant à cœur et ce que vous avez l'intention de faire pour les aider.

Voilà un sujet de conversation raisonnable, songea-t-elle. Et ce n'était pas la matière qui manquait. Si elle lui dépeignait en détail le drame que vivaient ces pauvres animaux, peut-être s'endormirait-il... Car, après tout, cela ennuyait la plupart des gens. Pourquoi lord Andrew, dont les préoccupations tournaient essentiellement autour de la science et de ses inventions, réagirait-il différemment des autres ?

Convaincue qu'elle ne retiendrait pas longtemps son attention, elle commença :

— Êtes-vous déjà allé dans les cuisines de Black-heath Castle ? Ou dans n'importe quelle cuisine, d'ailleurs ?

— Mum… non, je crains de n'y avoir jamais mis les pieds.

Croisant les bras derrière la nuque, il effleura du coude l'oreille de Celsie. Elle ne bougea pas.

— Eh bien, sachez que dans la plupart des demeures les plus prestigieuses d'Angleterre se trouve une roue en fer, tout près de l'âtre où l'on rôtit les viandes. Les petits chiens qui sont prisonniers de ces roues sont appelés tournebroches parce qu'ils remplacent le marmiton qui tournait la broche, justement.

— On se sert de chiens pour ça ? s'étonna-t-il en se tournant sur le flanc pour la regarder.

— Vous devriez vraiment sortir de votre laboratoire de temps en temps pour voir ce qui se passe dans le monde. Bien sûr qu'on les utilise pour ça ! L'être humain exploite tous les animaux fragiles qu'il trouve sur son chemin.

Dans l'obscurité de la chambre, elle plissa les paupières pour discerner les yeux d'Andrew, qui n'étaient qu'à quelques centimètres des siens, ses lèvres charnues si proches des siennes qu'elle sentait son souffle sur sa joue.

— Parfois, continua-t-elle, les cuisiniers installent dans ces roues des charbons ardents. Ainsi, ces malheureux chiens sont obligés de courir plus vite pour éviter de se brûler…

Elle eut un court silence affligé.

— … mais ils se brûlent quand même.

— Vous plaisantez, j'espère ?

— Absolument pas.

— Seigneur, mais c'est affreux ! J'ignorais que ça existait.

Voyant qu'elle avait réussi à éveiller chez lui un brin de compassion, Celsie commença à se détendre.

— Vous comprenez maintenant pourquoi j'essaie de convaincre les gens de renoncer à ces méthodes barbares. Les animaux ont eux aussi des sentiments.

172

Dieu ne les a pas créés pour qu'ils soient meurtris ou exploités pour notre confort. Ils sont innocents et sans défense. Tout comme les enfants, ils ont besoin d'amour.

— Vous semblez oublier qu'il y a des gens qui n'aiment pas leurs enfants.

— Certes.

— D'autres pensent que les bêtes n'ont pas d'âme et qu'elles ne méritent donc pas plus de considération qu'un vulgaire objet... N'allez pas croire que j'adhère à ce point de vue. Je me fais simplement l'avocat du diable.

— Qui sont ces gens pour décréter que les animaux n'ont pas d'âme ? Je pense sincèrement qu'ils en ont une.

Andrew l'écoutait attentivement. Et ce qui la surprenait le plus, c'était qu'il ne paraissait pas la juger.

— Je crois, enchaîna-t-elle, qu'ils vont tous au paradis, parce qu'ils ne connaissent pas le péché. Je crois que le Seigneur a créé les hommes et les bêtes avec la même chair, les mêmes os, le même sang, et qu'Il les aime autant qu'Il nous aime.

Un douloureux sentiment de frustration, hélas familier, lui étreignit le cœur. Car elle désirait changer le monde, inciter ses contemporains à traiter leurs animaux avec davantage d'humanité, mais elle savait qu'elle ne le pourrait pas. Tant que tournerait cette terre, il existerait des gens cruels et insensibles.

— Quand je tiens ce discours, on se moque de moi, dit-elle avec amertume. Oh, mes interlocuteurs sourient poliment et font mine de compatir mais, en réalité, ils me tolèrent parce que je suis une riche héritière. C'est drôle comme l'argent empoisonne les relations humaines.

« Ce ne sont que des imbéciles. Heureusement que je n'ai pas vécu il y a un siècle ou plus ! On m'aurait accusée d'hérésie et brûlée vive sur la place publique. Mais le persiflage ne m'atteint pas. Ce qui compte, c'est de protéger les animaux. L'homme se sert de tout ce qu'il croise, et peu importe qu'il s'agisse d'un être vivant, d'une créature dotée d'un cœur, capable de ressentir la douleur, la solitude et le chagrin, exactement comme nous. L'homme est tout-puissant. Il piétine ce qui l'empêche de progresser, il saccage la nature pour un oui ou pour un non. Seigneur ! Je déteste ce monde où l'animal n'est qu'une marchandise.

Soudain, le ton passionné qu'elle avait employé lui parut incongru dans cette chambre obscure, face au silence de son compagnon. Plissant les paupières pour distinguer l'expression d'Andrew, elle vit qu'il souriait.

— Vous me trouvez ridicule, n'est-ce pas ?

— Non, pas du tout, Celsie.

— Soyez franc. Dites-moi le fond de votre pensée.

Le regard d'Andrew s'adoucit.

— Je crois que vous êtes une femme en avance sur votre temps.

— Vous vous moquez de moi ?

— Ai-je l'air de plaisanter ?

— Non, admit-elle, désarçonnée.

— J'admire votre courage. Vous défendez cette cause avec ferveur. De plus, vous m'avez ouvert votre cœur et j'en suis très touché.

— Je... C'est-à-dire que mon combat fait de moi une originale. Mais bon... je me moque du qu'en-dira-t-on.

— Je sais ce que c'est.

— Comment ça ? demanda-t-elle.

— Je sais ce que c'est que d'être considéré comme un excentrique, précisa-t-il.

— Mais cela vous est égal à vous aussi, n'est-ce pas ?

Il eut un sourire.

— Oui.

Sa spontanéité et la manière qu'il avait de ne pas la quitter des yeux lui procurèrent des picotements au creux des reins. Sa volonté de ne pas le toucher faiblit d'un coup. Elle détourna le regard, fixa le plafond et reprit la parole :

— J'ai toujours préféré les animaux aux hommes. Peut-être parce que les hommes recèlent en eux une cruauté que les animaux n'ont pas… peut-être parce que je n'ai jamais été vraiment à l'aise en société.

— Je connais par cœur ce sentiment, déclara-t-il.

Elle croisa ses yeux perçants.

— C'est vrai ?

— Bien sûr. N'oubliez pas que je suis un savant fou. La plupart des gens que je rencontre se fichent éperdument de ce que je fais, de ce dont je rêve, et comme ils ne comprennent rien à mon travail, ils collent sur mon front l'étiquette d'original et m'ignorent. Je suis un peu le mouton à cinq pattes. Ils n'ont jamais su comment m'aborder, alors ils m'ont mis de côté.

Il poussa un soupir las.

— Au bout du compte, enchaîna-t-il, ça m'arrange.

— En ce qui me concerne, votre travail me fascine, répliqua-t-elle d'une voix enthousiaste.

— Vous êtes l'exception qui confirme la règle.

— Je crois également que vos rêves vont changer le monde.

— Ça, je l'ignore. Je sais en revanche ce que c'est que d'être raillé pour ses convictions, sa passion, son désir d'améliorer la vie des gens.

Il décroisa les bras et les enfouit sous les draps pour se protéger du froid.

— Encore aujourd'hui, continua-t-il, je frémis lorsque je songe à ce que mes pairs de la communauté scientifique ont déclaré après que ma machine volante se fut écrasée, nous plongeant, moi et Charles, dans les douves, et ce devant le roi. Je n'ose même pas imaginer ce qu'ils diront quand ils apprendront que j'ai créé un aphrodisiaque et que je ne me souviens même pas de sa composition. Vous parlez d'une humiliation !

« Vous avez devant vous un homme de science qui n'a pas consigné les substances utilisées pour créer ce qui aurait pu devenir la plus incroyable découverte de la décennie, sinon de ce siècle.

Sa voix vacilla. Émue, Celsie chercha sous les draps la main d'Andrew. Il enlaça ses doigts aux siens. Ils demeurèrent ainsi pendant un long moment, se tenant simplement la main, le regard rivé au plafond.

— C'est drôle, vous ne trouvez pas ? demanda-t-elle.

— Qu'est-ce qui est drôle ?

— Eh bien, nous pensons tous les deux pouvoir changer le monde. Peut-être sommes-nous mieux assortis que nous n'osons l'admettre...

— Certes, répliqua-t-il, songeur. Nous nous entendrions à merveille, si nous ne partagions pas la même aversion pour le mariage.

— Oui. Sans doute ferions-nous mieux de rester amis. Le mariage risquerait de gâcher notre amitié naissante.

— On essaie, alors ? Vous voulez bien être mon amie ?

Elle perçut dans sa question un sourire d'espoir. Elle tourna la tête et vit qu'il la contemplait. Son expression était impénétrable.

— Mum... oui... mais en général, les amis ne partagent pas le même lit.

— Nous nous contenterons de dormir. Et puis, personne n'en saura rien. J'aurai quitté votre chambre avant même que les domestiques ne se réveillent.

— Vous avez intérêt. Imaginez que l'on nous surprenne. Là, il n'y aurait plus d'échappatoire possible.

— Je vous promets de m'en aller dès qu'on entendra des bruits de pas à l'étage en dessous.

— Quant à moi, je me dépêcherai de me rendre à ma résidence londonienne.

— Parfait.

Celsie serra fort la main d'Andrew. Il serra la sienne en retour. Elle baissa les paupières, écouta la pluie tomber et se délecta de la chaleur qui émanait de son compagnon. Peu à peu, le bruit de la pluie se perdit dans les limbes nocturnes. Celsie émit un soupir, se tourna sur le flanc et, instinctivement, se blottit contre le torse d'Andrew.

Il l'entoura d'un bras robuste, protecteur.

Un profond sentiment de gratitude étreignit le cœur de Celsie. Elle était heureuse de ne pas dormir seule, finalement.

18

Une calèche maculée de boue arrivait en vue des grilles de Montforte House. Charles et Gareth, à cheval, l'escortaient. Lucien et son étalon noir, Armageddon, ouvraient la marche. Sur Parfait, son alezan, fidèle compagnon de bataille, Charles flanquait la calèche ducale, bavardant de temps à autre avec Gareth, juché sur son pur-sang, Crusador.

Leurs épouses, Juliet et Amy, partageaient la voiture avec Nerissa.

— Oh, la barbe! marmonna Nerissa. Voilà la mère de Perry qui s'approche de la maison. Ça m'étonnerait que sa visite soit le fruit du hasard. Dieu sait que je n'ai aucune envie de parler avec cette langue de vipère.

— Vous m'excuserez si je ne me montre pas particulièrement sociable avec elle, maugréa Juliet avec son léger accent américain, en détournant le regard de la femme replète qui traversait le square d'un pas pressé.

Lady Brookhampton et sa fille n'avaient pas été tendres avec elle – c'était le moins qu'on puisse dire.

— Elle est en train de saluer Lucien, annonça Amy, regardant par la vitre alors que Juliet s'y refusait. Elle lui fait une courbette. Je la vois qui parle.

— Ça, parler, elle sait faire, commenta Juliet d'un ton acide. Une véritable commère, celle-là.

La calèche s'immobilisa. Lucien caracola jusqu'à la fenêtre.

— Excusez-moi de vous déranger, mesdames, mais notre voisine vient de s'inviter pour le thé.

Un sourire malicieux joua sur ses lèvres.

— Souhaitez-vous que je la renvoie chez elle?

— Oui, répondit sèchement Juliet.

— Oui, fit Amy.

Nerissa, quant à elle, détourna le regard. Elle non plus n'aimait pas lady Brookhampton mais, comme elle nourrissait l'espoir que Perry la demande en mariage, elle ne voulait pas se faire une ennemie de sa mère. D'une voix morne, elle demanda :

— Pourquoi est-elle si impatiente de nous voir?

— À ton avis? Andrew est arrivé tard hier soir. Elle croit qu'il a fui de gros ennuis et elle meurt d'envie d'en savoir plus.

Nerissa poussa un soupir exaspéré.

— Oh, si pour une fois, elle pouvait se mêler de ses affaires! A-t-elle précisé s'il était arrivé seul ou accompagné?

— Non, elle n'a rien dit.

— Quoi qu'il en soit, nous n'avons pas d'autre choix que de l'inviter à prendre le thé, marmonna Nerissa. Non que cela m'enchante, mais...

— ... mais si tu veux épouser son fils, acheva Lucien, tu as intérêt à rester dans ses bonnes grâces.

Quelques instants plus tard, les hommes confièrent leurs montures aux garçons d'écurie, puis ils aidèrent les femmes à descendre de voiture. Le petit groupe marcha jusqu'au perron de la belle demeure familiale. Juliet ignora lady Brookhampton, Amy se contenta d'un salut poli mais distant. Cette visite promettait d'être interminable, se dit Nerissa.

Le majordome, Harris, les accueillit dans le hall d'entrée décoré de marbre, s'inclinant profondément devant le duc et ses frères. Il semblait gêné et inquiet.

— Monsieur le duc, chuchota-t-il, puis-je vous parler en privé?

— Bien entendu, Harris. Allons dans la bibliothèque.

Les deux hommes s'éloignèrent. Muets comme des carpes, les valets de pied se ruèrent pour prendre les manteaux des arrivants, les chapeaux de Charles et Gareth. Les deux frères échangèrent des regards entendus. Juliet, Amy et Nerissa froncèrent les sourcils. Seule lady Brookhampton, aussi bavarde qu'une pie, semblait ne pas percevoir l'électricité qui régnait dans la maison.

— Lady Nerissa, il faut absolument que vous veniez prendre le thé demain après-midi, s'exclama-t-elle, excluant ostensiblement Juliet et Amy, qu'elle traitait avec un mépris à peine masqué.

L'une avait ravi Gareth à sa fille Katharine, l'autre, Charles.

— J'ai tant à vous raconter! poursuivit-elle. Tout le monde parle de la France, bien sûr. C'est terrible, n'est-ce pas, de penser qu'à cause de ces affreux colons en Amérique, nous risquons d'entrer en guerre contre la France? On m'a dit qu'ils avaient envoyé un émissaire, un dénommé Franklin, à Paris pour chercher de l'aide! Que Dieu nous préserve d'un nouveau conflit avec ces satanés Français! Tout ça à cause de ces traîtres de rebelles...

— Je vous prie de nous excuser, intervint Gareth, prenant le bras de Juliet avant qu'elle ne réponde à la provocation de leur visiteuse.

Charles fit de même avec Amy, et les deux frères s'éclipsèrent avec leurs épouses américaines, laissant Nerissa seule avec lady Brookhampton.

— Mais que leur arrive-t-il? interrogea cette dernière, faussement ingénue.

Nerissa ravala avec difficulté la repartie acerbe qu'elle avait sur le bout de la langue. Lucien reparut sur ces entrefaites. À la différence du majordome, le duc paraissait très à l'aise. Trop, au goût de Nerissa. À en juger par son expression, il mijotait quelque plan inavouable.

— Vous êtes encore dans le hall d'entrée? fit-il d'un ton affable. Avancez donc jusqu'au salon. Le thé y sera servi sous peu.

Il ôta ses gants et les remit à un domestique.

— Au fait, Nerissa, Harris m'a dit que tu avais reçu un paquet, lança-t-il à sa sœur avec un clin d'œil. Je soupçonne l'expéditeur d'être un de tes jeunes admirateurs. Le colis est sur ton lit.

Nerissa piqua un fard. L'excitation s'empara d'elle un moment. Cet «admirateur» était forcément au courant de sa présence à Londres. Et l'unique personne susceptible de savoir qu'elle était là, c'était... Perry! Oh, comme elle avait envie de monter à l'étage! Mais si le colis ne venait pas de lui, en définitive? Comment l'expliquerait-elle à celle qui deviendrait sans doute sa belle-mère?

— Tu ne vas pas le chercher? demanda Lucien avec un large sourire. Nous brûlons tous de savoir qui t'a gâtée. Tiens, tu devrais emmener lady Brookhampton avec toi.

Il darda sur sa sœur un regard qui signifiait: «Tiens-la éloignée d'Amy et Juliet aussi longtemps que possible!»

Il ne cesserait jamais de l'étonner, songea Nerissa. En cet instant, elle aurait presque pardonné à son frère sa manie de s'immiscer dans la vie des autres, car, en l'occurrence, il s'efforçait de ménager ses belles-sœurs américaines.

— Bien sûr, répondit-elle, déployant un gros effort pour dissimuler son désarroi. Je vous en prie, lady Brookhampton, suivez-moi.

Sur quoi, Nerissa gagna le magnifique escalier sculpté, la comtesse douairière sur ses talons.

Quelque chose venait de la réveiller.

Celsie souleva ses paupières lourdes de sommeil. Une exquise chaleur l'enveloppait. Brusquement, elle réalisa, stupéfaite, que cette chaleur ne provenait pas de son chien mais du corps musclé et viril de l'homme contre lequel elle était blottie.

Andrew était allongé sur le dos. Elle avait niché son menton dans le creux de l'épaule de son compagnon et pouvait percevoir les battements paisibles de son cœur. Dormant du sommeil du juste, il respirait profondément, un bras protecteur enroulé autour d'elle.

Elle ouvrit grand les yeux et fixa la fenêtre de l'autre côté de la chambre. Il pleuvait encore. La lumière qui filtrait entre les tentures était si faible et si grise qu'elle n'eût su dire si le jour se levait ou se couchait. Un petit courant d'air frais lui fouetta le visage. Il faisait trop froid pour se lever et tenter une échappée avant que la maisonnée ne s'éveille.

Pourtant, il fallait qu'elle s'en aille.

Mais elle se sentait tellement bien dans ce cocon de couvertures, contre ce torse vigoureux qui avait abrité son sommeil… Au lieu de bondir hors du lit, elle demeura immobile, songeuse. Jamais elle n'avait connu un tel bien-être au réveil.

Si on lui avait dit qu'un jour, elle préférerait la compagnie d'un homme à un chien dans son lit, elle ne l'aurait pas cru. Pour une fois, elle ne se réveillait pas avec les pattes de Passoire qui lui griffaient le dos.

Soudain, des bruits de pas parvinrent à ses oreilles. Au rez-de-chaussée, les domestiques commençaient à s'affairer. Une délicieuse odeur de toast lui taquina les narines, et son estomac émit une série de gargouillis. Elle grimaça, craignant de réveiller son compagnon, mais il ne bougea pas. Ses longs cils effleuraient ses joues pâles assombries par une barbe naissante. Sa poitrine se soulevait au rythme d'une respiration régulière, sereine.

Elle changea légèrement de position afin de mieux voir son visage. Ses traits étaient harmonieux. Elle aimait son nez droit, dont l'arête rencontrait le front en un angle presque parfait. Il lui conférait un air noble et intelligent. Elle aimait ses cheveux épais et soyeux qui encadraient sa figure en une succession de boucles châtain foncé. Elle aimait sa bouche, ses lèvres sensuelles sans être trop charnues – une invitation au baiser.

Seigneur… elle aimait tout chez lui.

Du moins, presque tout, corrigea-t-elle mentalement. Elle se serait bien passée de ses sautes d'humeur.

Mais, sur l'oreiller, il était facile d'oublier ses accès de muflerie, de ne se le représenter que comme elle souhaitait qu'il fût : tendre et complice, ainsi qu'il l'avait été cette nuit-là.

Celsie avait croisé beaucoup d'hommes dans sa vie. Certains étaient incroyablement beaux, mais il leur manquait un cerveau ; d'autres pleins d'esprit, brillants, mais désespérément laids.

Lord Andrew était un séduisant mélange de vive intelligence et de charme, de créativité et d'imagination, de gentillesse et d'esprit, de courage et de vulnérabilité.

Oui, la veille, elle l'avait vu vulnérable. Mais pourquoi s'était-il montré aussi honteux ? Cela arrivait à tout le monde d'être malade, quelle que ce soit l'affection dont on souffrait.

À présent, il fronçait les sourcils. Sa respiration s'accéléra imperceptiblement, ses paupières frémirent, comme s'il était la proie d'un cauchemar. Celsie ne put s'empêcher de caresser les rides soucieuses qui creusaient son front. Andrew ouvrit nonchalamment les yeux.

Juste Ciel ! J'aimerais tant l'embrasser !

— Bonjour, murmura-t-elle en lui souriant.

Il cligna des paupières, avant de lever un poing pour se frotter les yeux.

— Mum… bonjour, marmonna-t-il en réprimant un bâillement. C'est un jour à rester au lit, n'est-ce pas ?

Elle opina.

— Je… Cela fait un moment que mon estomac crie famine, mais j'étais trop bien au lit pour bouger.

— Et moi qui craignais d'avoir pris trop de place !

Pour toute réponse, elle lui offrit un sourire espiègle.

— La bonne nouvelle, fit-elle, c'est que vous ne ronflez pas. Je ne peux pas en dire autant de Passoire.

— J'avais oublié votre manie de me comparer à votre chien, répliqua-t-il sèchement. Pour une fois, je gagne contre cet imbattable bâtard !

— Ce n'est pas un bâtard ! C'est un dogue bourbonnais. Et moi, est-ce que je ronfle ?

— Non. En revanche, vous prenez toutes les couvertures. À un moment, j'avais si froid que ça m'a réveillé.

Andrew passa ses doigts dans les cheveux bruns soyeux de Celsie, enroula délicatement une mèche autour de son index pour l'admirer à la lumière gris pâle qui auréolait leurs silhouettes.

Elle faillit ronronner de plaisir et retint son souffle lorsqu'il poursuivit sa caresse en dessinant les courbes de son épaule et de son bras, pour atteindre le galbe de son sein. Elle se tendit et lui prit la main.

— C'est un véritable bonheur d'effleurer votre peau, susurra-t-il. Je vous avais prévenue qu'il me serait impossible de me contenter de dormir à vos côtés.

— Jusque-là, vous vous en êtes très bien sorti.

— Je devais être épuisé pour m'endormir aussi facilement. Mais, maintenant, je suis en pleine forme. Je suis réveillé. *Tout* en moi est réveillé. Il vaut mieux que je batte vite en retraite jusqu'à mes appartements avant que nous fassions une bêtise.

Un sourire sans joie naquit sur les lèvres de Celsie. Il avait raison. Hélas...

— Oui. Et j'ai intérêt à m'éclipser et à rentrer chez moi avant qu'on me surprenne ici.

Elle s'apprêtait à déposer sur ses lèvres un baiser d'adieu quand la porte s'ouvrit soudain.

Celsie tressaillit.

Sur le pas de la porte, elle reconnut lady Brookhampton, qu'elle avait conviée à son bal de charité. À ses côtés se tenait une belle jeune femme blonde comme les blés, dont les yeux bleus étaient écarquillés de stupeur.

— Nerissa ! s'exclama Andrew en remontant précipitamment la couverture pour préserver la pudeur de Celsie. Qu'est-ce que tu viens faire ici, bon sang ?

Relevant le menton, Nerissa planta les poings sur ses hanches et darda sur son frère un regard noir.

— Je te signale qu'il s'agit de ma chambre. C'est donc plutôt à moi de te demander ce que tu fais là.

— La réponse me semble évidente, sœurette, intervint Lucien en apparaissant derrière elle, une expression triomphante sur le visage. Lady Brookhampton ? Voulez-vous nous attendre en bas, s'il vous plaît ? Nous vous rejoignons sous peu.

— Bien sûr, murmura la comtesse, plissant des yeux rusés tandis qu'elle laissait traîner son regard sur le lit et ses occupants.

Elle émit une onomatopée dédaigneuse et tourna les talons.

Le duc secoua la tête.

— Seigneur, Andrew… reprit Lucien avec un haussement de sourcils réprobateur. Tu réalises les dégâts que tu viens de provoquer ? Enlever une lady sans te soucier de sa réputation pour l'emmener dans le lit de ta sœur ! Que vont penser les gens ?

Andrew était tellement furieux qu'il sentait son cœur près d'exploser.

— Pourquoi diable lady Brookhampton est-elle montée ? rugit-il.

— Lucien a dit qu'un paquet était arrivé pour moi hier soir, lâcha Nerissa en se tournant vers leur aîné. Mais on ne m'a jamais envoyé de paquet, n'est-ce pas ? C'était un prétexte pour faire monter lady Brookhampton. Tu sais pertinemment qu'il n'y a pas pire commère dans tout Londres. Tu voulais qu'elle surprenne Andrew et Celsiana !

— Me crois-tu capable d'élaborer un plan aussi diabolique ? répliqua Lucien.

— Vos plans diaboliques ont démarré le soir du bal ! s'écria Celsie.

Toujours au lit, Andrew fournit un effort surhumain pour recouvrer son sang-froid.

— Nerissa, marmonna-t-il entre ses dents, laisse-nous, veux-tu ?

— Et pourquoi ?

— Parce que ce que je m'apprête à dire à notre frère risque d'offenser tes chastes oreilles. Parce que le sang giclera au point que le tapis et les murs seront irrécupérables. Je souhaite t'épargner ce vilain spectacle.

— Inutile de me ménager. Vu tout ce que Lucien a fait pour gâcher ta vie, et en prévision de tout ce qu'il fera pour gâcher la mienne, je reste. J'ai hâte de te voir lui régler son compte. Veux-tu une épée ? Je serais ravie d'aller te la chercher.

— Je vois un pistolet sur la commode, intervint Celsie. Il fera l'affaire.

— Je n'ai besoin de rien d'autre que de mes poings, grogna Andrew, bondissant hors du lit.

— Là, là, les enfants, dit le duc avec une affabilité exaspérante, ça suffit. Vous réfléchirez plus tard à la meilleure manière de me tuer. Pour le moment, nous devons parler de choses plus sérieuses. Nerissa, laisse-nous.

— C'est hors de question.

— Ne discute pas, ma chère.

Nerissa décocha un regard glacial à Lucien, pivota et sortit en trombe de la pièce.

Andrew s'assit sur le rebord du lit, fixa son frère et lança :

— Ce n'est pas ce que tu crois. Je te jure qu'il ne s'est rien passé entre Celsie et moi. Nous avons seulement dormi ensemble.

— C'est vrai, ajouta Celsie, les joues empourprées. Nous n'avons pas…

— Allez donc l'expliquer à lady Brookhampton, murmura Lucien d'un ton suave et horripilant. Bientôt, tout Londres saura que vous avez été corrompue, ma chère.

Les bras croisés, il arpenta la chambre, pareil à un roi qui vient de conquérir une citadelle imprenable.

— Andrew, ne sois pas borné. L'honneur de lady Celsiana est en jeu. Après tout, elle a déclaré qu'elle était prête à t'épouser. Mais les choses se sont déroulées si vite qu'on n'a guère eu le temps de préparer un tel événement…

Il poussa un soupir avant de poursuivre :

— Heureusement, je suis là pour vous aider.

Sans se départir de son sourire suffisant, il sortit de la poche de sa veste une feuille de vélin qu'il déplia.

— Qu'est-ce que c'est que ça ? grommela Andrew.

— Il s'agit de la licence spéciale que j'ai obtenue pour vous. J'ai pris la liberté de rendre visite à l'une de mes connaissances qui me doit son évêché. C'est en quelque sorte un prêté pour un rendu.

Serrant les poings pour s'empêcher de s'en servir contre son frère, Andrew inspira profondément pour conserver son calme.

— Je suppose que tu as également pris la liberté de demander à quelqu'un de nous suivre depuis Ravenscombe, raison pour laquelle tu es au courant de notre présence ici.

— J'avoue, fit Lucien en singeant une révérence. Tu me connais par cœur, hélas... Bon, je vous laisse, mais dépêchez-vous de vous préparer. Le reste de la famille est en bas, et tout le monde a hâte de rencontrer ta future femme, Andrew.

Ce fut la goutte d'eau qui fit déborder le vase. Andrew saisit l'objet le plus proche – en l'occurrence, le bougeoir qui trônait sur la table de chevet – et le jeta à la figure de son frère.

Sans ciller, Lucien attrapa le bougeoir à la volée. Feignant d'être précautionneux, il le posa sur la commode placée près de la porte.

Puis il fit face à Celsie et la gratifia d'un sourire amusé.

— Vous aurez remarqué que votre fiancé a un caractère bien trempé, commenta-t-il.

Sur ces mots, il fit une courbette et s'en fut.

19

Andrew fonça droit sur la porte, qu'il claqua violemment. Appuyé contre le battant, la tête baissée, il demeura immobile, vêtu en tout et pour tout d'une chemise qui lui arrivait à mi-cuisses. Celsie le vit marmonner dans sa barbe un chapelet de jurons inaudibles.

— Je suis désolée.

— Oui, moi aussi. Vingt dieux ! Nous sommes coincés. Cette harpie de lady Brookhampton peut ruiner votre réputation en deux temps, trois mouvements. Par tous les diables, je vais le tuer !

Celsie se redressa à son tour. Elle aussi n'était vêtue que d'une chemise de lin, mais la sienne, un peu plus longue que celle d'Andrew, lui couvrait les genoux. Lentement, elle s'approcha de lui et posa une main hésitante sur son épaule. Il ne la repoussa pas. Il avait les yeux rivés sur le plancher, l'air affligé. Celsie fut alors submergée par une vague de compassion, et son cœur se serra à l'idée de l'affreuse vie qu'il avait dû mener avec un frère tel que cet infâme duc de Blackheath.

— Je peux revenir sur ma parole, dit-elle. Jamais je n'obligerai quelqu'un à désavouer ses principes.

Il déglutit puis répondit :

— Quant à moi, je ne pourrais plus me regarder dans un miroir si je ne me rachetais auprès de vous. J'ai été un fieffé imbécile de vous emmener ici, dans notre maison de Londres, de vous rejoindre dans cette chambre. Pour commencer, je n'aurais jamais dû vous donner cette fichue potion…

— Chut, murmura-t-elle.

Et, consciente de franchir les limites de l'amitié, elle le prit dans ses bras.

Elle s'attendait qu'il regimbe et l'envoie promener, mais il n'en fit rien. Debout, raide comme un piquet, il la laissa l'étreindre. Les bras serrés autour de son torse large et robuste, elle nicha tendrement sa joue dans le creux de son épaule.

D'une voix tremblante, il reprit la parole.

— Il faut que je vous demande en mariage, je crois…

— Je crois qu'il me faut accepter.

Levant une main pour balayer les cheveux qui lui barraient le front, il se détendit un peu et lui rendit son étreinte. Pareil à un naufragé s'accrochant à sa bouée, il la serra aussi fort qu'il le put. Puis il approcha ses lèvres des siennes et l'embrassa avec fougue. Sa langue chercha celle de Celsie, tandis que ses mains glissaient dans son dos et l'attiraient plus près de lui.

Tous deux savaient qu'ils étaient piégés, liés malgré eux et, dans ce baiser, ils exprimaient tout autant leur désespoir que leur besoin d'être réconfortés. Enfin, à contrecœur, ils descellèrent leurs lèvres et restèrent simplement enlacés, joue contre joue, dans les bras l'un de l'autre.

Andrew lui murmura à l'oreille :

— Comme nous avons une nouvelle à annoncer, je n'ai plus qu'à vous… te présenter aux autres membres de ma famille. Mais si la situation te met trop mal à l'aise, ne descends pas. Je leur dirai que tu es indisposée.

Elle lui prit la main et scruta son regard.

— Tu voudrais que je te laisse affronter seul l'armée de dragons ? Certainement pas.

Dans son regard, elle décela, se mêlant au chagrin, une lueur d'espérance.

— Allons, continua-t-elle, habillons-nous et finissons-en.

Tous deux s'assirent sur le lit et évoquèrent les arrangements nécessaires. Quand Andrew réalisa que sa compagne n'avait pour tous vêtements que la culotte d'équitation et la chemise qu'elle portait la veille, il appela sa sœur.

Nerissa monta. Déployant des efforts herculéens pour faire comme si de rien n'était, elle se mit en quête d'une toilette seyante pour sa future belle-sœur.

Andrew les laissa à leurs essayages et descendit affronter sa famille.

Dieu merci, lady Brookhampton avait disparu, impatiente de colporter ce qui promettait de devenir la rumeur la plus croustillante de l'année. Dans le salon, Juliet et Amy se reposaient de leur long voyage. Ses frères, quant à eux, se trouvaient dans la bibliothèque.

À l'exception de Lucien, tous se levèrent pour l'accueillir.

— Je vais me marier, annonça-t-il, solennel.

Charles et Gareth passèrent de l'étonnement à la confusion avant de le féliciter prudemment. Puis, bien sûr, ils le harcelèrent de questions.

Trop de questions pour un seul homme.

Andrew y répondit de son mieux, en s'efforçant de ne pas laisser paraître sa rancœur. Il n'adressa pas un regard à Lucien – il craignait que la rage qui bouillait en lui ne le foudroie littéralement.

Oui, les noces auraient lieu sur-le-champ, répondit-il à Charles. Non, le père de Celsie – paix à son âme – ne s'opposerait pas à leur union. Sa mère se trouvait quelque part en Italie avec un nouveau galant, aussi ne serait-elle pas présente. Quant à son frère, pour qui elle n'éprouvait ni respect ni affection, il ne la conduirait pas à l'autel.

— Elle veut que ce soit Passoire, expliqua-t-il en se versant une tasse de thé.

— Qui diable est ce Passoire ? demandèrent Charles et Gareth d'une même voix.

— Son meilleur ami, répondit Andrew, aussi évasif que possible.

Gareth haussa un sourcil perplexe.

— Drôle de nom, ça ! Passoire…

— C'est un vrai nom ou un sobriquet ? s'enquit Charles.

— Et d'abord, tu es sûr que c'est masculin ? fit Gareth. Ça ressemble plus à un nom féminin.

Confortablement installé dans un fauteuil près de l'âtre, Lucien croisa les chevilles et, l'air désinvolte, se munit du journal du soir.

— Passoire est le chien de lady Celsiana, déclara-t-il.

— Son chien ? s'exclamèrent Charles et Gareth, toujours en chœur.

— Vous devriez créer un duo, maugréa Andrew, sensible à la moindre critique concernant Celsie et prêt à prendre sa défense si nécessaire.

Se renfrognant, il plongea le regard dans la tasse qu'il portait à ses lèvres.

— Désolé, dit Gareth en se frottant le menton pour cacher son sourire. On ne voulait pas te froisser.

— Non, on ne voulait pas, renchérit Charles.

Ce dernier percevait l'appréhension de son frère, aussi lui offrit-il son plus chaleureux sourire.

— Où vit-elle ? demanda-t-il. Si cela pouvait vous rendre l'un et l'autre moins… moroses, je serais heureux d'aller chercher son chien pour le ramener à Londres.

Andrew haussa les épaules.

— Ce n'est pas la peine, rétorqua-t-il. D'ailleurs, le mariage n'aura pas lieu à Londres mais à Blackheath.

— Je vois, dit Charles avec un coup d'œil vers Lucien, qui tournait négligemment une page de son journal. Et où comptez-vous habiter ?

À son tour, Andrew scruta l'austère profil de Lucien et répliqua :

— Aussi loin que possible des démons qui se mêlent des affaires des autres.

Sans bouger de son fauteuil, ni même lever le nez de sa lecture, le duc intervint :

— Lady Celsiana a de nombreuses propriétés dans le Berkshire. Je suis certain qu'elle pourra entretenir Andrew aussi longtemps qu'ils vivront ensemble.

— On ne te demande pas ton avis, grommela Andrew.

En parfait gentleman, Charles fit mine d'ignorer l'animosité qui régnait entre l'aîné et le benjamin.

— Le Berkshire? répéta-t-il.

Il sirota son thé, puis, tranquillement, reposa la tasse sur sa soucoupe.

— Quelle bonne nouvelle! poursuivit-il. Nous serons donc proches de vous. Je l'avoue, j'ai hâte de rencontrer ta future épouse. C'est une très belle femme, m'a dit Nerissa.

— Oui...

Andrew se détourna pour dissimuler ses joues rouges de fierté. Réalisant que Charles tentait simplement de détendre l'atmosphère, il arbora un sourire de façade.

— S'il n'y avait pas eu cette abomination d'aphrodisiaque, enchaîna-t-il, je ne l'aurais pas mise dans cette fâcheuse situation.

— Je parie qu'elle n'est pas simplement belle, lança Gareth depuis son fauteuil. Voici des années que des femmes ravissantes se disputent ton attention, et je ne t'ai jamais vu la leur accorder. Moi aussi, il me tarde de rencontrer cette perle rare!

Andrew commençait à trouver la conversation oppressante – d'autant que Lucien, il en était sûr, n'en perdait pas une miette et devait se féliciter de la tournure que prenaient les événements.

Saisi d'une subite envie de fuir sa famille et les noces qui l'attendaient, il sortit son calepin de la poche de sa veste et se mit à l'écart. Perché sur le bras d'un fauteuil, il commença à dessiner, s'efforçant de s'isoler de la discussion entre Charles et Gareth, du froissement des pages que tournait Lucien.

S'il réussissait à se laisser happer par une idée, il oublierait temporairement qu'il avait tiré un trait sur sa liberté… Faisant danser son crayon sur la page blanche, il se plongea dans la conception de son tout nouveau projet.

Le cadeau de mariage qu'il offrirait à Celsie.

Ah… soupira-t-il intérieurement. Quel bonheur de pouvoir, le temps d'une esquisse, oublier tous ses soucis! Coucher son idée sur le papier était aussi facile pour lui que l'était la fabrication du pain pour un boulanger. Tout en dessinant, il fit des calculs, prit en compte la tension, la résistance à la chaleur, et son humeur s'apaisa. Il se détendit.

Pourtant, il ne pouvait s'empêcher de songer à Celsie, à la manière qu'elle avait eue de lui prendre la main et de lui proposer son amitié. Lorsqu'ils avaient réalisé qu'il n'y avait pas d'échappatoire possible, elle s'était blottie dans ses bras. Ils avaient partagé le même désarroi, le même sentiment d'impuissance.

L'émotion lui noua l'estomac.

C'était une femme hors du commun. Courageuse. Et belle, oui, plus belle qu'une roseraie en fleur.

À présent, il avait presque hâte de la présenter à sa famille, de se pavaner en sa compagnie. S'entendrait-elle avec Juliet et Amy? Pourvu qu'elle ne se sente pas exclue parce qu'elle était issue de l'aristocratie anglaise alors que ses belles-sœurs venaient des colonies américaines…

Il résolut mentalement une équation et coucha le résultat sur le papier.

Peut-être était-il préférable d'épouser une femme qui, contrairement à la majeure partie du sexe faible, était obsédée par les chiens plutôt que par les bébés. Pour lui, un bébé n'était que gazouillis et hurlements, couches pestilentielles et fouillis permanent.

— Tu hésites, n'est-ce pas? lui demanda Charles, qui s'était levé pour s'approcher d'une fenêtre et regardait la pluie qui tambourinait sur les pavés et engorgeait les gouttières.

— Pas vraiment, répliqua Andrew. Je ne sais pas.

Son frère s'abîma dans la contemplation du ciel bas. C'était un homme songeur, attentionné et généreux. Il méritait amplement son sobriquet : le Bien-aimé.

— Est-ce que tu lui en as parlé ? chuchota-t-il sans se retourner.

Le crayon d'Andrew se figea. Tel un seau d'eau froide lancé en pleine figure, la question de Charles l'arrachait à son monde imaginaire pour le rejeter dans la dure réalité.

— Non, murmura-t-il en jetant un regard furtif en direction de Lucien. Je… je n'ai pas trouvé le moment opportun pour lui confier mes… problèmes.

Charles ne dit mot. Il demeura immobile, les mains croisées sous les basques de son habit, ses yeux bleu pâle rivés sur l'extérieur. Les domestiques avaient répandu une couche de paille sur la rue pavée pour assourdir le martèlement des sabots des attelages, afin d'épargner l'ouïe délicate de « monsieur le duc ».

Distraitement, Charles regarda la volée de moineaux qui cherchaient de quoi se nourrir sur le tapis de paille. Puis il reprit la parole.

— Je me demande souvent pourquoi tu as subi plus de séquelles que moi. Dans cet incendie, nous avons inhalé la même fumée, les mêmes substances chimiques.

— Oui, mais je les ai respirées plus longtemps.

Le dos toujours tourné, feignant la désinvolture alors qu'Andrew devinait son inquiétude, Charles s'enquit :

— Tu as eu des crises, récemment ?

— Quelques-unes, oui.

— Je suppose que ces fichus médecins n'ont pas été capables de les prévenir…

— Non. Et je refuse d'en voir un de plus.

— Tes crises se sont-elles aggravées ?

— C'est-à-dire ?

— Est-ce qu'elles sont plus fréquentes ? Plus intenses ? Différentes ?

Andrew se remit à dessiner.

— Non, de ce côté-là, rien n'a changé. La seule chose qui change, ce sont mes visions. Je les consigne dans un carnet. Peut-être qu'un jour, une fois que je serai enfermé à Bedlam et attaché à mon lit, ce carnet servira à quelqu'un.

Comme frappé en plein cœur, Charles tressaillit.

— Excuse-moi, ajouta Andrew, regrettant de s'être exprimé de manière aussi désinvolte.

Il avait heurté son frère. Pour Charles, la compassion était une seconde peau.

Andrew se redressa et rangea son calepin.

— Je crois que j'entends approcher ces ladies, dit-il en donnant une tape amicale à son aîné.

Pivotant, il annonça :

— Ah, les voilà !

Lucien et Gareth se levèrent de leur fauteuil. Les quatre frères Montforte s'inclinèrent tandis que Celsie, accompagnée de Nerissa, Juliet et Amy, pénétrait dans la pièce.

Le port altier, Celsie devait faire appel à tout son courage pour cacher sa nervosité. Mille pensées involontaires agitaient son esprit.

Mon Dieu… à quoi songent ses frères ? Se disent-ils que je suis laide ? Que je n'ai pas de poitrine ? Pourvu que je ne fasse pas honte à Andrew ! Qu'ils ne s'apitoient pas sur sa morne fiancée ! Seigneur, ne me faites pas revivre ces terribles instants où l'on me tournait en ridicule…

Fort heureusement, personne n'avait ce genre d'inepties en tête.

Andrew n'avait d'yeux que pour Celsie.

Sa Celsie.

Son cœur se mit à battre la chamade, tandis que, le souffle coupé, il admirait sa future épouse. Ses épaisses tresses brunes aux reflets chauds étaient coiffées en un élégant chignon d'où s'échappaient deux ou trois mèches qui venaient encadrer son visage. Un collier de perles rose pâle ornait sa gorge. Elle portait une robe de soie de la couleur des feuilles au printemps, un vert chatoyant qui s'accordait à merveille avec la pièce de poitrine richement brodée de motifs floraux. Les deux pans relevés de la jupe s'ouvraient sur des jupons cousus de fil d'or.

194

Cette robe lui allait comme un gant, mettait en valeur sa taille de guêpe et sa silhouette aristocratique. Sa peau laiteuse ravivait le désir d'Andrew. Malgré ses yeux anxieux, elle ressemblait à une princesse. Puis son regard chercha le sien, et il s'empressa de la rejoindre. Il s'inclina et, de ses lèvres, effleura ses doigts délicats.

— C'est un véritable enchantement de te revoir, dit-il d'une voix rauque.

Fier comme un paon, il ne put s'empêcher de passer un bras autour de sa taille et de déclarer :

— Charles, Gareth, j'aimerais vous présenter lady Celsiana Blake, ma fiancée.

Un sourire étincelant fendit le visage de Gareth, et Charles lui-même arbora une expression réjouie alors que les deux frères s'avançaient pour saluer Celsie et lui adresser les compliments d'usage – amplement mérités, en l'occurrence – sur sa beauté. Campé près d'elle, Andrew bombait le torse à en faire sauter les boutons de son gilet. Modeste et gracieuse, Celsie remercia ses futurs beaux-frères.

En cet instant, Andrew sut que tout irait pour le mieux.

À son tour, il afficha un large sourire.

Tiens-toi prêt, Passoire ! Même dans tes rêves les plus fous, cette femme ne sera jamais aussi heureuse qu'avec moi !

20

Deux semaines plus tard, le mariage fut célébré dans l'intimité. Ce fut le prêtre de Ravenscombe qui unit Celsie et Andrew dans l'enceinte de l'église romane qui avait abrité mariages et baptêmes des comtes puis des ducs de Blackheath au fil des cinq siècles précédents. Si le religieux trouvait étrange que l'Intrépide convole enfin en justes noces, il n'en montra rien. Si la mystérieuse absence des membres de la famille de la mariée le rendait perplexe, il ne fit aucune remarque.

Mais lorsque lady Celsiana apparut, éblouissante de beauté dans une sublime étoffe vert pâle parée de fils d'argent, et entreprit de fouler les dalles de l'allée centrale en compagnie d'un vieux chien tenu en laisse, le révérend Williams haussa un sourcil stupéfait.

Il suffit d'un seul coup d'œil perçant du duc de Blackheath pour que le religieux plaque sur sa figure un masque impassible. Le révérend Williams s'éclaircit la gorge et invita la jeune femme à approcher.

Quand il demanda qui la menait à l'autel, il fut saisi de panique, car il n'y avait personne d'autre que cet imposant vieux chien à l'air triste, aux oreilles pendantes et au regard attendrissant.

— Passoire... répondit Celsie d'un ton bravache, comme pour le mettre au défi de discuter son choix.

Elle déglutit et gratifia son chien à la robe blanche tachetée de roux d'une caresse furtive.

— Passoire me confie à mon futur époux. Mais il continuera de partager mon lit.

— Hum... je... je vois, répondit le révérend, incrédule.

Celsie s'empourpra. Andrew, qui ne manifestait pas la moindre surprise, arbora un petit sourire embarrassé.

— Cela te gêne que Passoire dorme avec nous ? s'enquit-elle sans ambages.

— Absolument pas.

Le révérend Williams se munit d'un mouchoir pour se tamponner le front. Lorsqu'il en aurait fini avec la cérémonie, il s'accorderait un verre de cognac, se promit-il. Ou même deux. Il darda sur le duc un regard perplexe, mais celui-ci, fidèle à lui-même, ne laissait rien paraître de ses émotions. Lord Gareth était tout sourire. Dans son bel uniforme écarlate, lord Charles s'efforçait – sans y parvenir – d'afficher une expression sévère digne d'un militaire.

Quant à lord Andrew, il y avait dans son regard une lueur éloquente : quiconque, révérend ou invité, aurait l'audace de contester les souhaits de sa promise aurait affaire à lui.

Bon, très bien, se dit Williams. Si la fiancée tenait à ce que son chien l'accompagne à l'autel, si lord Andrew acceptait de dormir avec le vieux toutou, c'était leur problème. Quant à lui, il accomplirait sa mission et fermerait les yeux sur les excentricités des uns et des autres.

Même si Dieu me prête vie jusqu'à cent ans, jamais je ne comprendrai les aristocrates !

— Qu'en est-il des témoins ? s'enquit-il, jetant un regard oblique sur le vieux chien.

Si Passoire fait partie des témoins, ce n'est pas deux verres que je prendrai mais trois. Ensuite, je me retirerai en Cornouailles.

Lord Andrew se tourna vers son frère Charles.

— Le commandant Montforte sera mon témoin, déclara-t-il sèchement.

— Euh… mais… bredouilla Williams, vous ne voulez pas que ce soit monsieur le duc, milord ?

— Je préférerais me casser une jambe plutôt que
de lui faire cet honneur.

Williams tressaillit et risqua un coup d'œil nerveux
en direction de Blackheath. Celui-ci, imperturbable,
fixait l'autel.

— Mon frère Gerald sera mon témoin, ajouta lady
Celsiana.

*Lady Celsiana a un frère ? Première nouvelle ! Et
pourquoi n'est-ce pas lui qui l'a conduite à l'autel ?*

Décontenancé, il balaya l'assemblée du regard
et interrogea :

— Et où se trouve ce frère ?

Dans son costume taillé sur mesure dans de la soie
vert olive, sa chemise immaculée et son col en dentelle blanche, Andrew jeta un regard impatient en
direction des bancs les plus éloignés.

Au fond de l'église, dans la froide pénombre, était
assis un jeune homme dont les yeux étincelaient de
colère. « On me remplacerait par un toutou, je ferais
la même tête », songea Williams, compatissant.

— S'il vous plaît, Williams, intervint le duc, pour-
suivez.

Le révérend saisit son livre de prières, s'éclaircit la
gorge et récita l'immémoriale prose :

— Mes frères, nous voici aujourd'hui rassemblés
dans la maison de Dieu pour unir cet homme et cette
femme par les liens sacrés du mariage…

La tête baissée, lady Celsiana crispait et décrispait
ses doigts sur la laisse de son chien. L'air inquiet, lord
Andrew contemplait sa promise. Elle leva les yeux,
croisa son regard et répondit faiblement au sourire
attendri de son futur époux.

Remarquant la gêne palpable du couple, le révérend parla plus fort, emplit l'église de sa voix
de stentor. Gagné par le désir d'éteindre toutes les
réticences qu'il décelait dans ce sanctuaire, il s'exprimait avec une ferveur dont il était le premier
étonné.

Il songea à tous les prêtres qui, durant des siècles, s'étaient tenus sur cette même dalle, au pied de l'autel, et avaient uni d'innombrables Montforte avant lui. Il eut une pensée pour les ducs et les duchesses qui reposaient alentour, dans leurs somptueux tombeaux. Leurs mariages avaient-ils été, eux aussi, des mariages précipités ?

Peut-être…

Tandis qu'il parlait d'amour, d'honneur et d'engagement, il vit la femme de Gareth et celle de Charles échanger avec leurs époux respectifs de tendres regards. Il vit aussi le duc contempler la tombe de ses parents. Il était conscient des murmures enthousiastes qui parcouraient la foule des villageois rassemblés à l'extérieur de l'église. Tous avaient hâte de festoyer aux frais du duc de Blackheath.

Williams avait dû bafouiller, car il vit le duc braquer sur lui un regard sévère. Se ressaisissant bien vite, le révérend se raidit et continua.

Il avait d'abord cru qu'il s'agissait d'un mariage de convenance mais, lorsque lord Andrew prit la parole et s'exprima avec fierté, il comprit qu'il s'était trompé. Ne jamais se fier aux apparences, se tança-t-il.

— Moi, Andrew Mark de Montforte, te prends, Celsiana Blake, pour femme et légitime épouse pour le meilleur et pour le pire, déclara-t-il en couvant lady Celsiana d'un regard empli de tendresse, dans la richesse et dans la pauvreté, dans la joie comme dans la peine, jusqu'à ce que la mort nous sépare.

À son tour, en proie à l'émotion, elle répéta ces paroles sacrées avec une poignante intensité, les yeux rivés sur l'homme qui serait son compagnon jusqu'à la fin de ses jours.

C'était assurément un mariage d'amour, songea Williams.

— La bague, je vous prie ? s'enquit-il.

Lord Andrew souleva la main gauche de lady Celsiana, glissa l'élégante alliance en or à son annulaire et déclara d'un ton solennel :

— Avec cet anneau, je lie ma vie à la tienne...

Aux pieds de lady Celsiana, le vieux chien qui s'était endormi se mit brusquement à ronfler si fort que lord Andrew dut élever la voix :

— ... au nom du Père, du Fils et du Saint-Esprit. Amen.

Alors que Williams récitait les dernières paroles scellant l'union, il surprit dans le regard noir du duc une étincelle triomphante.

« Je vois... se dit-il, ce n'est pas Dieu qui a réuni ce couple, mais le duc de Blackheath en personne. »

Le révérend les déclara mari et femme et, satisfait, invita lord Andrew à embrasser lady Celsiana. Le baiser provoqua des chuchotements émus dans l'assemblée. Lady Nerissa essuya les larmes de bonheur qui roulaient sur ses joues. Et toute la famille – à l'exception du duc, qui demeura immobile – s'empressa d'étreindre et de féliciter les nouveaux mariés.

— Maintenant que nous en avons fini avec les formalités, lança lord Andrew, mangeons, buvons et réjouissons-nous !

Puis il s'agenouilla, souleva le vieux chien endormi pour le prendre dans ses bras et le conduire hors de l'église, sous le regard admiratif de sa femme. Le reste de la famille leur emboîta le pas.

« Quatre verres, pensa Williams, secouant la tête et refermant son livre de prières. Je les ai bien mérités », ajouta-t-il mentalement, alors qu'il attendait que lord Charles et le frère de la mariée s'avancent pour signer le registre.

Sur le point de franchir le seuil de l'église et d'affronter la foule impatiente, Andrew se pencha pour embrasser Celsie. Les lèvres de son mari étaient à la fois tendres et fermes.

Son cœur battit à coups redoublés, et le monde autour d'eux parut s'évaporer – les invités, les villageois, tout. Instinctivement, elle ouvrit la bouche, s'abandonna au baiser qui se faisait plus ardent. C'était comme s'il aspirait l'air de ses propres poumons, comme s'il effaçait de son cerveau toute l'angoisse, toutes les pensées négatives.

Puis, brusquement, il mit fin au baiser.

— Souris, ma belle, lui murmura-t-il. Tu es pâle comme un linge. Ce baiser ne t'a pas revigorée ?

Les joues de Celsie s'empourprèrent. Obéissant à sa demande, elle plaqua un sourire sur son visage et fit face à la masse indistincte des convives. Si étrange que cela puisse paraître, l'aristocratie se mêlait naturellement aux villageois.

« Détends-toi. Profite de ces moments de joyeuse insouciance », s'ordonna-t-elle en couvant du regard Andrew, qui portait encore Passoire.

Un peu plus tôt, alors que la cérémonie touchait à sa fin, une inconnue s'était introduite dans l'église et assise à côté de lord Gerald Somerfield.

Elle portait ce qui se faisait de mieux à Paris en matière de mode. Sa robe d'un vert profond était taillée dans la plus exquise soie de Chine. Un magnifique collier d'émeraudes ornait son long cou et rehaussait l'éclat de sa peau laiteuse, la ligne parfaite de ses épaules et le creux de sa poitrine qu'il effleurait.

Ces joyaux inestimables étaient un cadeau du roi de France pour services rendus – mais elle n'était ni une courtisane ni une maîtresse attitrée du souverain.

Coiffée d'un chapeau étrangement de biais qui lui masquait une partie du visage, elle darda ses yeux verts, aussi attentifs et prédateurs que ceux d'un chat sauvage, sur l'inventeur de l'aphrodisiaque tandis qu'il jurait fidélité à lady Celsiana Blake.

— Vous en avez mis du temps pour venir jusqu'ici, chère cousine, marmonna Somerfield entre ses dents, rappelant à la jeune femme qu'elle partageait un lien avec ce nigaud.

Il poursuivit :

— Les mariés partent ce soir pour Rosebriar Park. Ils emportent avec eux le laboratoire d'Andrew, et vraisemblablement l'aphrodisiaque. Un peu plus et nous loupions l'occasion de nous en emparer.

Sans quitter des yeux la scène qui se déroulait près de l'autel, la femme aux émeraudes rétorqua :

— Vous ne devriez pas me sous-estimer, Gerald.

Agacé par son accent indéfinissable – de faibles intonations américaines donnaient du relief à son anglais mâtiné d'inflexions françaises –, Somerfield jeta un regard noir à son interlocutrice.

Un petit sourire démoniaque courut sur les lèvres de la jeune femme.

— Vous n'ignorez pas, Gerald, que la France est à un cheveu de nous aider à remporter cette guerre en Amérique…

Elle déploya son éventail et, le plaçant sous son regard félin, passa en revue chacune des personnes campées devant l'autel.

— Laissez-moi deviner, répondit Gerald. Vous êtes impliquée dans une intrigue politique. Vous jouez le rôle officieux de conseillère de Marie-Antoinette et vous avez dîné avec ce bon vieux Franklin.

Un rictus moqueur déforma ses traits. Il conclut :

— Vous ne serez pas tranquille tant que vous n'aurez pas obtenu la participation de la France à cette guerre stupide, c'est ça ?

— Quelle perspicacité ! railla-t-elle.

Tirant sur son manteau, Gerald se glissa sur le banc pour se rapprocher de sa cousine et lui chuchota à l'oreille :

— Je veux cette potion, Eva !

Elle roula des yeux excédés.

— Un peu de patience, voyons ! Vous finirez par l'avoir – ou, du moins, par en avoir une quantité suffisante pour vous aider à conquérir une héritière convenable. Le reste, bien sûr, je le conserverai à titre de paiement pour les obstacles que je ne manquerai pas de rencontrer.

— Pourquoi diable en avez-vous besoin ? Vous avez conquis votre défunt époux sans cela, sans parler des innombrables hommes que vous avez compromis !

202

— Mêlez-vous de vos affaires, riposta-t-elle. Quand elle évolue dans le milieu de la politique, une femme a besoin de toutes les armes dont elle peut disposer. La potion n'est pas pour moi, évidemment. Je n'ai que faire des hommes. Leur cruauté, leur faiblesse et leurs vils instincts m'ont lassée.

«Je veux cet aphrodisiaque pour la reine. Elle m'a confié une mission très spéciale. L'avenir d'un pays dépend de cette potion et de sa remise en mains propres à la reine.

— L'avenir de l'Amérique, je suppose ?

Elle eut un sourire orgueilleux.

— Mais bien sûr !

— Et comment comptez-vous subtiliser la potion ?

Réprimant un rire amusé, Eva donna un petit coup d'éventail sur le bras de Gerald.

— Si vous croyez que je vais vous le dire, vous êtes aussi stupide que le reste de la gent masculine.

Offusqué, Gerald pinça les lèvres et se renfrogna. «Ainsi donc, je suis stupide», bougonna-t-il en silence. Savoir qu'Eva se méfiait des hommes comme la peste était une maigre consolation. Quand même ! Il avait espéré qu'elle se confierait à lui. Après tout, sans lui, elle n'aurait jamais eu vent de l'aphrodisiaque. C'était *sa* découverte, pas celle d'Eva !

Mais il allait devoir ravaler sa fierté et la laisser libre de faire ce pour quoi elle était venue. Cette femme savait crocheter une serrure en moins de temps qu'il n'en fallait pour l'ouvrir avec une clé. Elle était capable d'obtenir d'un moine qu'il renonce à son vœu de célibat ; elle avait plus de charisme que les généraux d'armée les plus décorés, plus de courage que le plus brave des lions, plus de tours dans son sac que le plus rusé des stratèges.

En tant que veuve d'un vieux diplomate français, elle frayait avec les princes, dînait avec les rois et les reines, évoluait dans les plus hautes sphères de la société.

Seul, Gerald n'était pas en mesure de voler l'aphrodisiaque.

Eva, en revanche…

La diabolique, la malicieuse, la merveilleuse Eva… Ravir une fiole emplie d'un puissant liquide au nez et à la barbe d'un jeune savant fou serait pour elle un jeu d'enfant.

Eva, de son côté, se moquait éperdument de Gerald et de sa quête idiote de l'épouse parfaite – riche et docile.

La cérémonie touchait à sa fin. La famille entourait les nouveaux mariés pour les féliciter. Quand Celsie pivota, Eva vit enfin le visage de sa cousine par alliance – Gerald avait beau dire qu'ils étaient frère et sœur, il n'était que le demi-frère de la mariée, et il avait une fâcheuse tendance de l'oublier.

Eva fut frappée par la beauté et la maturité de Celsie. Le souvenir qu'elle avait gardé d'elle était celui d'une grande perche au visage boutonneux, qui avait pleuré à chaque bal où l'on avait daigné l'inviter lors de sa première saison.

Eva se réjouit de la voir aussi radieuse. Oui, Celsie semblait heureuse auprès de son tout nouvel époux. Si une femme s'épanouissait avec un homme, Eva ne la méprisait pas pour autant, quand bien même l'expérience lui avait appris à ne pas suivre l'exemple de ses congénères.

L'époux de Celsie entreprit de descendre l'allée centrale, un vieux chien dans les bras, suivi de près par ses frères et ses belles-sœurs. Quand il repéra Gerald et l'inconnue assise à ses côtés, il fronça un sourcil soupçonneux.

Eva se hâta de refouler les bons sentiments qui l'avaient envahie pour se parer de son sourire le plus suave. Il était temps de passer aux choses sérieuses. Sous le large bord de son élégant chapeau, ses yeux verts se plissèrent pour jauger l'heureux époux.

Elle inclina la tête en guise de salut.

Lord Andrew ne lui poserait aucun problème, se dit-elle, confiante.

Derrière lui, l'officier, grand, charismatique, auréolé d'une masse de cheveux blonds bouclés, marchait avec assurance. Dans la douce pénombre de l'église, son ceinturon blanc tranchait sur son uniforme écarlate. Lorsqu'elle capta son regard bleu clair, elle comprit qu'il représentait un obstacle potentiel sur sa route. Mais elle en avait vu d'autres.

Elle lisait en lui comme en un livre ouvert. Lord Charles était trop naïf pour reconnaître le danger sous des traits féminins.

Elle poussa un petit soupir las. Non, non... Lui non plus ne lui poserait pas de problème.

Venait ensuite le troisième frère. Il riait, un bras enroulé autour de la taille de sa femme aux longs cheveux bruns bouclés. Ah, oui... se rappela Eva. Il siégeait au Parlement. L'espace d'un instant, elle crut l'avoir déjà vu quelque part. Seulement une impression, se rassura-t-elle. De toute façon, lord Gareth paraissait trop préoccupé par le bon déroulement des noces pour suspecter qui que ce soit, et Eva en particulier.

Masquant un bâillement derrière son éventail, elle se dit que sa mission serait sans doute plus facile que prévu.

Accompagné de sa sœur, l'aîné et probablement le plus impressionnant des frères Montforte fermait la marche. Un sourire satisfait retroussa les lèvres d'Eva. À la seconde où le regard noir et omniscient du duc de Blackheath croisa le sien, elle sut qu'il était un adversaire digne de ce nom.

Blackheath s'arrêta quand il aperçut le comte. Le considérant avec aversion, il lança :

— Somerfield, cessez de faire cette tête. Si vous êtes incapable de vous réjouir en ce jour de fête, il vaut mieux que vous rentriez chez vous.

Gerald se hérissa. Le duc jaugea Eva des pieds à la tête, et elle perçut dans ses yeux une lueur d'intérêt.

— Vous êtes, dit-il, je suppose, l'héritière censée régler les dettes de notre cher Somerfield ?

— Pas du tout, monsieur le duc, roucoula-t-elle en lui offrant sa main gantée au-dessus de laquelle il s'inclina. Je suis lady Eva de La Mourière, une cousine du gentleman que vous venez d'insulter.

— Ravi de faire votre connaissance, susurra-t-il.

Outré, Somerfield intervint :

— Elle est également amie avec l'ambassadeur de France aux États-Unis d'Amérique.

Le duc haussa un sourcil dédaigneux.

— Ah, oui. Ces maudites colonies.

Le sourire d'Eva se fit vénéneux.

— Des colonies ? répliqua-t-elle. Visiblement, les nouvelles du monde mettent plus de temps à parvenir aux aristocrates qu'aux gens du peuple. Je suis désolée de vous décevoir, monsieur le duc, mais cela fait plus d'un an que ces « maudites colonies » n'appartiennent plus à la Grande-Bretagne. Il s'agit aujourd'hui d'une nation émergeante et indépendante.

Le duc la dévisagea. Ses yeux devinrent plus noirs qu'une nuit sans lune.

Sans se départir de son sourire, Eva esquissa une courbette.

— À présent, si vous voulez bien m'excuser, monsieur le duc, je dois absolument féliciter les jeunes mariés.

Sur ces mots, elle prit le bras de Gerald et franchit le seuil de l'église, laissant le duc perplexe derrière elle.

Eva de La Mourière savait s'y prendre avec les hommes. Durant tout son mariage, c'était elle qui avait géré la carrière politique de Jacques, elle qui avait tiré les ficelles dans les coulisses, traitant avec les personnages les plus puissants et les plus corrompus du monde civilisé, déployant des trésors d'intelligence et de malice, et amenant jusqu'aux rois à accéder à ses requêtes.

Une guêpe frôla la dentelle de sa manche. Blackheath n'était pas plus dangereux que l'insecte qu'elle chassa d'un geste désinvolte.

21

Il était à peine midi que déjà la plupart des villageois étaient aussi soûls que leurs voisins aristocrates.

À 13 heures, Andrew en avait assez et était pressé de partir pour Rosebriar Park.

À 14 heures, il prit congé des convives, dit au revoir à Gareth et à Juliet qui étaient sur le départ, puis proposa à Celsie de changer de toilette et de l'aider à déménager son laboratoire.

Celsie accepta sans se faire prier. À l'écart de la fête, l'aile ouest de Blackheath Castle leur offrit le calme et la solitude dont ils rêvaient. Œuvrant ensemble, ils enveloppèrent précautionneusement bouteilles, bocaux en verre et fioles, puis rangèrent le tout dans des caisses en bois. Ils regroupèrent ensuite les croquis et les notes qui s'étaient entassés dans un joyeux désordre.

Trois domestiques encore sobres transportèrent les caisses de livres volumineux et de textes divers au rez-de-chaussée. Tout serait empilé dans un chariot qui suivrait le jeune couple jusqu'à Rosebriar Park.

Andrew récupérait l'échantillon d'aphrodisiaque qu'il avait conservé pour de plus amples expérimentations quand Lucien et Charles apparurent sur le seuil. Le duc avait revêtu sa tenue de campagne : un pantalon de cuir, des bottes et un manteau noir.

— Ça a l'air vide d'un coup, commenta Lucien.

Sa voix se répercuta sur les murs de la pièce débarrassée de son contenu. Il se pencha pour ramasser une feuille de vélin recouverte des gribouillis de son benjamin.

— Tu vas me manquer, mon garçon, ajouta-t-il.

Andrew, qui fermait la porte d'un cabinet, eut une moue dubitative et riposta :

— Ça m'étonnerait que je te manque tant que ça, vu le mal que tu t'es donné pour me marier et me chasser d'ici. Tu aimerais bien que je te dise que Celsie et moi serons malheureux comme les pierres, mais tu peux toujours courir. Tes machinations n'ont hélas pas eu le résultat escompté. Je me rends compte aujourd'hui que j'aurais été infiniment plus malheureux sous ton toit que sous celui de ma femme.

Une grimace déforma les traits de Charles. Celsie se figea.

Lucien, pour sa part, demeura impassible, étrangement silencieux. S'approchant de lui, Andrew lui arracha la feuille de vélin des mains et la fourra dans la poche de sa veste.

— Je n'ai jamais voulu te rendre malheureux, protesta enfin Lucien.

— Ah, bon ? Figure-toi que tu m'as pourri l'existence.

Celsie vit dans les yeux noirs du duc une lueur qui la troubla.

— Andrew, s'il te plaît, murmura-t-elle en prenant son mari par le bras. Je crois que ton frère tente de s'excuser… à sa manière.

— Lucien, s'excuser ? s'exclama-t-il. Les poules auront des dents le jour où il s'excusera !

Andrew en avait gros sur le cœur. Il s'apprêtait à déverser sa rancune quand il décela dans le regard bleu pâle de Charles comme un avertissement. D'un geste nerveux, il s'ébouriffa les cheveux et, malgré sa frustration, prit sur lui pour ne pas laisser éclater sa colère. Il pivota et jeta quelques croquis dans une caisse.

Charles sortit de son gilet sa montre gousset.

— Il faut vraiment que nous partions si nous voulons arriver à une heure raisonnable. Qu'en pensez-vous ?

— Comment ça? fit Andrew. Vous venez avec nous?

Charles eut un sourire amusé.

— Ne t'inquiète pas, Andrew. Amy et moi n'avons pas l'intention de vous gâcher votre nuit de noces en nous invitant chez vous. Mais il se fait tard, notre fille nous attend, et comme Rosebriar Park est sur notre route…

Charles gratifia son frère d'un clin d'œil.

— … je me suis dit que vous apprécieriez une petite escorte militaire.

Andrew posa la précieuse fiole sur sa table de travail et poussa du pied une caisse qui le gênait.

— Eh bien, j'ai presque fini mes paquets. Donne-moi le temps d'aller chercher le reste de l'aphrodisiaque et nous serons prêts à partir.

Lucien fronça les sourcils.

— Il vaut mieux que tu me le laisses.

— Tu te fiches de moi? J'en ai besoin. Vingt dieux! Je serai la risée de la communauté scientifique si quiconque apprend l'existence de cette maudite potion avant que je ne trouve précisément ce que j'ai mis dedans. Ça, non! Je la prends avec moi.

Les traits de Lucien se durcirent.

— Je la conserve en lieu sûr.

— Elle m'appartient. Rends-la-moi!

Charles, pourtant d'un naturel doux, commença à s'énerver. Regardant par-dessus l'épaule de son jeune frère, il vit la fiole, objet de toutes les convoitises. Or il ignorait que Lucien et Andrew se disputaient à propos d'une quantité d'aphrodisiaque que Lucien avait mise sous clé. En s'approchant de la table de travail pour s'emparer de la fiole, il pensait mettre un terme au différend.

Andrew posa sur lui des yeux écarquillés. Glissant la fiole dans la poche intérieure de son manteau écarlate, Charles déclara:

— Voilà. C'est désormais en ma possession. Bon, finis de ranger tes affaires. Si ton épouse et toi n'êtes pas en bas dans quinze minutes, nous partons sans vous.

— Morbleu ! Je déteste ça, quand tu prends ta voix d'officier, maugréa Andrew.

— Et moi, je déteste ça, quand tu es vulgaire devant les dames. Tu n'as plus que quatorze minutes. Dépêche-toi !

D'une courbette, Charles salua Celsie et tourna les talons.

Andrew considéra Lucien, qui ne cilla pas.

— Bon, vas-tu me rendre le reste de l'aphrodisiaque ? À moins que tu ne préfères que je démolisse ton coffre-fort…

Le duc pinça les lèvres et parut réfléchir à la question. Son regard ténébreux soutint celui de son benjamin pendant un long moment. Puis il poussa un soupir théâtral et esquissa un petit sourire.

— Je suppose que je n'ai pas le choix, dit-il. Je ne vais pas faire perdre davantage de temps à Charles et Amy. Au cas où tu ne l'aurais pas remarqué, ils ont hâte de rentrer à Lynmouth.

À son tour, il salua Celsie et s'en fut sans autre forme de procès. Andrew n'en revenait pas d'avoir gagné la bataille sans avoir eu à se battre.

Qu'est-ce donc qui clochait chez Lucien ?

Tout le monde attendait.

Les domestiques se tenaient alignés sur l'escalier de pierre du perron, au garde-à-vous. Le regard humide, les jeunes servantes aux joues rosies par l'émotion pleuraient le départ d'un autre frère Montforte. Après Gareth l'Indomptable, après Charles le Bien-aimé, c'était l'Intrépide qui les abandonnait. Les valets de pied en perruque et en livrée, le majordome et la gouvernante, tous regardaient lord Andrew partir pour une nouvelle vie avec son épouse.

Devant le personnel, Nerissa se tenait aux côtés de Lucien. Elle feignait d'être heureuse pour les nouveaux mariés, mais elle avait la gorge nouée de sanglots. La calèche de Charles et d'Amy, le cocher à son poste, un valet à cheval derrière le véhicule, attendait dans l'allée gravillonnée, de même que le chariot plein à craquer des vêtements d'Andrew, de ses livres et de ses outils de travail, qui fermerait le cortège.

Le cœur de Celsie se serra quand elle vit Nerissa, l'air absent, désemparé. Elle savait à quel point Andrew et sa sœur étaient proches. Assister à ce départ était assurément un déchirement pour la jeune femme. Spontanément, elle étreignit Nerissa.

— Je vous en prie, ne soyez pas triste. Andrew vous manquera, je le sais, mais vous pourrez nous rendre visite aussi souvent que vous le souhaitez.

Puis elle lui murmura à l'oreille :

— Je vous promets que je prendrai soin de lui.

— Je sais. Sinon, je ne vous laisserais pas l'emmener loin d'ici.

Un garçon d'écurie apparut, les rênes du pur-sang d'Andrew, Newton, dans une main, et dans l'autre, celles de Parfait, le grand alezan de Charles. Le bel étalon avait accompagné son maître sur les champs de bataille d'Amérique, près de Boston, lorsque celui-ci était encore capitaine du quatrième régiment d'infanterie. Maintenant que Charles était commandant des Horse Guards[1] à Londres, l'animal continuait à être son plus fidèle compagnon.

Le temps vint enfin de se dire au revoir, d'échanger de chaleureuses embrassades. Tant bien que mal, chacun se retint de pleurer. Andrew aida Celsie à monter dans la calèche et hissa Passoire sur le siège voisin. Puis il siffla Esmeralda qui, surexcitée, bondit à la suite du vieux chien. Ce fut au tour de Charles d'inviter son épouse à l'intérieur. Ensuite, les deux frères montèrent sur leurs chevaux. Charles porta une main à son tricorne pour saluer Nerissa et Lucien, et, un moment plus tard, la procession filait le long de la grande allée. Flanquée d'un côté et de l'autre d'un cavalier, la calèche s'éloigna du somptueux château

---

1. Le bâtiment des Horse Guards, situé sur Whitehall, abritait le quartier général de l'armée britannique et ses deux plus anciens régiments : les Blues and Royal, en tunique bleue, et les Life Guards, en tunique rouge. *(N.d.T.)*

médiéval, Celsie et Amy agitant la main par les vitres tandis que des dizaines de voix criaient :

— Au revoir !

— Bon voyage !

— Que Dieu vous garde !

Ils traversèrent les douves, croisèrent une kyrielle de villageois qui les saluèrent bruyamment. Une fois sur la route de Ravenscombe, Charles et Andrew prirent la tête du cortège. Devant eux, le soleil caressait d'une lumière dorée les collines ondoyantes du Berkshire.

Passoire appuyé contre elle, Celsie s'assit plus confortablement et approcha ses pieds de la brique chaude enveloppée dans une couverture. Allongée sur le plancher, Esmeralda la couvait d'un regard attendri.

L'esprit de Celsie était absorbé par les événements des quinze derniers jours et, bien sûr, par leur point d'orgue : le mariage. « Je suis une femme mariée », se dit-elle, incrédule. Oui, ce serait un jour mémorable. Mais elle ne se sentait pas véritablement différente des autres jours.

Sur la banquette opposée, la nuque renversée sur l'appui-tête, Amy poussa un soupir de soulagement. Ils étaient enfin partis. Craignant que le voyage ne perturbe leur bébé, elle et Charles avaient décidé de laisser Mary aux bons soins de sa nourrice, mais ils avaient hâte de retrouver leur petite fille.

Amy ouvrit ses yeux sombres sur Celsie. Un pli soucieux creusait son front.

— Vous savez, fit-elle, je n'ai jamais vu Lucien si...

— ... perdu ?

— Oui, perdu. Préoccupé. Je n'arrive pas à comprendre ce qui le tracasse autant.

— Peut-être s'en veut-il de s'être servi de nous comme des pantins.

— Oh, j'en doute, répondit Amy, un demi-sourire au coin des lèvres. C'est drôle mais, la première fois que je l'ai rencontré, je ne l'ai pas cru capable des machinations que tout le monde semblait lui reprocher. Et quand j'ai découvert qu'il nous avait effectivement manipulés, Charles et moi, eh bien… je n'ai pas réussi à lui en vouloir. Grâce à lui, j'ai eu droit à une nouvelle vie. Désormais, on me respecte. Et surtout, j'ai trouvé un mari. Mais aujourd'hui Lucien n'était pas comme d'habitude. Je me demande s'il ne se sent pas un peu démuni parce qu'il n'a plus personne dont il puisse orchestrer le destin.

— Si c'est le cas, je ne vais pas le plaindre.

Celsie bougea de manière à laisser plus de place à Passoire.

— Alors, il vous a manipulés, vous aussi ? reprit-elle.

— Oh que oui ! De même que Gareth et Juliet.

— Du coup, je me sens moins seule, répondit Celsie en souriant à son tour. Excusez mon indiscrétion, mais… vous et Charles, vous vous aimiez ?

— Absolument. Quand Lucien nous a poussés au mariage, nous nous aimions déjà. Gareth et Juliet, en revanche… Comment dire ? Ce n'était pas gagné. Mais Lucien savait ce qu'il faisait en les réunissant. Ils ont fini par s'aimer.

Amy se pencha et prit la main de Celsie.

— Il en sera de même pour vous et Andrew.

Celsie sentit sa gorge se serrer. Elle détourna le regard vers la vitre et murmura, la voix étranglée par l'émotion :

— Vous êtes sûre ?

— Oh, Celsie, fit Amy dans un rire chaleureux. Vous ne l'avez pas vu vous dévorer des yeux pendant la cérémonie ? Et puis, quand il vous a présentée à ses frères, son visage s'est illuminé. Croyez-moi, vous avez bien fait. Laissez-moi vous dire une chose : il n'y a rien de mieux au monde que d'être aimée par un Montforte. Andrew sera un époux idéal. J'en suis convaincue.

— Mais son humeur est tellement imprévisible ! Il se renfrogne ou devient agressif au moment où je pense qu'il s'adoucit. Je n'arrive pas à le comprendre.

Amy posa sur elle un regard grave.

— Vous… vous voulez dire qu'il ne vous en a pas parlé ?

— Parlé de quoi ?

Consciente qu'elle en avait déjà trop dit, Amy se mordilla la lèvre inférieure.

— Il a… il a parfois beaucoup de mal à s'adapter à certaines situations.

Elle gratifia Celsie d'un sourire contrit.

— Mais avec votre aide, poursuivit-elle, cela s'arrangera.

Manifestement, Amy hésitait à en dire davantage. Bien que dévorée par la curiosité, Celsie revint sur le sujet d'origine de leur conversation : la manie qu'avait le duc de s'immiscer dans la vie d'autrui.

— Qu'en est-il de Nerissa ? s'enquit-elle. Lucien s'est démené pour trouver des épouses à ses frères, et il ne fait rien pour sa sœur.

— Oh, elle est quasiment fiancée à Perry, lord Brookhampton. Le duc et lui sont voisins. Vous ne l'avez pas vu ? Toutes les demoiselles du comté rêvent de lui.

— Est-il aussi beau que les frères Montforte ?

— Impossible d'être aussi beau que Charles et Andrew.

Les deux femmes éclatèrent de rire. Celsie s'écarta encore de Passoire, qui émit un grommellement plaintif. Il s'étira et posa son noble museau sur les genoux de sa maîtresse, avant de refermer les paupières. Il n'avait pas manifesté le moindre intérêt pour Esmeralda. Celle-ci le fixa longuement, puis, jetant un coup d'œil désespéré à Celsie, se recroquevilla sur le plancher de la calèche, la tête lovée entre ses pattes, les yeux rivés sur la portière.

« Je sais à quoi tu penses, ma grande, songea Celsie. C'est dur de tomber amoureuse de quelqu'un qui se renferme en lui-même chaque fois qu'on veut s'en rapprocher. »

Doux Jésus ! Désirait-elle réellement se rapprocher d'Andrew ? Avait-elle envie de construire avec lui la même relation qu'entretenaient Amy et Juliet avec leurs époux ?

Oui.

Plaquant la joue contre la banquette, elle poussa un lourd soupir.

Oh, oui...

En face d'elle, Amy se munit de son ouvrage de broderie. Les deux jeunes femmes se mirent à bavarder tranquillement, évoquant les traits de caractère qu'elles admiraient chez leur époux, leurs enfances respectives, la petite fille d'Amy, les bébés qu'Andrew donnerait à Celsie un jour.

Les ombres s'abattirent sur elles, et Amy posa sa broderie. Alors que le jour tombait, ils firent une pause dans une auberge près de Maidenhead, où ils changèrent de chevaux et se restaurèrent. Après cette halte, ils reprirent la route en direction de Rosebriar.

Les lanternes de la calèche avaient été allumées. Deux autres éclairaient l'arrière du chariot bondé. Les doux cahots de la route ne tardèrent pas à bercer ses occupantes. Celsie se perdit dans la contemplation des étoiles qui scintillaient au-dessus des Downs. Une sensation de paix l'envahit. La menace pourtant non négligeable que représentaient les bandits de grand chemin ne l'inquiétait pas. En fait, la présence des chiens la rassurait – ainsi que, bien sûr, celle d'Andrew et de Charles, à l'extérieur. Andrew était un épéiste hors pair, et Charles un illustre militaire. Le brigand téméraire qui oserait s'attaquer à eux serait récompensé par une lame dans la cuisse et un pistolet prêt à faire feu.

Elle venait de baisser les paupières quand la calèche s'immobilisa brusquement, la réveillant. Passoire dressa le museau, souleva ses oreilles tombantes. Dans un aboiement alarmé, Esmeralda bondit sur ses pattes arrière. Celsie et Amy échangèrent des regards inquiets et tentèrent de voir ce qui se passait au-dehors. Elles entendirent leurs époux qui discutaient. L'instant d'après, juché sur Parfait, Charles s'approcha de la vitre.

— Pardonnez-nous cet arrêt brutal, dit-il en jetant un coup d'œil furtif et bienveillant à sa femme.

À la lueur des lanternes, la ganse d'or qui bordait son tricorne étincela. Le voir ainsi, viril et rassurant dans son uniforme, réconforta Celsie.

— Il y a devant nous une calèche qui a fait une sortie de route, expliqua-t-il. Elle a sans doute un essieu cassé. Si vous n'y voyez pas d'inconvénient, Andrew va rester avec vous pendant que je m'avance pour offrir notre aide à ces pauvres gens.

— Ça ne me dérange pas, répondit Celsie avec un haussement d'épaules.

— Moi non plus, renchérit Amy. Je plains quiconque se retrouve égaré sur ces chemins de campagne.

Elle se rapprocha de la vitre pour embrasser son époux.

— Vas-y, Charles. Et si leur voiture est trop endommagée, nous leur ferons de la place dans la nôtre. Au moins le temps de les conduire à la prochaine auberge.

Charles effleura son tricorne et piqua des deux.

— C'est mon Bien-aimé, dit Amy en se renfonçant dans la banquette. Il pense toujours aux autres avant de penser à lui.

Charles attendit qu'Andrew se soit posté près de la calèche, posa une main sur la crosse de son pistolet – il serait ainsi prêt à se défendre en cas de guet-apens – et gagna la voiture accidentée arrêtée sur le bas-côté. On l'avait tirée jusque-là afin qu'elle n'empêche pas le passage d'autres véhicules. Les chevaux toujours attelés ensemble avaient été attachés à un seul et même tronc d'arbre.

Charles fronça les sourcils.

Assis en tailleur, un jeune homme trapu, apparemment soûl, la tête entre les mains, paraissait totalement démuni. Non loin, une jeune paysanne déployait des efforts surhumains pour faire basculer la calèche contre un arbre afin, sans doute, d'ôter l'essieu endommagé.

Jamais elle n'y parviendrait, se dit Charles, ému par le courage de la jeune femme. Il relâcha son emprise

216

sur son pistolet et éperonna Parfait. Aussitôt, l'étalon renâcla.

— Là, là, mon grand, dit Charles en lui flattant l'encolure.

Tous ses sens en éveil, il jaugea rapidement la situation. Il était confiant. Il avait été, à maintes reprises, confronté à des situations autrement compliquées.

— Bonsoir, lança-t-il en ôtant son tricorne pour saluer la paysanne.

Elle avait renoncé à soulever la voiture et, accroupie, examinait attentivement l'essieu. La lanterne qu'elle tenait à la main jetait sur le sol moussu un halo de lumière.

— Puis-je vous aider ? s'enquit Charles d'une voix grave.

La fille se dégagea de sous la calèche. De grosses larmes de soulagement roulèrent sur ses joues sales quand elle vit l'uniforme de Charles.

— Oh… m'lord, j'aurais pas osé vous l'demander. Mon mari est soûl comme un cochon, et ces routes sont infestées de brigands… C'est l'essieu, m'lord. Ou la roue. J'sais pas bien…

— Laissez-moi regarder ce que je peux faire, répondit Charles d'un ton rassurant.

Mais alors qu'il s'apprêtait à descendre de cheval, Parfait s'ébroua, manquant le désarçonner. Agacé par la nervosité de l'animal, d'ordinaire flegmatique, Charles sauta à terre et s'approcha du véhicule.

— Vous pouvez pas savoir comme j'suis contente de vous voir, s'exclama la paysanne en se redressant.

Du revers de la main, elle essuya ses yeux embués de larmes, puis brossa ses jupons déchirés et maculés de terre.

— J'crois que le problème, c'est la roue de l'autre côté. Y a pas l'air d'y avoir de problème à cette roue-ci. Mais j'y connais rien, moi.

Elle souleva sa lanterne, ce qui permit à Charles de distinguer ses traits. Des cheveux roux encadraient un visage fin où brillaient des yeux verts. Elle pivota pour contourner la calèche, suivie de près par son sauveur.

— Permettez-moi de vous aider, lança-t-il en lui prenant la lanterne, avant d'inspecter calmement le véhicule.

La voiture était relativement petite, se dit-il. À quatre – lui, Andrew, le cocher et le valet de pied –, ils devraient être capables de la soulever pour réparer ce qui avait besoin d'être réparé. Il s'agenouilla pour jeter un coup d'œil scrutateur sous le plancher.

— Quel est le problème ? s'enquit-il.

— Oh, c'est sûrement cette maudite roue… Pourtant, elle est quasi neuve. Mais y avait ce terrible bruit de ferraille qui venait d'en dessous. J'avais peur qu'on ait un accident, alors on s'est arrêtés.

— Je vois, fit Charles en ôtant ses gants. Vous voulez bien tenir la lanterne ?

Il gratifia la jeune paysanne d'un sourire réconfortant.

— Avec un peu de chance, ajouta-t-il, il suffira de resserrer quelques boulons et vous repartirez tranquilles.

L'œil pétillant de malice, Eva de La Mourière éclaira lord Charles afin qu'il puisse examiner un essieu et une roue en parfait état. « Eh oui, songea-t-elle en contemplant les cheveux blonds bouclés noués en une impeccable queue de cheval, tous les hommes ont leur point faible. » Elle avait repéré celui de son « sauveur » : lord Charles de Montforte était trop altruiste pour ne pas offrir son aide à des voyageurs en détresse, et trop galant pour envisager qu'une jeune femme à l'apparence fragile puisse représenter un danger.

Le malheureux aurait bientôt, lorsqu'il recouvrerait ses esprits, un horrible mal de tête. L'espace d'une seconde, la compassion lui étreignit le cœur.

Mais sa mission ne l'autorisait pas à s'attendrir.

Elle attendit qu'il soit à genoux, une main sur l'herbe, l'autre cherchant à tâtons l'essieu prétendument abîmé. Puis, après avoir jeté un coup d'œil furtif au domestique qui jouait le rôle de son époux soûl comme une grive, elle leva le bras et, du tranchant de la main, frappa violemment, d'un seul coup, la nuque du commandant.

Elle savait exactement où frapper pour plonger un homme dans une profonde léthargie et s'enorgueillissait de posséder ce savoir-faire d'ordinaire réservé à la gent masculine.

Sans un bruit, lord Charles s'écroula comme une masse.

— Parfait, dit-elle en se frottant les mains.

Sur ce, elle sortit un pistolet d'une poche de sa jupe, le chargea avec des gestes experts et murmura :

— Maintenant qu'il est neutralisé, il est temps d'aller chercher ce pour quoi je suis venue.

Passant par-dessus l'officier inconscient, étendu de tout son long, elle esquissa un sourire amusé.

— Bonne nuit, commandant Montforte. Faites de beaux rêves ! chantonna-t-elle doucement.

Sans se départir de son sourire, elle appela le domestique et les trois autres laquais cachés dans la calèche soi-disant hors service.

Les hommes de main d'Eva de La Mourière marchèrent droit sur la voiture où les attendaient lord Andrew, lady Amy et lady Celsiana.

22

Un frisson parcourut Andrew. À califourchon sur Newton, éclairé par les lumières de la calèche, il gardait un œil sur Charles qui portait secours aux voyageurs infortunés, tout en bavardant avec les dames. Il tourna la tête pour écouter quelque chose que lui disait Celsie et, quand il reporta son attention sur le véhicule endommagé, il entendit leur cocher étouffer un cri. Brusquement, il vit surgir des ténèbres une femme et quatre hommes.

La femme était armée. Elle pointa son pistolet sur la poitrine d'Andrew.

— Bonsoir, milord. Je suis désolée de vous importuner mais, si vous me remettez l'aphrodisiaque, vous pourrez tous rentrer chez vous.

À l'intérieur de la calèche, Amy et Celsie, sous le choc, eurent le souffle coupé. À l'arrière, le valet de pied empoigna son espingole mais se figea quand Andrew le repéra et lui fit signe de ne pas intervenir. Les grognements d'Esmeralda devinrent plus caverneux, plus menaçants.

Andrew tenta discrètement de dégainer son pistolet. En vain.

Avec un sourire amusé, l'inconnue secoua la tête, comme pour gronder un enfant qui s'apprête à faire une bêtise.

— Non, non, fit-elle. C'est dangereux, ce que vous faites. Vous ne voudriez quand même pas mettre votre vie en péril, ni celle de ces dames, n'est-ce pas ?

— Où est mon frère ? Que lui avez-vous fait ?

— Eh bien… il est tard, très tard, l'heure d'aller dormir. Votre commandant de frère est dans les bras de Morphée.

Le sourire de la fausse paysanne ne vacilla pas quand Amy poussa un cri d'effroi. Ses yeux perçants se plissèrent en un regard meurtrier.

— Bon, passez-moi la potion, mon poussin, si vous ne voulez pas que je vous envoie visiter l'au-delà.

Andrew se raidit. Tout en lui hurlait : « À l'action ! » Il eut toutes les peines du monde à garder son calme tandis que les quatre sbires armés encerclaient la calèche pour les empêcher de fuir.

Son regard furibond croisa celui de l'inconnue.

— Qui diable êtes-vous ? rugit-il.

— Quelle question ! Votre assassin, bien sûr… à moins que vous ne me remettiez cette potion, ajouta-t-elle en fichant le pistolet dans les côtes d'Andrew.

— S'il te plaît, implora Celsie de l'intérieur de la calèche, ne joue pas les héros. Donne-lui ce qu'elle veut et nous partirons sains et saufs.

— Ah, décidément, il n'y a que les femmes pour faire preuve de bon sens, commenta leur agresseur d'un ton amusé. Obéissez à votre épouse, lord Andrew, sinon elle risque de se retrouver veuve. Je vous accorde cinq secondes pour réfléchir et prendre une décision. Pas une de plus.

Tenant le bras d'Amy pour l'empêcher de sauter de la voiture et courir au secours de Charles, Celsie se pencha par la vitre ouverte pour regarder la femme.

— Eva ? À la voix, je me disais bien que c'était vous. J'aurais dû me douter que vous n'aviez pas traversé la Manche uniquement pour nous féliciter à l'église.

Andrew tressaillit.

— Tu connais cette fille de catin vérolée ? s'écria-t-il.

— Oui, c'est ma cousine.

Son regard alla de l'une à l'autre, et soudain, il reconnut la femme, malgré la tenue grossière dont elle s'était affublée.

— Vous étiez à côté de Somerfield, à l'église !

— Écoute-moi, intervint Celsie d'une voix où perçait la peur, cette femme est capable de tuer.

Se cramponnant au rebord de la fenêtre, elle dévisagea sa cousine.

— Eva, puisque mon mari ne semble pas avoir pris de décision, laissez-moi gérer le problème et sortir pour vous remettre le fameux aphrodisiaque.

— Celsie, tu ne bouges pas de la calèche ! tonna Andrew.

Mais Celsie ne l'entendait pas de cette oreille. Dans un murmure, elle demanda à Amy de saisir le collier de Passoire, puis elle enjamba Esmeralda, qui geignait. Calmement, elle sortit la fiole rangée sous la banquette, ouvrit la portière et descendit de voiture. Consciente que les fusils des brigands étaient braqués sur elle, elle s'efforça de garder la tête haute tandis qu'elle s'avançait jusqu'à Eva.

— Jamais je ne vous aurais crue capable d'une telle bassesse, déclara-t-elle, incapable de cacher sa déception. Je vous admirais, vous étiez un modèle pour moi. Pourquoi faites-vous cela, Eva ?

Son interlocutrice détourna le regard et répondit d'un air détaché :

— Mon pays en a besoin.

Avec un soupir, Celsie posa la fiole par terre et fit un pas en arrière.

Sans cesser de tenir Andrew en joue, Eva envoya l'un de ses sbires ramasser l'objet. Puis elle fit signe à quelqu'un derrière elle. Du véhicule ennemi s'approcha un autre malandrin, qui tenait les rênes de plusieurs chevaux sellés. L'un après l'autre, les brigands se hissèrent sur leur monture. Une fois en selle, ils couvrirent leur maîtresse tandis que celle-ci s'emparait de son trophée et le rangeait dans une sacoche. Après un salut à l'adresse de ses victimes, elle éperonna son cheval.

En quelques secondes, la nuit ténébreuse l'engloutit.

Andrew, Celsie, Amy et leurs serviteurs se précipitèrent vers Charles, qui se mettait péniblement
debout, en se frottant la nuque.

— Cette harpie ne m'a pas loupé, maugréa-t-il en
s'agrippant à la portière de la calèche effondrée sur
le bas-côté.

Bouleversée, Amy passa un bras autour de sa taille.

— Je n'ai rien vu venir, enchaîna-t-il.

— Elle voulait la potion, déclara Andrew, avant
d'apprendre à son frère l'identité de leur agresseur.

— Eh bien, heureusement que tu la lui as donnée...
Jusqu'à présent, ce maudit aphrodisiaque ne nous a
apporté que des ennuis. Fais-moi plaisir, ajouta-t-il
à l'adresse d'Andrew, désormais, cantonne-toi aux
engins volants, tu veux ?

Charles serra les mains d'Amy, qui effleurait son
visage en quête de bleus ou de plaies. Gêné, il l'attira
contre lui et l'enlaça.

— Ne t'inquiète pas, ma chérie, je vais bien.

Sa voix était douce, mais ses traits étaient marqués
par la fureur. Dans ses yeux bleu clair brillait une
lueur de rage. Il se sentait indubitablement humilié,
comprit Andrew.

— Bon, lança-t-il, on ne va pas rester là à se lamen-
ter. Tu as encore la fiole que tu avais prise sur ma
table de travail ? demanda-t-il à Charles.

— Oui, répondit ce dernier, encore étourdi.

Il plongea la main à l'intérieur de son manteau
écarlate, en extirpa ce qui restait de l'aphrodisiaque
et, d'un geste agacé, le posa dans la paume d'Andrew.

— Tiens, fais-en bon usage, ajouta-t-il avec une
pointe d'ironie.

— Merci.

Un court silence plana entre eux.

— Et si nous reprenions la route ? proposa Andrew.
Je ne sais pas ce que tu en penses mais, en ce qui me
concerne, j'ai hâte d'arriver à bon port. Tu te sens
assez bien pour monter à cheval ?

Son frère darda sur lui un regard où la gêne le dis-
putait à l'orgueil. Andrew donna une tape amicale

223

sur l'épaule de son aîné, saisit les rênes de Parfait et se tint prêt à aider Charles au cas où celui-ci ne pourrait se hisser seul sur son alezan. Mais Charles était solide, tant physiquement que moralement. Il fut bientôt en selle, pâle mais exhalant la colère par tous les pores de sa peau.

Amy avait beau s'inquiéter pour lui, elle comprit qu'il était inutile d'obliger son époux à voyager dans la calèche. La fierté du commandant avait pris un sacré coup. Il monterait son étalon. Quiconque essaierait de l'en dissuader serait vertement rabroué.

— Bon, allons-y, grommela Charles.

Il serra les genoux contre les flancs de l'animal. Percevant le malaise de son maître, Parfait avança d'un pas prudent. Charles eut beau l'éperonner, il ne réussit pas à le faire accélérer.

— Par la barbe de Satan! jura-t-il, s'adressant à son plus fidèle compagnon. Tu ne vas pas t'y mettre toi aussi? J'ai assez d'une femme pour me dorloter!

Andrew et Celsie échangèrent un regard à la fois soulagé et amusé et suivirent Amy jusqu'à la calèche, auprès de laquelle Newton attendait son maître.

Heureusement, ils trouvèrent bientôt une auberge en bord de route. Ils s'y reposèrent quelques heures, changèrent une nouvelle fois de chevaux et reprirent la route. Les premières lueurs de l'aube apparaissaient à l'horizon quand le cortège atteignit enfin les grilles de Rosebriar Park.

Celsie eut beau insister pour que son beau-frère et sa belle-sœur restent un jour ou deux, rien n'y fit. Amy et Charles avaient hâte de retrouver leur demeure, située à environ quinze kilomètres de Londres. Celsie et Andrew leur dirent au revoir et, campés devant le portail richement ouvragé de Rosebriar Park, regardèrent la calèche précédée de Charles sur son alezan s'évanouir dans la pénombre.

— J'aurais bien aimé qu'ils restent, dit Celsie, déçue, en se baissant pour caresser les oreilles de Passoire. Le voyage a été éprouvant. Charles devrait se reposer au lieu de monter à cheval.

Andrew émit un claquement de langue désapprobateur.

— Au contraire. C'est un soldat aguerri, pas un bébé. En outre, Parfait prendra soin de lui jusqu'à leur arrivée. Une fois chez eux, Amy s'occupera de lui. Tout ira bien pour lui.

— Tu crois ?

— Oui. En revanche, je n'en dirais pas autant de cette garce d'Eva. Quand Lucien aura vent de l'incident, elle pourra commencer à numéroter ses abattis. Il n'aura pas la galanterie de Charles, crois-moi.

— J'imagine déjà le duel : le duc de Blackheath contre Eva de La Mourière. Je paierais cher pour y assister… de loin, bien sûr.

— Ça ne me déplairait pas qu'elle flanque une correction à Lucien, mais je doute qu'elle ait une chance de triompher.

— Oh, je n'en suis pas si sûre. En fait, je pense que je miserais sur Eva.

Andrew eut un sourire peu convaincu – il connaissait son frère par cœur. Il tendit les rênes de Newton à un garçon d'écurie et ordonna aux autres serviteurs d'emmener le chariot contenant toutes ses affaires vers sa nouvelle demeure. Puis il offrit son bras à son épouse afin qu'ils marchent ensemble jusqu'au perron. Le vieux chien les suivit, clopin-clopant.

À l'est, l'aurore rosissait le ciel sombre. Tandis qu'ils cheminaient lentement, bras dessus bras dessous, et qu'Esmeralda courait allègrement devant eux, explorant ce territoire inconnu, Andrew éprouva une sensation de bien-être aussi surprenante qu'agréable.

Voilà ! Il démarrait une nouvelle vie, celle d'un homme marié. Marié à une femme avec laquelle il aimait passer du temps, une femme à la peau soyeuse et chaude qu'il avait hâte d'embrasser, de posséder. Il s'était sans doute fait passer la corde au cou, mais il était libéré à jamais du joug de son frère machiavélique.

Après les épreuves qu'il avait traversées, le destin lui avait peut-être distribué des cartes gagnantes…

Un vent froid se leva, agita les feuilles fanées des grands et gracieux châtaigniers qui bordaient l'allée. Il offrit son visage à la caresse revigorante du vent, scruta le ciel qui s'éclaircissait, la panse des nuages d'altitude que coloraient les premiers rayons du soleil.

Celsie et lui marquèrent une pause et, après un court instant d'hésitation, Andrew enroula son bras autour de la taille de son épouse pour l'attirer contre lui. Ensemble, ils contemplèrent le lever d'un jour nouveau, leur premier en tant que mari et femme. Il était heureux. En paix. Sa tendre épouse ne se crispa pas, n'essaya pas de s'écarter. Non, elle demeura immobile, apparemment aussi heureuse que lui.

Cette histoire d'amitié n'était peut-être pas si vaine, se dit Andrew, songeur. Hélas, il savait qu'aucune amitié réelle ne tolérait le mensonge…

— Quelle nuit de noces ! murmura-t-il avec ironie.

— Elle aura au moins été originale. Elle n'aura pas vu la perte de notre innocence, mais celle de l'objet même qui nous a corrompus.

— Seigneur, ne m'en parle pas ! J'ai cru que mon cœur allait s'arrêter de battre quand je t'ai vue descendre de voiture pour rejoindre cette harpie. Je ne connais pas beaucoup de monde qui aurait eu le courage dont tu as fait preuve. Tu as su prendre la bonne décision en donnant la potion à cette sorcière assoiffée de sang.

— Je n'avais pas le choix, dit-elle, à la fois ravie et embarrassée par le compliment. D'ailleurs, il suffisait de te regarder pour deviner que tu t'apprêtais à tenter quelque acte téméraire et insensé. Je ne pouvais pas te laisser sacrifier ta vie pour une pareille broutille.

Andrew dut admettre qu'elle avait raison.

— En t'interposant, répondit-il, tu m'as sans doute sauvé la vie.

— Eh bien, il fallait que quelqu'un intervienne. On ne peut pas dire que vous, les hommes, maîtrisiez la situation…

La voix de Celsie s'adoucit tandis qu'elle enchaînait :

— Tu as réellement eu peur pour moi, Andrew ?

— Mon Dieu, oui !

— J'ai brusquement l'impression que tu te soucies de moi.

— Parce que tu en doutais ?

— Si je me souviens de notre discussion, tu refusais que je me mêle de tes affaires, de ton travail… Tu ne voulais pas de moi dans ta vie.

— Celsie ! Tu te trompes. Je te désire comme je n'ai jamais désiré personne. Et s'il te faut une preuve matérielle… ajouta-t-il avec un sourire mutin.

— Tu… tu n'as pas besoin d'aphrodisiaque ? s'enquit-elle, les joues cramoisies.

— Non. Et je t'avoue que je ne suis pas mécontent d'en être débarrassé.

— Je croyais que tu avais l'intention de retrouver la formule pour en fabriquer de nouveau.

Il secoua la tête.

— J'ai décidé d'abandonner l'expérience. Cette découverte était purement fortuite. Ce n'était pas une réelle avancée pour la science, d'autant que j'étais incapable de reproduire la solution, puisque je ne parvenais pas à me souvenir de ce qu'elle contenait.

— Mais… il te reste la fiole rangée dans la poche de ton gilet.

— Ah, oui, j'avais complètement oublié.

— Pas moi.

Il haussa un sourcil espiègle. Elle rougit et détourna le regard. La main qu'il avait passée autour de sa taille glissa imperceptiblement dans le dos de Celsie, et elle posa la tête dans le creux de son épaule. Andrew lui caressa tendrement la nuque, puis, à travers le satin de sa robe, le dos et la naissance des fesses.

Il plongea le regard dans les yeux fatigués mais rieurs de sa femme.

— Dis-moi, chuchota-t-il, je t'offre ton cadeau de mariage maintenant ou après les derniers moments de notre nuit de noces ?

— Mum... tout dépend de ce que réservent ces derniers moments, répliqua-t-elle en s'empourprant.

— Qu'est-ce qui te ferait plaisir ?

— Toi, dit-elle en rougissant de plus belle, mais sans détourner le regard. À moins que tu ne veuilles absolument aller te coucher.

— Je tiens à aller me coucher, mais lorsque nous serons au lit, je penserai à tout sauf à dormir.

Elle laissa éclater un petit rire cristallin avant de se ressaisir.

— Sérieusement, répliqua-t-elle, j'ai l'impression que la potion fait encore effet sur moi. C'est comme si l'aphrodisiaque m'avait débauchée.

Un large sourire étira les lèvres d'Andrew.

— Ah ? Essaie d'être plus précise, s'il te plaît...

Elle ouvrit la bouche mais aucun son n'en sortit. Avec un petit haussement d'épaules, elle baissa les yeux et, du bout du pied, se mit à jouer avec un caillou.

— Maintenant que je suis ta femme, j'aimerais que nous consommions le mariage. À bien y réfléchir, l'idée que nous demeurions simplement amis – en admettant que nous y parvenions – ne me satisfait pas.

Elle cessa de jouer avec le caillou.

— Je suis un peu gênée de t'avouer cela. Je ne saurais pas t'expliquer pourquoi je te désire mais...

Changeant soudain de ton, elle ajouta :

— Je suis très nerveuse, voilà tout.

Du bout du pouce, il lui souleva le menton afin de croiser son regard, lui offrit un beau sourire et prit son visage empourpré entre ses mains.

— Je sais, répondit-il d'une voix douce. Écoute, nous ne sommes pas obligés de consommer le mariage ce soir. Rien ne presse. Nous avons la vie devant nous pour mieux nous connaître.

La perspective de patienter ne fût-ce qu'une journée – alors une semaine ! – pour la faire sienne lui semblait un défi insurmontable, aussi s'attendait-il qu'elle le remercie pour sa délicatesse.

Or elle eut l'air contrariée.

— Serais-tu en train de dire que tu n'es pas pressé de me faire l'amour ? s'exclama-t-elle.

— Mon Dieu, si !

— Ah, tant mieux, répliqua-t-elle, visiblement soulagée. Parce que je n'ai pas l'intention d'attendre indéfiniment. D'ailleurs, je ne veux même pas attendre jusqu'à ce soir.

Elle se hissa sur la pointe des pieds pour chuchoter :

— Je veux que nous fassions l'amour maintenant.

Incrédule mais ravi, Andrew éclata d'un rire sonore.

— Tu en es sûre ?

— Certaine.

Posant les mains sur les hanches d'Andrew, elle le couva de son regard ourlé de longs cils noirs. Il se raidit quand il sentit ses doigts fureteurs caresser la protubérance qui vibrait sous son pantalon.

Il retint son souffle. Celsie et lui partageaient le même et indicible désir, et cette fois, l'aphrodisiaque n'y était pour rien.

— Andrew ? susurra-t-elle.

L'invite eut raison de ses dernières hésitations. Les mains sur ses fesses, il l'attira contre lui et plaqua son érection contre son bas-ventre. Son cœur battait à tout rompre. Il s'empara de ses lèvres, et elle étouffa un gémissement de plaisir en lui rendant son baiser fougueux. Leurs langues emmêlées entamèrent une danse endiablée. Celsie caressa la nuque de son ardent époux, passa les doigts dans ses cheveux bouclés. Puis Andrew glissa une main audacieuse entre les cuisses de sa femme, mais ne rencontra qu'étoffes et cerceaux. « Au diable ces jupons et cette jupe à paniers ! » marmonna-t-il en silence. Enfin, il réussit à soulever les jupons et remonta la main entre les cuisses de Celsie, là où sa chair veloutée brûlait de désir.

Elle émit un petit cri de surprise.

— Oh... doux Jésus, fit-elle, haletante, blottissant son visage contre le torse puissant d'Andrew. Je... je crois qu'il vaudrait mieux rentrer.

— Oui, murmura-t-il en lui léchant le lobe de l'oreille.

Elle laissa échapper un petit rire nerveux. Il lui releva le menton pour déposer sur ses lèvres un doux baiser.

Soudain, il eut l'impression que tout autour d'eux s'était figé, que la nature retenait son souffle tandis que le paysage commençait à chatoyer sous la lumière dorée de l'aube.

Soudain, il eut envie de chérir cet instant de grâce avant qu'ils ne pénètrent dans la somptueuse demeure de Rosebriar et ne fassent l'amour aux petites heures du matin. Il fit donc un pas en arrière et enlaça Celsie afin de regarder avec elle le lever du soleil. Le menton posé sur l'épaule de sa douce épouse, sa joue contre la sienne, il contempla la beauté du monde qui s'éveillait, l'extraordinaire boule de feu qui montait lentement dans le ciel.

Derrière lui, un roulement de tambour parvint à ses oreilles – le tonnerre annonçant un orage ?

— C'est bizarre, murmura-t-il en embrassant Celsie dans le cou.

— Quoi donc ?

— Eh bien, ce tonnerre, alors qu'on ne voit que des nuages paisibles qui s'effilochent dans le ciel.

— Mais je n'entends rien, s'étonna-t-elle en tournant son visage pour coller ses lèvres aux siennes.

— Comment ça, tu n'entends rien ?

Il fronça les sourcils et mit fin à leur étreinte tandis que le bruit devenait étrangement assourdissant. Le fracas ne connut aucune interruption. Non, se dit-il, en proie à un sentiment oppressant, ça ne ressemblait pas au tonnerre. Soudain, il eut la chair de poule. Il jeta un regard par-dessus son épaule et vit un énorme monstre d'acier survolant la cime des châtaigniers. Il fonçait droit sur eux.

Avec un grand cri d'effroi, Andrew poussa Celsie au sol, la recouvrant de son corps pour la protéger. Il resta ainsi jusqu'à ce que le vacarme s'éloigne puis cesse tout à fait.

230

Lorsqu'il releva la tête, son visage était blême, son front couvert de sueur.

Sous le choc, Celsie le fixa, les yeux écarquillés.

— Andrew ? chuchota-t-elle dans un filet de voix nerveuse. Est-ce que tout va bien ?

23

— Non, répliqua-t-il d'un ton abrupt en se redressant. Non, ça ne va pas.

Sur quoi, il tourna les talons et remonta d'un pas rapide l'allée qui menait à sa nouvelle demeure, laissant Celsie seule avec son chien. Blessée, désemparée, elle observa son mari qui fuyait Dieu sait quoi.

— Andrew !

À quelque quinze mètres d'elle, il s'arrêta net et se retourna pour la regarder. Les poings crispés, raide comme un piquet, il semblait sur la défensive. Ses traits étaient ceux d'un homme que la vie avait brisé.

— Laisse-moi tranquille, Celsiana. Je t'en prie, donne-moi le temps de trouver les mots pour t'expliquer quelle sorte d'abomination tu as épousée.

Ignorant sa requête, elle entreprit malgré tout de le rejoindre, mais il lui fit signe de ne pas bouger, la tenant à distance comme s'il avait la peste. Puis il pivota et repartit en direction du manoir.

Celsie demeura pétrifiée. Son cœur lui criait de courir après lui afin d'exiger une explication. Qu'est-ce donc qui clochait chez lui ? Pourquoi fallait-il qu'il gâche leur relation quand elle semblait pleine de promesses ?

Certes, ce n'était pas la première fois qu'il se comportait de manière aussi étrange. Il y avait eu d'autres incidents. À Montforte House. Lors de son duel contre Gerald. Au cours du bal de charité qu'elle avait organisé – il avait alors eu peu ou prou la même attitude : d'abord ce regard distant, puis la fuite.

De quoi avait-il peur ?

Quel terrible secret cachait-il ?

Celsie n'avait malheureusement aucune réponse à ces questions. Mais elle finirait par découvrir la vérité, se jura-t-elle. Puis, appelant Esmeralda et Passoire, elle gagna le manoir.

À l'intérieur, le chaos régnait.

Les domestiques étaient aussi agités que des poules subissant l'incursion d'un renard dans leur poulailler. L'atmosphère était électrique. Des éclats de voix où perçait la colère retentissaient. La gouvernante, une jeune et jolie jeune femme aux cheveux roux répondant au nom de Mlle Upchurch, vint à la rencontre de la maîtresse des lieux.

— Ils sont dans la bibliothèque, fit-elle à voix basse.

Celsie se rembrunit encore. Cela ne suffisait donc pas qu'elle subisse une embuscade pour le moins musclée et se fasse éconduire par son mari, il fallait encore qu'une dispute éclate entre Andrew et Gerald ! Et d'ailleurs, que faisait son frère à Rosebriar ?

Quand elle pénétra dans la bibliothèque, elle vit Andrew attraper son frère par le col et le plaquer violemment contre le mur. D'une main, il tenait Gerald par la gorge, de l'autre, il s'apprêtait à dégainer son épée. Les yeux exorbités, Gerald agitait frénétiquement les bras.

— Ne vous avisez plus de me menacer, pesta Andrew entre ses dents. Et concernant le vol, ne faites pas l'innocent, sale vaurien ! Vous étiez au courant de l'existence de l'aphrodisiaque. Je parie que vous avez invité cette vipère d'Eva de La Mourière pour qu'elle se charge de nous le subtiliser.

Gerald, qui respirait péniblement, émit un grognement plaintif.

— Je vais vous dire une chose, Somerfield : si vous vous en prenez de nouveau à un membre de ma famille, directement ou indirectement, je vous tue. Suis-je assez clair ?

Appuyant ses paumes contre le mur pour tenter de se dégager, Gerald transpirait à grosses gouttes.

— Suis-je assez clair ? répéta Andrew dans un rugissement.

Celsie s'éclaircit la gorge pour signaler sa présence.

— Que se passe-t-il ici ? interrogea-t-elle d'un ton péremptoire.

Sans lâcher sa proie, Andrew tourna la tête vers elle. L'espace d'une seconde, elle ne le reconnut pas tant son expression ressemblait à celle qu'arborait généralement Lucien. Avec un juron, il relâcha Gerald. Celui-ci chancela et tomba de tout son long, se mordant la lèvre dans sa chute.

Pareille à une statue de sel, Celsie demeura immobile.

Gerald se remit debout, massa sa gorge douloureuse et dévisagea Andrew, avant de sortir un mouchoir de la poche de son gilet pour tamponner sa lèvre ensanglantée.

— Tu t'es mariée à un fou furieux ! À peine m'avait-il vu qu'il m'a accusé de vous avoir mis Eva aux trousses. Puis il m'a agressé. Montforte, j'exige des excuses !

Andrew darda sur lui un regard noir.

— Est-ce que vous exigez réparation de votre honneur sur le pré ?

Gerald devint exsangue.

— Ça suffit ! Il n'y aura pas de duel, riposta Celsie en frappant du pied.

Elle observa un court silence avant d'interroger son demi-frère :

— As-tu, oui ou non, lancé Eva à nos trousses pour voler l'aphrodisiaque ?

— Bien sûr que non, maugréa-t-il, le regard fuyant.

Celsie cligna des paupières pour refouler des larmes de colère. Il mentait. Au fond d'elle-même, elle le savait. Andrew et Charles auraient pu être tués, et son frère était incapable de la regarder dans les yeux pour lui dire la vérité.

— Moi aussi, j'exige quelque chose, déclara-t-elle, contenant sa colère à grand-peine. Gerald, je te veux hors de cette maison dans l'heure qui suit le petit déjeuner. J'en ai assez de t'entretenir, de te sortir continuellement de désastres financiers, d'empêcher tes créanciers de t'envoyer en prison. À cause de toi, mon mari et mon beau-frère ont failli perdre la vie. Décidément, tu as une drôle de façon de me témoigner ta gratitude.

— Celsie! Tu ne peux pas me chasser, je n'ai nulle part où aller!

— Tu as des amis à Londres, il me semble, non? Tu as un oncle. Va donc leur demander la charité.

Andrew, qui s'était nonchalamment appuyé contre une table, se redressa.

— Et si vous ne la pensez pas capable de vous chasser, je m'en chargerai…

Un sourire maléfique naquit sur ses lèvres.

— … par la force, s'il le faut.

Gerald regarda sa demi-sœur puis l'homme qu'elle avait épousé, celui-là même qui lui avait ravi la solution à tous ses problèmes. En se mariant avec Celsie, ce satané Montforte avait subtilisé la poule aux œufs d'or, celle que Gerald avait espéré céder à lord de La Queue en échange d'espèces sonnantes et trébuchantes.

Gerald haïssait tant Andrew qu'il en avait presque le vertige.

J'aurai ma revanche, espèce de salopard.

— Parfait, marmonna-t-il entre ses dents, mais vous le regretterez.

Il pivota et sortit en trombe de la pièce. Il ne ralentit l'allure que lorsqu'il parvint à ses appartements. Là, alors qu'il commençait à fourrer ses effets personnels dans une grande malle, il vit qu'un paquet était arrivé pour lui – apporté par un messager anonyme et posé par un domestique sur sa table de chevet.

Il déchira l'emballage d'une main fébrile et découvrit une petite fiole en verre accompagnée d'une note :

Faites-en bon usage. Eva.

Il était sauvé !

Andrew attendit que Somerfield ait franchi le seuil de la bibliothèque, puis, sans laisser à Celsie le temps de le soumettre à la question, il fit une courbette et s'en fut à son tour.

Elle n'essaya pas de le retenir.

Le cœur d'Andrew battait à tout rompre. Une part de lui avait envie qu'elle lui coure après et lui soutire la vérité. Il était tiraillé entre le désir de révéler son secret et le besoin de se préserver en le taisant. En proie au désespoir, il enfouit son visage dans ses mains. Seigneur, que voulait-il au juste ? Il ne le savait pas.

Il se sentait monstrueusement lâche.

Cela n'avait aucun rapport avec la violence qu'il avait exercée sur Somerfield. Non. Ce fumier traînait dans la bibliothèque, à boire le vin de Celsie et à feuilleter ses livres, quand Andrew avait surgi. Les sous-entendus sournois du comte, son sourire en coin, l'avaient exaspéré et décidé à mettre les points sur les *i*.

Soudain, il avait revu Celsie prenant son courage à deux mains pour affronter cette harpie d'Eva de La Mourière, puis Charles se relevant avec difficulté après avoir été frappé. La responsabilité de Gerald dans l'embuscade et le vol ne faisait aucun doute.

Comme il avait les nerfs à vif, il n'avait pas fallu grand-chose pour qu'il perde totalement son sang-froid et se jette sur ce pourceau de Somerfield.

Mon Dieu… qu'est-ce qu'elle doit penser de moi ?

Il rejoignit le hall, en quête d'un quelconque réconfort sans savoir où le trouver, car son travail, ses croquis, ses outils, tout était dans des caisses. Désemparé, il avait l'impression d'être un navire à la dérive, un renard ayant perdu son repaire. Seigneur… qu'allait-il faire ?

« Va lui parler, lui souffla une petite voix intérieure, dis-lui tout. Tu repartiras de zéro. »

Tandis qu'il marchait, il secoua la tête, comme pour faire taire cette voix à laquelle il répondit silencieusement : « Je ne peux pas lui dire la vérité. Ça détruirait la relation que nous avons déjà eu du mal à établir. Elle croirait que je suis fou. Elle me prendrait en horreur ou en pitié. En tout cas, elle m'éviterait… Non, impossible de le lui dire. »

Consciente qu'Andrew avait besoin d'un peu de temps et de solitude, Celsie patienta une heure avant de partir à sa recherche.

Elle ne le trouva ni dans les écuries en compagnie de Newton, ni dans le salon en train de petit-déjeuner, ni dans une chambre mais dans la salle de bal, prenant les cotes d'un mur. Son manteau gisait négligemment sur un fauteuil.

« Fais comme si rien ne s'était passé, se dit-elle. Comporte-toi comme avec un chien acculé, fragile mais capable de mordre. Il faut que tu gagnes sa confiance. Ne le laisse pas s'enfermer davantage dans sa coquille. »

Elle saisit le manteau d'Andrew et le plia soigneusement, puis lança :

— Laisse-moi deviner. La décoration ne te plaît pas et tu envisages de changer la tapisserie.

— Non.

— Tu voudrais qu'on ajoute une fenêtre pour obtenir plus de lumière ?

— Je prends des mesures pour mes étagères, répliqua-t-il sèchement.

— Des étagères ?

— Oui. Je pourrais installer mon laboratoire dans cette pièce, non ?

— Cette pièce, vois-tu, mon cher époux, répondit-elle en souriant, est la salle de bal dans laquelle nous recevrons nos invités.

Une lueur de rage étincela dans les yeux d'Andrew.

— Sachant que je ne suis pas adepte des soirées mondaines et que nous n'organiserons pas de fêtes pour nos pairs de la haute société, je crois que nous nous passerons d'une salle de bal.

Le manteau contre sa poitrine, Celsie croisa les bras et répliqua :

— Mon opinion t'importe-t-elle si peu ? Je n'ai pas l'intention de cesser de recevoir pour tes beaux yeux.

Dérouté, il la dévisagea. Comme il ne disait mot, elle enchaîna :

— Je… je ne comprends pas. Nous nous entendions si bien et puis…

La gorge nouée par l'émotion, elle s'interrompit.

Dans le regard d'Andrew, la douleur remplaça la colère.

— Tu n'aurais pas dû m'épouser, lâcha-t-il. Je ne te rendrai pas heureuse. J'en suis incapable.

— Tu me rends malheureuse quand tu t'enfermes en toi, ou quand tu me repousses sans m'expliquer pourquoi.

Elle s'approcha de lui et posa doucement la main sur son bras.

— Andrew, pourquoi ne te confies-tu pas à moi ?

Sans desserrer les mâchoires, il resta figé, fixant le mur devant lui.

— Quelle est la véritable raison pour laquelle tu refuses de te mêler au monde ? Pourquoi t'emportes-tu dès que nous devenons proches ? Et tout à l'heure, que t'est-il arrivé pour que nous nous jetions à terre et que tu partes ensuite sans autre forme de procès ?

Il tourna le regard vers elle et la considéra avec attention. Surtout, songea Celsie, ne pas attiser sa colère, et ne pas se laisser blesser par une remarque désobligeante. Car il cherchait l'affrontement. Mais elle ne répondrait pas à la provocation.

Sous la surface frémissante de colère qu'il lui offrait, elle percevait une vulnérabilité, un besoin d'être écouté, comme qu'il n'osait pas formuler elle le comprit.

Il s'écarta, repoussant la main de Celsie.

— Cette conversation a assez duré, dit-il avec froideur.

Et, sans un mot de plus, il quitta la pièce.

Cette fois-ci encore, Celsie le laissa partir. Pendant un long moment, elle demeura silencieuse, seule dans la vaste salle de bal. Puis, dans un sursaut de dignité, elle releva le menton et s'en alla rejoindre ses appartements. Le goût âpre de l'échec lui emplissait la bouche.

Ainsi s'achevait sa nuit de noces.

La porte de sa chambre était entrebâillée. Tandis qu'elle poussait le battant, elle sentit un flot de larmes monter en elle. Les tentures étaient encore tirées. L'obscurité enveloppait la pièce de son morne linceul. Elle referma doucement la porte derrière elle, puis s'approcha du lit à baldaquin.

Malgré tout, elle nourrissait le secret espoir qu'Andrew serait là sous les draps, tendre, la mine contrite, lui ouvrant ses bras, prêt à poursuivre ce qu'ils avaient commencé dans l'allée avant qu'il ne s'enfuie.

Elle tira sur l'étoffe qui ornait le dais et, sans prendre la peine de se déshabiller, grimpa sur le lit.

Oh, Andrew…

Dès que ses genoux s'enfoncèrent dans le matelas, elle sut que le lit était vide. Enfin, pas vraiment. Couché en rond, Passoire l'attendait.

Celsie enfouit son visage dans l'oreiller et pleura à chaudes larmes.

24

Comme il se rendait à l'étage, Andrew entendit le martèlement de sabots au-dehors. Somerfield était sur le départ. La rumeur des domestiques qui s'affairaient parvint à ses oreilles. Ils s'inquiétaient sans doute déjà à propos du remue-ménage qu'avait provoqué leur nouveau maître.

Dans le long couloir qui desservait les chambres, un bruit de sanglots étouffés l'alerta. Il s'immobilisa devant la porte d'où provenait le son – celle de Celsie, de toute évidence.

La tête baissée, l'émotion lui tordant l'estomac, il posa la main sur la poignée. Soudain, la honte et la frustration le submergèrent. Celsie pleurait, et il était la cause de son chagrin. Il se sentit aussi ignoble que le pire des scélérats, aussi méprisable qu'un vermisseau.

Il fallait qu'il entre et tente de la consoler. Mais que pourrait-il bien lui dire? Qu'avait-il à lui offrir? La vérité? Une parcelle de vérité? Ou le mensonge?

Sa main glissa de la poignée. Il passa les doigts dans ses cheveux, ôta le ruban qui les attachait en queue de cheval et l'écrasa dans sa paume.

Laisse-la tranquille.

Après tout, ils étaient tous deux bouleversés, épuisés par une succession d'événements perturbants – le mariage, l'embuscade et, pour couronner le tout, une nuit sans sommeil. Celsie avait besoin d'un peu de temps pour se réadapter à son chez-soi.

Et lui pour trouver le courage de lui avouer son secret.

Dès que cette idée lui vint à l'esprit, Andrew eut conscience qu'il s'agissait d'un prétexte pour fuir. Il n'était pas habitué à partager sa vie avec quelqu'un, encore moins à se confier. La simple idée de s'épancher le faisait frémir. Oui, se dit-il, il valait mieux qu'il s'éloigne... quelque temps.

Il lui fallait un laboratoire. Il n'était pas difficile. N'importe quelle pièce ferait l'affaire, pourvu que ce soit un endroit où il puisse se plonger dans ses projets, ne penser qu'à ses expérimentations.

Il pivota et regagna le rez-de-chaussée.

Dans une des grandes salles, il trouva un coin bureau avec un secrétaire, du papier sur le sous-main, une plume et de l'encre. Il griffonna un message qu'il scella. De retour à l'étage, il hésita un moment avant de poser l'enveloppe devant la porte de la chambre de Celsie.

Dieu merci, les pleurs avaient cessé, constata-t-il en tendant l'oreille.

Le cœur lourd, il quitta le manoir et rejoignit les écuries. Newton lui jeta un regard scrutateur – il se demandait sans doute ce que lui voulait son maître alors qu'il ne s'était pas encore reposé. Andrew scruta les autres stalles, mais les chevaux qu'il y vit étaient soit trop âgés, soit estropiés, ou tout simplement pas adaptés à sa taille. Il en déduisit que la plupart d'entre eux avaient échappé à l'abandon ou à la mort grâce à sa généreuse épouse. Ils étaient devenus, eux aussi, ses animaux de compagnie.

Il ne découvrit qu'une monture acceptable, un bel étalon à la robe châtain, à longue crinière safran et à la croupe relativement basse. Une étoile blanche ornait son chanfrein.

Approchant une main, Andrew caressa son encolure veloutée. Ce devait être le fameux Sheik, celui qui refusait obstinément de monter les juments qu'on lui présentait. Le cheval qui, indirectement, était la cause de tous leurs maux. Par défi, Celsie avait pro-

posé de boire l'aphrodisiaque destiné à son étalon.
Tel un jeu de dominos, l'incident en avait provoqué
un autre, et ainsi de suite.

Un sourire sans joie étira les lèvres d'Andrew.

Ce serait Sheik qui le conduirait à Londres, décida-
t-il.

Dix minutes plus tard, il était en selle et Rosebriar
Park disparaissait dans le lointain.

La chambre était plongée dans l'obscurité quand
Celsie se réveilla.

Répugnant à quitter la chaleur douillette du lit,
elle ne bougea pas. Songeuse, elle se demanda pourquoi elle avait l'impression d'avoir un bloc de granit
à la place du cœur... jusqu'à ce que la mémoire lui
revienne.

Andrew ne l'avait pas rejointe. Seul Passoire était
là, ronflant sous la courtepointe. Celsie tendit le bras
pour caresser son chien. Elle cligna des yeux pour
distinguer les silhouettes des meubles.

Elle se sentait abandonnée, comme une enfant
à qui on aurait promis un cadeau qui n'aurait
jamais été offert, comme une jeune fille attendant
un baiser que son soupirant, prêt à lui donner,
décide finalement de garder pour soi... comme une
épouse délaissée.

Lentement, elle se glissa hors du lit et s'approcha
de la fenêtre. Frissonnante, elle tira sur les tentures
et fut surprise de voir les étoiles scintiller dans un ciel
chargé de nuages.

Doux Jésus ! Quelle heure était-il ? Et où diable se
trouvait son mari ?

Elle sonna sa femme de chambre, qui tarda à arriver. Réprimant un bâillement, Anna se présenta enfin
sur le pas de la porte, une bougie à la main.

— Anna, quelle heure est-il ? s'enquit Celsie en
fronçant les sourcils.

— 1 heure du matin, milady.

— 1 heure du matin ! répéta-t-elle, abasourdie.
Depuis combien de temps suis-je dans ma chambre ?

— Vous n'en êtes pas sortie de la journée, répondit Anna, penaude. On savait que vous étiez un peu tourneboulée, alors on s'est dit qu'il valait mieux vous laisser vous reposer.

— Où est mon mari ?

— Il est parti avec Sheik ce matin et il n'est pas revenu.

Celsie écarquilla les yeux.

— Avec Sheik ? Mais… le garçon d'écurie le lui a permis ?

— Il l'a mis en garde, mais lord Andrew n'a rien voulu savoir. Et Hodges s'est dit que ce ne serait pas respectueux de lui refuser le droit de le monter.

Effarée, Celsie porta les mains à son visage. Elle avait sauvé l'impétueux étalon d'un cirque itinérant. Le cheval craignait et méprisait les hommes, car ils l'avaient fait souffrir. Et voilà qu'Andrew avait décidé de le monter et n'était pas revenu !

Seigneur…

Celsie s'efforça de chasser les visions cauchemardesques qui assaillaient son esprit. En vain. Elle se représenta Andrew étendu dans un pré, une jambe fracturée, incapable d'aller chercher de l'aide. Elle l'imagina gisant quelque part dans les ténèbres de novembre… mort.

Elle secoua la tête et interrogea Anna :

— Sheik est-il revenu aux écuries ?

— Non, milady. Nous nous faisions tous un sang d'encre pour notre nouveau maître mais, peu de temps après son départ, une des servantes a trouvé ceci au pied de votre porte.

Anna sortit de la poche de son tablier une enveloppe scellée qu'elle tendit à Celsie.

Une frayeur succéda à une autre. Peinant à dissimuler son appréhension, elle brisa le sceau d'une main tremblante et déplia la lettre. À la lueur de la bougie d'Anna, elle lut les mots griffonnés à la hâte :

Ma chère Celsie,

J'espère que tu me pardonneras mais, lorsque tu liras cette lettre, je serai parti depuis longtemps. Je ne voulais pas te déranger – ou peut-être ai-je été lâche, car il y a des sujets que je ne suis pas prêt à aborder avec toi, mais dont nous devrons inévitablement discuter si je m'installe à Rosebriar Park. Par conséquent, j'ai pensé qu'il était préférable de nous séparer momentanément, le temps que nous nous habituions à l'idée de vivre ensemble.

Je me rends à Londres. Je rentrerai quand je me sentirai prêt à t'expliquer les raisons de mon comportement irrationnel et imprévisible.

Encore une fois, je te prie de me pardonner,

A.

La peur de Celsie céda la place à la colère.

— Comment veut-il qu'on s'habitue à vivre ensemble s'il est à Londres et moi ici ? s'exclama-t-elle, froissant la lettre dans sa paume et la jetant à l'autre bout de la chambre. Ah, les hommes ! Oh, Anna, sont-ils tous aussi compliqués ?

— Oui, milady. C'est en tout cas ce qu'affirme Mlle Upchurch. Souhaitez-vous que je vous apporte de quoi souper ? Que je vous prépare un bain chaud ?

Celsie prit une profonde inspiration. À cette heure indue, Anna aurait dû être en train de dormir. Elle n'allait pas lui demander de courir à droite et à gauche pour satisfaire ses besoins.

— Non, Anna, soupira-t-elle. En revanche, je veux bien que vous m'aidiez à me déshabiller.

Anna était timide mais efficace. Quelques instants plus tard, elle s'était retirée, et Celsie se tenait au milieu de la chambre, vêtue d'une chemise de nuit.

Le jour ne se lèverait pas de sitôt. Elle n'était pas inconsciente au point de sillonner les routes la nuit, sans escorte. Son voyage attendrait. Elle s'enfonça dans le fauteuil placé près de la fenêtre, s'emmitou-

244

fla dans une couverture et contempla la nuit, comptant les heures qui la séparaient de l'aube.

Quand le ciel se teinta de rose à l'est, Celsie, vêtue d'une élégante tenue d'équitation, rejoignit les écuries. La maisonnée commençait à peine à s'éveiller qu'elle galopait déjà en direction de la capitale.

À des kilomètres de là, le duc de Blackheath était lui aussi debout.

C'était un lève-tôt, habitué à parcourir à pied les Downs sur cinq kilomètres avant même que les domestiques ne soient debout. D'ordinaire, cet exercice le rassérénait, stimulait son esprit, constituait un excellent tremplin pour le reste de la journée. Mais alors qu'il faisait une pause sur la crête de Sparholt Down pour admirer collines et vallées que les nuages assombrissaient, il se sentit tout sauf ragaillardi.

Mille pensées traversaient son esprit tourmenté.

Il s'était arrangé pour que le plus jeune de ses frères convole en justes noces. Il ne lui restait plus qu'à marier Nerissa. En somme, il avait quasiment mené à bien la mission qu'il s'était juré d'accomplir. Hélas, il n'éprouvait pas la sérénité à laquelle il aspirait. Il se sentait extrêmement las, pareil à un homme qui règle ses dernières affaires parce qu'il se sait condamné.

La nuit précédente, il avait encore fait le même rêve troublant.

Voilà des semaines qu'il le hantait. La première fois, il l'avait considéré comme un cauchemar sans queue ni tête qu'il avait aussitôt balayé de ses pensées. Mais, trois jours plus tard, le rêve était revenu le tourmenter. Impossible de s'en débarrasser. Il avait planté ses griffes dans son cerveau. Puis il était devenu récurrent. Nuit après nuit, il empirait, semblait si réel qu'il lui collait à la peau longtemps après son réveil.

Les cernes qu'avait remarqués Andrew n'étaient pas le fruit de son imagination. Ils étaient le résultat des nuits agitées du duc.

Andrew... Le benjamin de ses frères n'était pas le seul à nourrir à son égard une colère noire. Tous lui en voulaient. Même Charles, le frère avec lequel il se sentait le plus d'affinités. Avec le temps, bien sûr, il avait appris à vivre avec leur ressentiment.

Il aurait pu leur parler de ce cauchemar, leur dire pourquoi il avait déployé tant d'énergie et d'astuce pour marier Andrew à lady Celsiana Blake. Mais non. La colère était plus facile à gérer que la compassion, l'inquiétude et la pitié qu'ils auraient probablement éprouvées pour lui – et Lucien ne supportait pas qu'on le plaigne.

Il préférait leur laisser croire qu'il était un homme au cœur de pierre, un suppôt de Satan. Jamais ils n'imagineraient que ses machinations n'avaient pour motivation que l'amour qu'il leur portait, qu'il n'avait en tête que leur intérêt, leur bien-être. Il était l'aîné. Le duc. Et il était de son devoir de veiller sur eux, même s'ils s'en indignaient.

Le duc s'arracha à la contemplation du paysage et reprit le long chemin qui le ramènerait au château. L'air était froid et humide, annonciateur de pluie. Le vent forcissait, fouettait son visage et les milliers de brins d'herbe sous le ciel ténébreux.

Il ne lui restait plus beaucoup de temps.

Car le cauchemar continuait à l'obséder : c'était un duel à l'aube entre Lucien et un adversaire masqué, tout de noir vêtu. Un combat terrible qui s'achevait par un coup d'épée en plein cœur et une mare de sang – le sang de Lucien.

25

Il bruinait quand Newton amena enfin Celsie devant les imposantes grilles de Montforte House.

Glacée et trempée, elle mit pied à terre, flatta l'encolure de l'animal et demanda au garçon d'écurie de lui donner, lorsqu'il nourrirait les bêtes, une ration supplémentaire de foin et de grain. Puis, ajustant son bicorne et redressant les épaules, elle marcha d'un pas résolu vers la belle demeure.

Si les domestiques furent surpris de la voir, ils étaient trop professionnels pour le montrer.

— Oui, milady, répondit le majordome à la question laconique de Celsie. Lord Andrew est arrivé tard hier. Non, il n'est pas sorti de son laboratoire.

— Merci. Auriez-vous l'amabilité de m'indiquer où se trouve le laboratoire ?

— Au premier étage, milady. Vous ne pouvez pas le manquer.

Celsie ôta son manteau humide et le remit à un domestique. Les interrogations et l'angoisse qui l'avaient tourmentée ces deux derniers jours l'avaient menée à une ferme résolution : celle de mettre un terme à toutes ces sottises. Dans ses habits d'équitation, son fouet en main, elle se dirigea vers l'escalier principal.

Le laboratoire se trouvait effectivement à l'étage, et elle ne fut pas étonnée de constater que la porte en était verrouillée. Elle cogna au battant avant de reculer, claquant en rythme son fouet dans sa paume pour tenter de se calmer.

— Qui est là ?

— Ta femme, répondit-elle, lapidaire.

S'ensuivit un long silence. Elle se représentait Andrew de l'autre côté de la porte, se demandant où il pouvait fuir à présent qu'elle l'avait retrouvé, et débitant mentalement une bordée de jurons. Le claquement du fouet se fit plus vif. Celsie serra les mâchoires. Soudain, à sa grande surprise, le loquet se souleva et la porte s'ouvrit.

— Andrew ?

Il avait très mauvaise mine. Sa barbe de deux jours lui donnait un air de maraudeur. Ses yeux fatigués étaient injectés de sang, ses épaules tombantes, son allure débraillée. Il esquissa un faible sourire et, l'espace d'un court instant, elle crut qu'il était soulagé de la revoir. Mais c'était une idée absurde. S'il avait souhaité la voir, il n'aurait pas quitté Rosebriar.

— Bonjour, Celsie, lança-t-il, soutenant son regard noir. Je devrais te demander ce que tu fais ici, mais tu douterais de mon intelligence, voire de ma santé mentale.

S'appuyant au chambranle de la porte, il se frotta les yeux.

— Ta visite ne me surprend pas, mais tu n'aurais pas dû venir.

— Andrew, quand as-tu dormi pour la dernière fois ?

— Je ne sais pas. Probablement samedi... ou dimanche... Avant le mariage, en tout cas.

— Tu réalises que je prends sur moi pour ne pas t'étrangler ? dit-elle sans cesser de le dévisager.

Elle lui saisit le poignet pour l'obliger à sortir de son laboratoire. Ce faisant, il buta contre le montant de la porte, faillit tomber et entraîner Celsie dans sa chute.

— Viens, enchaîna-t-elle, reprenant son équilibre, allons nous promener un peu.

— Par tous les saints, Celsie, sois gentille, veux-tu ? J'ai besoin de sommeil et non d'exercice.

— Tu aurais dû te reposer quand tu en avais l'occasion, rétorqua-t-elle en le tirant à sa suite.

Elle héla un domestique, qui accourut.

— Lord Andrew est-il souffrant, milady ? s'enquit celui-ci en considérant son maître avec sollicitude.

— Non, non, il est seulement surmené. S'il vous plaît, apportez-lui son manteau et son chapeau. Nous sortons.

Andrew jeta un coup d'œil par la fenêtre.

— Mais il pleut, protesta-t-il en fronçant les sourcils comme s'il venait juste de s'en apercevoir.

— Et alors ? C'est exactement ce dont tu as besoin pour te réveiller.

Elle prit le pardessus des mains du valet et aida Andrew à l'enfiler. Manifestement, il était dans un état de fatigue tel que ses bras peinaient à obéir aux ordres de son cerveau. « Tu ne devrais pas le bousculer ainsi, souffla à Celsie la voix de sa conscience. Ce pauvre homme dort debout. Pour l'amour du Ciel, aie pitié de lui et mets-le au lit. »

Mais Celsie repoussa résolument ce sursaut de compassion. Si elle lui accordait la possibilité de se reposer, cela se retournerait contre elle. Car, une fois revigoré, il la fuirait de nouveau. Et cela, elle ne le tolérerait pas. Il était exténué, vulnérable, donc susceptible de s'épancher si elle lui forçait la main. En outre, s'il avait véritablement eu envie de dormir, il aurait été dans sa chambre au lieu de s'échiner à inventer la formule qui le rendrait invisible, ou Dieu sait quelle autre invention il mitonnait dans son maudit laboratoire.

Elle en avait assez de sa manie d'éviter le dialogue, assez qu'il prenne la poudre d'escampette chaque fois qu'un problème se présentait. À présent qu'elle l'avait coincé, elle ne le lâcherait pas. Ça non !

Quand elle eut remis son manteau, elle saisit Andrew par le coude et, bras dessus bras dessous, ils sortirent.

Andrew ôta son chapeau, renversa la tête en arrière, ferma les yeux et laissa la bruine glacée lui fouetter la figure pour se réveiller tout à fait. Puis il souleva les paupières. Celsie ne dit mot, marchant simplement à ses côtés, le laissant libre de décider du moment le plus opportun pour se confier à elle.

La bruine finit par cesser.

Au-dessus d'eux, dans un ciel de traîne, de nombreux nuages bas filaient à vive allure. Mais le mauvais temps n'empêchait pas la circulation des calèches et des tombereaux ; les chevaux les dépassaient en trottant dans les flaques, éclaboussant les passants étourdis. Les voitures maculées de boue emplissaient les rues pavées. Çà et là, des chaises à porteurs conduisaient des dames rendant visite à d'autres dames. Celles-ci échangeaient les derniers potins, émoustillées par le moindre soupçon de scandale.

Andrew semblait insensible à l'agitation ambiante. Il n'avait pas encore desserré les mâchoires quand ils parvinrent à Charing Cross et s'installèrent dans un salon de thé pour se réchauffer.

— Tu as eu raison de m'obliger à sortir de la maison, finit-il par dire, lorsqu'ils furent assis face à face à une petite table.

Il empoigna l'anse d'une grande tasse de café noir et se plongea dans la contemplation de la boisson fumante.

— Je… hésita-t-il, je n'ai plus cette impression d'être encerclé par le brouillard.

Celsie lui prit délicatement le poignet. Le regard insondable d'Andrew dériva sur les doigts fins de son épouse. Puis il posa sa main sur la sienne.

— Je suis navré, poursuivit-il.

Il observa un court silence.

— Tu mérites tellement mieux que ce que je te fais endurer.

En guise de réponse, elle lui serra la paume. Il fit de même. Mais ils ne se regardèrent pas. Lui fixait son café, elle leurs doigts entrelacés.

— Sheik ne t'a pas posé de problème ? s'enquit-elle, se contentant pour le moment de menus propos.

— Il a été irréprochable.

— J'ai failli m'évanouir quand j'ai su que tu l'avais pris et que tu n'étais pas revenu.

— J'aurais dû te demander si je pouvais l'emprunter…

— Non, non, ce n'est pas ça. Sheik a failli tuer tous ceux qui l'ont approché. C'est un cheval qui a été battu. Naturellement, il se venge. Il déteste les humains.

Une moue attendrissante se peignit sur ses traits.

— Il a été doux comme un agneau, affirma Andrew.

Leurs regards se croisèrent brièvement.

— Tu l'as sûrement ensorcelé, répondit-elle.

— Bah… dans la famille, on a toujours eu la passion des chevaux. Sheik a dû le sentir, c'est tout.

Il sirota son café. Une boucle châtain tomba sur ses yeux. Il cligna des paupières mais ne prit pas la peine de balayer la mèche rebelle. L'espace d'un court instant, Celsie eut envie de remettre la mèche en place. Mais non… pas maintenant, se dit-elle, pas encore.

Si tu y vas doucement, tu pourras peut-être gagner sa confiance, et il acceptera davantage qu'une caresse dans les cheveux…

À son tour, sans lui lâcher la main, elle but une gorgée de café.

— Dis-moi, pourquoi n'as-tu pas dormi ? demanda-t-elle en le gratifiant d'un sourire chaleureux. Aurais-tu l'esprit occupé par quelque découverte fabuleuse ?

— Non, répliqua-t-il en levant les yeux et en la fixant avec une intensité désarmante. Pas du tout.

— Je vois.

— Non, tu ne vois pas.

— Bon, d'accord, dit-elle avec un effort surhumain pour garder son calme, je ne vois pas.

De sa main libre, il se massa le front.

— Excuse-moi, je suis irritable et fatigué. Je ne suis pas de bonne compagnie.

— Dans ce cas, rentrons à la maison, Andrew. J'ai eu tort de te traîner dehors alors que tu devrais rattraper ton manque de sommeil.

— Ne t'excuse pas, l'air frais m'a fait du bien. *Tu me fais du bien, même si, la plupart du temps, je ne te le montre pas.*

Il finit sa tasse de café, déposa quelques pièces de monnaie sur la table et se redressa.

— Allons-y. Je te promets d'essayer d'être de meilleure humeur.

Il lui offrit son bras, puis, d'un hochement de tête, salua une connaissance assise à une table voisine.

— Zut de zut, marmonna-t-il dans sa barbe alors qu'ils quittaient le salon de thé.

Suivant son regard, Celsie reconnut lady Brookhampton.

— Bonjour, Celsie ! Bonjour, Andrew ! s'exclama la comtesse, qui souleva ses jupons pour se précipiter à leur rencontre sur le trottoir. Je me demandais justement comment vous allait la vie conjugale. Vous avez mauvaise mine, Andrew.

Un sourire hypocrite étira ses lèvres.

— Votre épouse vous fatiguerait-elle ?

Ignorant ostensiblement la question de la commère, il répliqua :

— Si vous voulez bien nous excuser, milady…

Lady Brookhampton ne se laissait hélas pas éconduire aussi facilement.

— Si vous voulez mon avis, le duc a été odieux de vous contraindre au mariage. Tout Londres en parle. Oh, ce doit être horrible de feindre l'amour alors qu'il s'agit d'une union arrangée.

Celsie réussit à esquisser un sourire, s'approcha d'Andrew et l'enlaça.

— Qu'est-ce qui vous fait croire que nous ne nous aimons pas ? demanda-t-elle d'un ton faussement affable.

— Voyons, Celsie… lors du bal que vous avez donné pour vos chers toutous, les gens vous ont vus vous fusiller du regard. Mais bon, peu importe. Figurez-vous qu'une incroyable rumeur circule à propos de votre frère. Il paraît qu'il s'est amouraché de Mlle Sarah Madden. Le père de la demoiselle – un affreux roturier, j'en ai peur – se démène pour s'introduire dans la bonne société.

L'œil pétillant de malice, la comtesse se pencha pour murmurer :

— Sarah Madden n'est pas n'importe quelle héritière. On dit que sa dot vaut toutes les dots de la capitale réunies. Je ne pense pas me tromper en vous prédisant que les cloches sonneront bientôt pour un nouveau mariage ! Mais…

Elle s'interrompit.

— Votre époux…

Celsie se tourna vers lui.

— Andrew ?

Il fixait un point de l'autre côté de la rue. Perplexe, Celsie regarda à son tour par-delà la chaussée, mais ne vit rien de notable, hormis une enfilade de maisons et des gens sur le trottoir qui pénétraient dans des boutiques ou en sortaient. Elle lui tira le bras. Il ne bougea pas.

Fronçant les sourcils, lady Brookhampton fit un pas en arrière.

— Il faut appeler un médecin, s'alarma-t-elle. Il est blanc comme un linge.

— Andrew ? insista Celsie d'une voix aiguë où perçait l'angoisse.

Il continua de scruter la rue, sans se rendre compte que Celsie lui parlait, que la comtesse le dévisageait, qu'un groupe d'élégants gentlemen accompagnés de leurs femmes s'était arrêté pour l'observer.

— Dieu du ciel ! s'exclama Andrew. Des Indiens. Est-ce que tu les as vus, Celsie ? Ils viennent à peine de sortir de ce magasin. Regarde !

Celsie regarda. Tout ce qu'elle vit fut une vieille femme assez ordinaire, frêle, le dos voûté, qui quittait le bureau d'un prêteur sur gages. Le regard d'Andrew n'était même pas fixé sur la vieillarde. L'appréhension la saisit. *Oh, non. Pas encore. Pas ici…*

De nouveau, elle lui tira le bras, essayant désespérément de le faire réagir.

— Il n'y a personne, dit-elle. Tu manques cruellement de sommeil, c'est tout. Viens, rentrons à la maison.

Mais Andrew savait qu'il souffrait d'autre chose que du manque de sommeil. Comme un dormeur réalisant qu'il est en train de rêver, mais encore emprisonné dans la réalité du rêve, il savait qu'il était en proie à une crise... même si ce qu'il voyait lui paraissait réel.

Et sa vision mettait en scène des Indiens d'Amérique. Probablement des Mohawks. Leurs crânes étaient rasés. Ne leur restait qu'une touffe de cheveux pourpres dressée, pareille au plumeau des casques que portaient les soldats romains. Des anneaux d'argent leur perçaient le nez et l'arcade sourcilière. Bras nus, ils étaient vêtus d'étranges gilets de cuir noir ornés de petites pointes d'acier.

Du tréfonds de son être, il entendit sa propre voix, il sentit Celsie qui lui secouait l'épaule. Il la dévisagea et la supplia de le croire.

— Tu ne les vois pas ? Oh, par tous les saints, ils nous ont repérés. Cache-toi derrière moi. Ils sont peut-être dangereux.

— Andrew, je t'en prie, rentrons à la maison immédiatement.

Il saisit son épée, se campa devant Celsie pour la protéger et chargea. Mais son pied glissa sur le rebord du trottoir, et il s'affala dans la rue boueuse. La roue d'une calèche passant à vive allure faillit lui sectionner le bras. Une femme hurla. Le groupe de gentlemen courut à son secours. Alertés par les cris, des vendeurs sortirent de leur boutique. Figée sur place, lady Brookhampton braqua sur Andrew un regard horrifié.

Andrew s'appuya sur un coude et, clignant des paupières, jeta alentour un regard hébété.

— Celsie ? murmura-t-il.

Elle était déjà auprès de son époux. Se moquant éperdument de souiller ses habits, elle s'agenouilla et l'étreignit. De violents tremblements le secouaient. Le teint cireux, il suait à grosses gouttes. Elle lui parla doucement tandis que les badauds échangeaient des chuchotements excités au-dessus d'eux.

— Ma parole ! C'est lord Andrew de Montforte ! Que lui est-il arrivé ?

— Je crois, malheureusement, qu'il s'adonne à l'opium. Mon Dieu, quel gâchis !

— C'est peut-être le revers de la médaille du génie, n'est-ce pas, Smithson ?

— À force de solliciter son cerveau, celui-ci a fini par se liquéfier.

Celsie leva la tête et leur jeta un regard meurtrier.

— Je puis vous assurer que mon mari ne se drogue pas et qu'il ne souffre d'aucune démence. Il est simplement épuisé parce qu'il n'a pas dormi depuis trois jours. Si vous passiez trois nuits blanches, vous verriez, vous aussi, des choses étranges. À présent, ça suffit ! Laissez-nous tranquilles !

D'un geste, elle leur ordonna de partir. Comme personne ne semblait vouloir bouger, elle insista :

— Ouste ! Du balai !

À contrecœur, la foule commença à se disperser. Un homme lança une remarque salace sur les raisons du manque de sommeil du jeune marié. Celsie piqua un fard. Néanmoins, elle avait réussi à détourner les conversations du véritable problème dont souffrait son mari. Et en cet instant, c'était tout ce qui comptait.

Puis elle décocha un regard noir à lady Brookhampton, qui n'avait pas bougé – elle n'avait pas loupé une miette du spectacle et ne se gênerait pas pour raconter « la fâcheuse aventure » survenue à lord Andrew de Montforte.

Celsie faillit lui lancer une réplique acerbe et la sommer de déguerpir, mais elle se ravisa.

— Souhaitez-vous que je vous appelle un fiacre ? demanda la comtesse avec une surprenante gentillesse.

Poussant un soupir las, Celsie opina.

— Oui, ce serait très aimable de votre part, répondit-elle en aidant Andrew à se relever.

26

Andrew aurait voulu s'allonger sous les roues du fiacre et demander au cocher de lui rouler dessus. Il aurait voulu fuir la dure réalité de ce qui lui était arrivé, de ce qui, immanquablement, lui arriverait encore.

Jamais il n'avait eu aussi honte de sa vie.

Néanmoins, il parvint à rassembler les fragments éparpillés de son orgueil, redressa les épaules et, en digne gentleman, aida Celsie à monter en voiture.

Quelques instants plus tard, ils étaient en route.

— À présent, tu sais, marmonna-t-il en scrutant par la vitre les calèches qui circulaient dans l'autre sens.

La gorge serrée par l'émotion, il était incapable de regarder Celsie.

— Tu peux demander l'annulation du mariage, reprit-il. Je comprendrais parfaitement.

Elle demeura silencieuse, mais il sentit peser sur lui son regard inquisiteur. Croisant les mains entre ses genoux, il attendit qu'elle dise quelque chose, qu'elle formule ce satané verdict, qu'elle lui reproche violemment d'avoir gardé un tel secret. Mais elle ne prononça pas un mot.

— Alors ? demanda-t-il en tournant la tête vers elle. Est-ce que tu vas exiger l'annulation du mariage ?

Calmement, elle répondit :

— Certainement pas.

— Tu serais folle de ne pas le faire. Aujourd'hui, tu as trouvé une bonne excuse pour satisfaire la curiosité des badauds, mais je te préviens : la crise qui m'a saisi se reproduira tôt ou tard, et la prochaine fois, tu n'auras pas d'excuse valable pour l'expliquer. À cause de moi, les gens auront pitié de toi. Tu regretteras de ne pas t'être débarrassée de moi quand tu en avais l'occasion.

— Je ne veux pas me débarrasser de toi. Tu es mon mari et j'éprouve beaucoup d'affection pour toi.

— C'est impossible. Tu ne me connais pas.

— Parce que tu ne me laisses pas te connaître.

— Celsie, je t'en supplie, ne gâche pas ta vie, tes rêves, pour moi. Je ne suis qu'un excentrique bon à jeter. Il existe des tas d'hommes qui seraient de bien meilleurs époux, des hommes avec qui tu pourrais sortir dans le monde sans craindre d'être humiliée.

— Arrête ! Je refuse d'entendre ces insanités.

— Mais c'est la vérité !

— Encore une fois, tu essaies de me repousser, répondit-elle d'une voix étonnamment douce. Je ne te laisserai plus faire. Andrew, je suis ta femme.

Il déglutit, refoula la vague d'émotions qui menaçait de déferler sur lui.

— Et surtout… je suis en train de tomber amoureuse de toi.

Celsie vit scintiller une larme dans les yeux d'Andrew. Elle enlaça ses doigts aux siens avant d'enchaîner :

— Je t'ai épousé pour le meilleur et pour le pire, jusqu'à ce que la mort nous sépare. Nous nous sommes juré fidélité. Et si tu me crois capable de t'abandonner parce que j'aurais honte du mal dont tu souffres, c'est que tu me connais bien mal.

Il enfouit son visage dans ses mains. Visiblement, il luttait âprement contre lui-même, contre ses démons.

— Car tu es malade, n'est-ce pas ? s'enquit-elle.

Il émit un tout petit bruit et secoua la tête. La gorge de Celsie se noua soudain. Des larmes de compassion lui brûlaient les paupières. Andrew semblait fournir des efforts considérables pour ne pas s'effondrer. Durant combien de temps avait-il feint de ne souffrir que d'un mal bénin alors que cette affection devait l'emplir d'effroi ?

Elle se redressa et alla s'asseoir à ses côtés. Il ne bougea pas. Mais lorsqu'elle l'étreignit tendrement, il se pencha contre elle. Ses épaules se secouèrent tandis qu'il se laissait enfin aller à pleurer.

— Tu n'as pas à subir cela, bredouilla-t-il. Oh, Celsie, ce sera dur pour toi… Pourquoi veux-tu t'infliger ça ?

Elle le tint enlacé, s'efforçant de le rassurer. Il n'était pas seul. Il ne serait plus jamais seul.

Andrew ne lui rendit pas son étreinte, ne franchit pas le cap de l'abandon, de la confiance. *Oh, Andrew… j'ai tellement de peine pour toi !* Elle tenta de trouver les mots justes. Que pouvait-elle dire pour le réconforter ? Elle se sentait si impuissante ! Ses yeux s'embuèrent de larmes.

— On ne peut pas empêcher ceux qu'on aime de souffrir, murmura-t-elle, mais on peut les accompagner dans leur souffrance.

Les larmes commencèrent à rouler sur ses joues. Elle jeta un coup d'œil à son chien vieillissant.

— Tu sais, continua-t-elle, Passoire a une grosseur sous l'oreille. Un de ces jours, il arrêtera de s'alimenter. Un de ces jours, il s'allongera et refusera de se lever. Puis il mourra, et un fragment de mon cœur s'en ira avec lui. Écoute-moi, Andrew…

« Penses-tu que je m'éloignerai simplement pour m'épargner la douleur et le chagrin de le voir mourir ? Me crois-tu capable d'une telle lâcheté ?

Entre deux sanglots, il parvint à répondre :

— Je suis désolé, Celsie… Je n'avais pas remarqué, pour Passoire…

— Je sais. Mais tu seras à mes côtés quand ce jour viendra. Comme je suis là pour toi, aujourd'hui et pour toujours.

— Je… je sens que je deviens fou. J'ai l'impression que mon cerveau m'abandonne peu à peu, et ça me terrifie. J'ai peur d'oublier tout mon savoir, de perdre la tête et d'atterrir dans un asile.

— Il faut que tu acceptes de partager cette peur. Tu n'es pas seul.

— Tu dois avoir honte de moi... Tu dois regretter de m'avoir rencontré. Regarde-moi, je pleurniche comme un marmot de deux ans !

— Honte de toi ? Jamais ! Andrew, tu es un homme extraordinaire, et tu n'en as pas conscience. Je veux être près de toi, avec toi. Je veux partager ma vie avec toi.

Délibérément, sa voix se fit plus douce.

— Parfois, j'ai envie de t'étrangler, parce que tu es le plus têtu, le plus rebelle des hommes que j'aie jamais croisé. Tu aurais dû te confier à moi il y a bien longtemps...

— J'aurais dû, oui. Ainsi, tu aurais été libre de me quitter.

— Dans tes rêves ! riposta-t-elle.

Son trait d'humour fit mouche.

Il eut un hoquet suivi d'un petit rire. Puis il releva la tête, ôta ses mains de son visage, mais ne la regarda pas. Celsie sortit un mouchoir de sa poche et le lui tendit pour qu'il s'essuie les yeux. Puis, patiemment, elle l'observa qui crispait et décrispait ses doigts sur l'étoffe maculée de larmes. Il cherchait les paroles qui l'aideraient à s'échapper de la ténébreuse prison que la souffrance avait érigée autour de lui.

— Tout a commencé à Noël dernier, finit-il par murmurer, les yeux rivés sur le mouchoir froissé. Tu es au courant de l'incendie qui a eu lieu à Blackheath Castle ?

— Bien sûr. Tout le monde en a parlé.

— Tu m'étonnes ! commenta-t-il avec amertume. Donne aux gens de quoi cancaner, et ils sont comme des enfants dans une confiserie.

Il fourra le mouchoir dans sa poche, se frotta le visage et prit une profonde inspiration. S'adossant à la banquette, il fixa sur le toit de la calèche un regard résigné, las.

— Bien des mois avant la catastrophe, j'envisageais de construire un engin volant. Mais il y avait toujours une idée plus palpitante qui me détournait de ce projet.

Il saisit la main de Celsie, comme pour se donner le courage de continuer.

— Tu sais déjà que je ne suis pas un as de l'organisation… Lucien s'amusait à me taquiner, à me ridiculiser, à répéter que j'étais incapable de fabriquer une telle machine. Il m'a tellement énervé que je me suis mis en tête de concevoir cet engin volant. Et ce, dans le seul but de prouver à mon frère qu'il se trompait sur mon compte.

La main d'Andrew était froide et moite. Celsie la serra dans la sienne pour réchauffer ses doigts glacés.

— J'ai fini par le construire. J'étais fier, certain que mon nom resterait gravé dans les livres d'histoire, que mes pairs loueraient le grand inventeur que j'étais devenu.

Il émit un rire sans joie.

— Il paraît que l'orgueil précède la chute. Eh bien, l'adage s'applique parfaitement dans mon cas. Ce mois-là, Lucien a organisé un grand bal pour fêter le retour de Charles, que nous avions tous cru mort. Tout le monde – y compris le roi – fut invité. Et moi, imbécile que je suis, j'ai saisi l'occasion pour montrer ma création, me jeter du toit de Blackheath et prouver à Lucien qu'il avait tort de ne pas croire en moi.

Soudain, le fiacre cahota. Ils entendirent le cocher qui tâchait d'apaiser son attelage.

— Mon plan se déroulait à merveille. Le roi désirait voir la machine avant son premier vol. Je l'ai donc emmené avec moi. Pendant que nous étions sur le toit, un incendie s'est déclaré dans la salle de bal. Il n'a pas fallu longtemps pour que toute l'aile gauche du château s'embrase. Nous sommes descendus nous réfugier dans mon laboratoire, mais l'incendie nous a rattrapés. Impossible de nous échapper.

— Seigneur! souffla Celsie, portant sans s'en rendre compte la main d'Andrew à son cœur.

— Charles s'est frayé un chemin dans l'escalier à moitié détruit par le feu. Il a réalisé l'exploit de sau-

260

ver le roi et ses conseillers. Mon laboratoire n'était que flammes et fumée. Je n'y voyais rien, je n'entendais rien... hormis le rugissement du brasier, la chute des poutres et l'explosion de mes produits chimiques. J'ai suivi Charles et les autres. Et soudain, je me suis souvenu des croquis que je voulais préserver à tout prix. J'ai fait demi-tour pour les récupérer.

Andrew se rembrunit.

— C'est là que j'ai perdu connaissance. Quand je suis revenu à moi, je gisais au sol. Charles, qui était bien sûr revenu me chercher, me couvrait de son corps, essayant de faire bouclier contre les flammes.

Portant sa main à sa bouche, Celsie frissonna à l'idée qu'Andrew ait approché la mort de si près.

— Ton frère doit t'aimer énormément, commenta-t-elle.

— Charles aurait sacrifié sa vie pour moi. Et moi pour lui.

Le regard perdu dans le lointain, Andrew appuya sa joue contre la vitre.

— On était coincés. La cage d'escalier était inaccessible. Les substances chimiques qui se consumaient me rendaient malade. Il régnait une telle chaleur que mes poumons me brûlaient. J'étais incapable d'inspirer assez d'air pour marcher. Nous nous en sommes finalement sortis parce que Charles m'a porté. L'engin volant était encore sur le toit. Il n'a pas volé exactement comme je l'avais prévu, mais il nous a sauvé la vie. Pourtant, dans les mois qui ont suivi, chaque jour j'ai regretté de ne pas avoir péri dans l'incendie.

Oh, Andrew... Le cœur lourd de compassion, Celsie déposa un baiser sur sa main glacée.

— J'ai longtemps été alité, continua-t-il. Je souffrais de graves problèmes respiratoires. Lucien a convoqué à mon chevet les meilleurs médecins de Londres et du Continent. Leurs pronostics étaient extrêmement réservés. D'après eux, mes chances de survie étaient faibles, voire inexistantes. Mais Lucien a refusé de les croire.

Il cligna des paupières, observa distraitement la circulation dans l'autre sens.

— J'ai eu d'horribles crises où je manquais m'étouffer. Quelqu'un veillait sur moi nuit et jour. Il devait me donner de grands coups sur la poitrine si je cessais de respirer. Et c'est arrivé plusieurs fois.

Il déglutit. Les yeux fermés, il enchaîna d'un ton grave :

— Ils auraient dû me laisser partir.

Il semblait si désemparé, si déprimé que Celsie sentit une nouvelle vague de larmes sur le point de la submerger. Mais elle se força à se ressaisir et parvint à la refouler.

— Puis j'ai commencé à me rétablir. Lucien m'obligeait à faire des exercices afin de récupérer mes forces. Parfois, il m'affrontait lors de courts duels. Les jours où j'étais trop faible, il débarquait dans ma chambre et me lançait une remarque blessante, une insulte qui me faisait sortir de mes gonds, si bien que je quittais mon lit pour lui flanquer une raclée.

Il eut un petit rire.

— Ce fumier savait ce qu'il faisait. Il l'a toujours su. Je suppose que je lui dois – à lui aussi – d'être encore en vie. Même si je suis diminué.

Il détourna son regard de la vitre pour le poser sur leurs mains jointes.

— Ce mélange de produits chimiques et de solutions en combustion que j'ai respiré pendant que je gisais à terre m'a laissé de graves séquelles. Ces crises qui m'affligent...

— C'est ce qui t'est arrivé aujourd'hui, alors ? Et lors du duel avec Gerald ? Et pendant notre séjour à Montforte House, il y a deux semaines ?

— Oui, ainsi qu'au cours de ton bal de charité.

Leurs regards se croisèrent. Les yeux d'Andrew, emplis de douleur et de honte, ne lui avaient jamais paru aussi sombres.

— Pourquoi crois-tu que j'aie fui comme un voleur ?

— Parce que tu ne voulais pas que les gens sachent que tu ne te sentais pas bien.

— Oh, c'est pire que de ne pas se sentir bien. Tu verras... Ma place est à Bedlam.

— Je ne verrai rien tant que je n'aurai pas entendu toute l'histoire, tant que je n'aurai pas eu le temps d'y réfléchir. Donc, si j'ai bien compris, au cours de cet incendie, tu as respiré les produits chimiques de ton laboratoire, et depuis, tu as ces attaques.

— Exactement.

— Et qu'en pense ton frère qui sait tout ?

— Il est duc, pas médecin. Cependant, il garde l'espoir que je redevienne comme avant. Durant ces deux derniers mois, il a fait venir une ribambelle de spécialistes, de professeurs et de docteurs qui m'ont examiné sous toutes les coutures. Tous m'ont considéré comme une sorte de monstre de foire. Ces imbéciles parlaient de moi comme si je n'étais pas là, alors que j'ai probablement plus de diplômes qu'eux.

« Leurs explications sans fin n'étaient qu'un ramassis d'âneries. Ils ignorent ce qui cloche chez moi. Aucun d'eux n'a été capable de m'offrir le début d'une solution. Mais comment l'auraient-ils pu ? Moi-même, j'ignore ce que mes poumons ont absorbé lors de l'incendie. Je ne le saurai jamais.

Avec un soupir, il ferma les yeux. Enfin, il avait baissé la garde. Celsie comprit alors que ses sautes d'humeur, ses accès de colère imprévisibles n'étaient en fait qu'une protection contre la peur et la honte. Il lui avait confié son terrible secret, lui avait dévoilé sa vulnérabilité, et désormais, il avait besoin d'elle.

Elle lui prit les mains pour les porter à son cœur.

— Oh, Andrew... tant de choses s'éclaircissent, maintenant.

— Tu comprends à présent pourquoi je refusais obstinément le mariage. Pourquoi je ne voulais pas qu'une femme entre dans ma vie... Pourquoi je déteste me montrer en société. Peux-tu imaginer ce que cela fait de souffrir d'une maladie qui te frappe sans prévenir, alors que tu te trouves en présence d'autres gens ? Quelle humiliation, pour moi comme

263

pour mes proches! J'ai vite décidé qu'il valait mieux que je reste chez moi. C'était d'ailleurs très étrange... J'allais plutôt bien tant que je ne sortais pas de Blackheath Castle. Mais si je m'aventurais dehors...

Il secoua la tête.

— Eh bien, tu as vu ce qui m'arrive quand je sors. C'est la raison pour laquelle je ne bougeais pas de mon laboratoire. J'espérais qu'ainsi, les miens ne s'apercevraient de rien. Mais ils n'étaient pas dupes. Et maintenant, te voilà toi aussi au courant. Tu m'as vu dans mes grands moments de folie. Tu sais pourquoi je préfère éviter les soirées mondaines où je risquerais d'embarrasser tout le monde.

— Jamais tu ne m'embarrasseras, Andrew.

— Vraiment? Tu veux dire qu'aujourd'hui, je ne t'ai pas fait honte?

— Bien sûr que non. J'étais morte d'inquiétude, c'est tout.

Partagé entre l'incrédulité et l'espoir, il posa sur elle un regard confus, peinant à croire qu'il n'était pas une cause d'embarras pour elle.

— Pourrais-tu me parler un peu plus de ces... crises? Aujourd'hui, tu as vu des Indiens. Le matin qui a suivi notre mariage, tu as vu et entendu des choses dont ni moi ni Passoire n'avons été témoins. Que s'est-il passé? J'ai lu quelque part que les malades sont dans un état semi-conscient pendant leurs attaques. Mais toi, tu avais l'air d'être en pleine possession de tes facultés...

— Oui. Ce que j'ai vu ce matin-là, c'est un monstre d'acier aussi grand que trois navires de guerre qui nous a survolés dans un vacarme assourdissant. Si la folie ressemble à ça...

Il eut un silence désespéré.

— Je parie que Lucien a déjà préparé la camisole de force pour m'emmener à Bedlam.

— Arrête!

— C'est vrai, Celsie. Je perds la tête et personne n'y peut rien. Je n'ai plus qu'à me cacher pour préserver mon entourage.

— Il est hors de question que tu te caches ! protesta-t-elle. Tu es l'homme le plus fascinant et le plus brillant que j'aie jamais connu. Je ne tolérerai pas qu'on prive le monde de ce que tu as à lui offrir. À présent, raconte-moi tes autres visions.

— À quoi bon ? Elles n'ont ni queue ni tête.

— Raconte-moi quand même.

— Tu y tiens vraiment ?

Un sourire bienveillant sur les lèvres, elle acquiesça.

— Très bien…

C'est ainsi qu'il lui narra en détail l'hallucination qu'il avait eue, deux semaines plus tôt, à Montforte House, lorsqu'il avait aperçu un tapis de lunes illuminant la chaussée. Il lui fit également le récit de ce jour où, près du village de Heath Row, un gigantesque oiseau vrombissant l'avait frôlé. En avril, alors qu'il traversait Wembley, il avait découvert des milliers de gens serrés comme des sardines dans une sorte de bol géant encerclant une pelouse et qui s'époumonaient pour Dieu sait quelle raison. Puis il lui raconta qu'un jour, il était tombé sur un parallélépipède rouge dans lequel s'entassaient des hommes et des femmes, scrutant à travers des vitres à l'avant et à l'arrière de l'appareil – une étrange version de sa diligence à double compartiment.

Celsie écouta avec une réelle fascination Andrew lui dépeindre ses visions, jusqu'à ce qu'il s'arrête pour connaître son verdict.

— Alors ? Qu'en penses-tu ? interrogea-t-il. Je deviens fou, n'est-ce pas ?

Elle réfléchit, se mordilla les lèvres.

— Je ne sais pas. Je me demande si toutes ces visions ne sont pas liées. N'y aurait-il pas un sens à tout cela ?

Il haussa un sourcil perplexe.

— Oui, enchaîna-t-elle. Peut-être es-tu un prophète des temps modernes, Andrew. Dieu t'envoie probablement un message. Ou bien tu as un don que personne ne comprendra jamais. Je ne sais qu'en penser. Mais je sais une chose : tu devrais mettre à profit ces visions. Les écrire, les cataloguer, essayer de trouver un lien entre elles, t'en servir pour tes propres créations. Je peux t'aider, si tu le souhaites.

— M'aider ?

Un sourire illumina le visage de Celsie.

— Je me chargerai des papiers, de l'organisation, pendant que mon tendre époux se consacrera à ses recherches.

Ébahi, Andrew la dévisagea.

Seigneur ! Aurais-je été béni des dieux ? Elle ne m'abandonnera pas, alors ? Elle restera à mes côtés, m'aidera à traverser cette épreuve, transformera le négatif en positif ?

Brusquement, il eut l'impression que le plafond de nuages bas qui avait pesé sur sa vie toute l'année, obscurcissant son avenir, se désagrégeait. Peu à peu, quelques rayons de soleil parvenaient jusqu'à lui.

Celsie était son soleil.

Il enroula un bras autour de sa taille et l'attira contre lui. Sa force, son optimisme, la chaleur qui émanait d'elle, tout cela le rassérénait.

— J'ai été idiot de ne pas t'en parler plus tôt, murmura-t-il, penaud. J'avais tellement peur de te perdre, de voir ton admiration se changer en pitié si je te dévoilais mon secret… Cette idée m'était insupportable.

— Qu'est-ce que tu ne supportais pas ? Que je te quitte ou que je m'apitoie sur ton sort ?

— Que tu me quittes, bien sûr.

Un sourire illumina son visage d'ange.

— Eh bien, si tu avais peur de me perdre, j'imagine que tu as dû te réjouir d'être obligé de m'épouser, répondit-elle, non sans ironie.

— Ne comprends-tu pas ? C'est cette folie qui me paralysait. Je refusais de l'imposer à qui que ce soit, encore moins à celle qui acceptait de se marier avec moi.

Il eut un court silence.

— J'ai peur que notre histoire s'achève par un chagrin d'amour. Je ne suis qu'un inventeur qui a franchi la frontière qui le séparait de la folie.

266

Celsie secoua la tête.

— Non, tu es un homme très doué qui a beaucoup à donner à ses contemporains. Plus que tu ne le crois.

Elle l'étreignit et plongea ses yeux dans les siens.

— J'ignore quel mal t'afflige, mais je suis sûre d'une chose : ensemble, nous transformerons ces petites défaillances en atouts. Et plus vite nous commencerons, mieux ce sera.

27

De Montforte House, ils partirent immédiatement pour Rosebriar Park.

Débarrassé du poids du secret, Andrew éprouvait un merveilleux sentiment de légèreté. Il emplit ses poumons d'air pur tandis que Newton trottait sur les routes boueuses. Il jetait autour de lui un regard neuf. Même s'il n'avait pas dormi depuis trois jours, il ne s'était jamais senti aussi vivant.

Cela ne faisait que quelques jours qu'il était marié, et il nourrissait l'immense espoir d'une vie meilleure. Quand avait-il, pour la dernière fois, apprécié la beauté d'un ciel bleu se réfléchissant dans une flaque d'eau? La vue charmante d'une bergeronnette voletant sous ses yeux? La joie toute simple d'être en vie? Son avenir était incertain, mais il y avait désormais une constante dans son existence. Une ravissante constante : Celsie.

Il ne serait plus jamais seul pour affronter les problèmes.

Alors qu'il contemplait son épouse qui avançait au petit galop sur Sheik, son cœur se mit à cogner dans sa poitrine, son sexe vibra sous son pantalon. Oh… il brûlait d'envie de la faire descendre de son petit étalon sauvage, de l'étreindre, d'écraser sa bouche sur la sienne, de s'étendre à ses côtés dans une prairie inondée de soleil.

Pour lui, elle avait rouvert une fenêtre sur le monde. Elle s'était agenouillée dans une rue fangeuse de la capitale. Elle l'avait protégé du ridicule et des commérages, l'avait défendu avec la rage d'une tigresse. Tant qu'il aurait Celsie auprès de lui, il serait invincible.

Une pensée fugace le transperça. *Je l'aime.*

En proie à un vertige soudain, il se cramponna aux rênes de son cheval.

Doux Jésus... j'aime Celsie !

Cette découverte, aussi brusque qu'incroyable, le bouleversait. Ses peurs ne le retenaient plus captif, parce qu'elle avait déverrouillé la grille de sa cellule. L'avenir ne le tétanisait plus, parce qu'elle avait allégé son fardeau et éclairé les ténèbres dans lesquelles il végétait. Il n'était plus obligé de rester enfermé chez lui, parce qu'elle, sa chère et tendre épouse, connaissait la vérité et l'acceptait tel qu'il était.

Ils n'étaient plus qu'à un kilomètre environ de Rosebriar Park. Au loin, il distingua l'imposant manoir de pierre grise, qui se détachait sur les collines parsemées de bruyère et hérissées d'arbres sombres dont les branches dénudées écorchaient le ciel.

Andrew fit avancer Newton jusqu'à Sheik, saisit les rênes de ce dernier et obligea les deux chevaux à marquer l'arrêt.

— Andrew, qu'est-ce que tu fais ?

Pour toute réponse, il se pencha vers Celsie et l'embrassa. Elle fondit entre ses bras avec un gémissement de plaisir. Aux yeux d'Andrew, plus rien ne comptait que ses lèvres soyeuses sous les siennes, sa main délicate sur sa nuque, ses seins contre son torse.

Sheik s'agita, mettant un terme au baiser. À bout de souffle, Celsie couva son mari d'un regard où il vit étinceler la flamme du désir. Puis elle eut un sourire mutin et fixa le pommeau de sa selle ou, plutôt, la protubérance qui tendait l'étoffe de son pantalon.

Réprimant l'envie de le caresser, elle releva les yeux vers lui et murmura :

— Merci d'avoir accepté de rentrer à Rosebriar. Je sais que tu es exténué et que le voyage t'a coûté, mais je ne voulais pas passer notre première véritable nuit dans la maison de ton frère.

Elle rapprocha sa monture de Newton, fit courir ses doigts sur l'entrejambes tendu de son mari et arbora un air satisfait quand il ferma les yeux et poussa un petit grognement. Elle se pencha davantage et lui chuchota à l'oreille :

— Nous devrions sans doute consommer notre mariage, tu ne crois pas ?

— Oui...

Les lèvres d'Andrew effleurèrent la joue de Celsie.

— Il faut que nous rattrapions le temps perdu, poursuivit-il.

— Tes inventions t'attendent...

— Il y a tous ces chiens errants à secourir...

Il glissa sa main sous les plis de l'habit d'équitation de Celsie et lui caressa le bas du dos. Elle poussa un soupir de contentement mêlé d'impatience.

— Andrew ?

— Oui ?

Il la dévora du regard et lui offrit ce sourire envoûtant qui n'appartenait qu'aux frères Montforte. Elle lui sourit en retour et, doucement, récupéra les rênes de son étalon avant de lancer :

— Le premier arrivé à la maison a gagné !

Elle éperonna Sheik, poussa un cri d'excitation, et son pur-sang s'élança avec une extraordinaire rapidité. Un instant plus tard, elle entendit le martèlement des sabots de Newton, qu'Andrew avait lancé à sa poursuite. Sheik orienta ses oreilles en avant, en arrière et sur les côtés. Mais il ne fallut pas longtemps à Newton, plus haut de deux paumes et dressé pour la course, pour le rattraper.

Subitement, Celsie sentit une main s'enrouler autour de sa taille. Elle eut à peine le temps de comprendre ce qui lui arrivait qu'Andrew la soulevait de sa selle et l'installait devant lui, en amazone. Avec un rire de stentor, il l'entoura de ses bras robustes.

Il attendit d'avoir franchi les grilles de Rosebriar pour faire ralentir l'allure à Newton – Sheik leur

270

emboîtait docilement le pas. Tandis qu'ils trottaient jusqu'au perron du manoir, Celsie joignit son rire à celui de son mari.

Les joues rosies par le vent, le cœur battant la chamade, elle se retourna et martela de coups inoffensifs le torse de son ravisseur.

— Tu as vraiment perdu la tête ! s'exclama-t-elle avant de l'embrasser.

Parvenu au pied de l'escalier, Newton s'arrêta et remua la tête, signalant à son maître qu'il pouvait descendre. Mais Celsie, qui n'avait aucune envie de mettre fin au baiser, l'ignora. Du bout de la langue, Andrew traça le contour de ses lèvres avant d'explorer sa bouche, de mêler audacieusement leurs salives. Sa main remonta le long du gilet brodé de Celsie et s'attarda sur un sein, puis sur l'autre, taquinant à travers l'étoffe ses mamelons dressés par le désir. Elle laissa échapper un gémissement de plaisir.

Étourdie et à bout de souffle, elle le repoussa.

— Que vont penser les domestiques ? lui dit-il, l'œil coquin.

— Que la maîtresse de Rosebriar est folle de son mari, répliqua-t-elle avec un sourire radieux. Allons, viens, j'ai un cadeau pour toi. Il faut que je te le donne avant que nous nous retrouvions au lit pour achever en beauté ce que nous avons commencé.

— Un cadeau ? s'étonna Andrew.

— Mon cadeau de mariage. Viens…

Elle se déroba à son étreinte et mit pied à terre. Andrew descendit de cheval à son tour, tendit les rênes au garçon d'écurie qui approchait et courut après son épouse, qui montait déjà les marches à vive allure. En haut du perron, il lui saisit le bras et la fit virevolter. Éclatant d'un rire argentin, elle se laissa tomber dans ses bras.

— J'ai quelques idées, annonça-t-il, pour achever en beauté ce que nous avons commencé, comme tu dis. D'abord, je t'embrasse. Ensuite, je te fais franchir le seuil dans mes bras. Puis je te laisserai l'espace d'une seconde, parce que, moi aussi, j'ai un présent à t'offrir.

Leurs lèvres se scellèrent de nouveau. Étroitement enlacés, ils pénétrèrent dans la demeure qui avait appartenu au père de Celsie et qui devenait aujourd'hui leur maison, leur nid d'amour.

Andrew ne prit pas la peine de refermer la porte – un domestique s'en chargerait.

Posant délicatement son épouse à terre, il déclara :

— Va chercher ton cadeau, moi le mien. Où souhaites-tu que nous nous retrouvions ?

— En haut de l'escalier, dans un quart d'heure !

Elle déposa sur ses lèvres un baiser sonore et disparut.

En proie au vertige, Andrew se tint campé dans le hall d'entrée pendant un moment. Son cœur chantait dans sa poitrine. Par tous les saints ! Finalement, la femme parfaite existait. Il l'avait épousée !

Que diable faisait-il à lambiner ? se tança-t-il.

Il s'empressa d'aller chercher le présent qu'il réservait à Celsie et qui était resté caché dans le chariot bondé qui les avait suivis de Blackheath à Rosebriar. Il gagna les écuries et, tandis qu'il sortait la caisse du chariot, jura dans sa barbe, se fustigeant de n'avoir pas approché le véhicule du perron. Quand il eut descendu le cadeau du chariot, qu'il l'eut traîné jusqu'à la maison et passé par la porte d'entrée, il soufflait comme un bœuf.

Parvenu au pied du majestueux escalier de marbre, il releva le menton.

Les yeux rieurs, Celsie se tenait en haut des marches. Les bras vides, l'air amusé, elle le regarda se pencher pour soulever son énorme fardeau et le monter péniblement jusqu'à elle.

— C'est mon cadeau ? demanda-t-elle d'une voix espiègle, s'adossant au mur pour l'observer.

— Absolument.

— Je suppose que ce n'est pas un des fameux joyaux des Montforte, dit-elle avec esprit, les bras croisés, feignant la déception. À moins qu'il ne s'agisse d'un diamant de quatre millions de carats.

Il marqua une pause.

— Tu as deviné... haleta-t-il avant de se baisser de nouveau. Ce n'est pas un bijou.

— Ça a l'air horriblement lourd. Que renferme cette caisse ?

— Je ne te le dirai pas.

— Pourquoi ? interrogea-t-elle avec une moue de petite fille qui subissait le martyre.

— Parce que c'est une surprise.

— C'est en or massif ?

Andrew esquissa un sourire et répondit :

— Pas du tout. Ce n'est pas fait de métal précieux, mais, à mon humble avis, ça risque de te plaire.

— À condition que tu arrives en haut des marches. En tout cas, je suis heureuse de t'avoir épousé pour ton cerveau plutôt que pour tes muscles.

Les mains sur les hanches, elle le gratifia d'un sourire enjôleur.

— J'aurais mis moitié moins de temps à le monter que toi, railla-t-elle.

— Essaie donc seulement de le soulever, répliqua-t-il en s'essuyant le front du revers de la main.

Quand il eut gravi la dernière marche et posé son lourd fardeau, Celsie arbora un air supérieur et se baissa pour relever le défi. Son sourire s'évanouit aussitôt. La caisse ne bougea pas d'un centimètre.

— Très bien, fit-elle en se redressant, penaude. Je retire ce que j'ai dit sur tes muscles. Je m'étonne que tu ne te sois pas cassé le dos. Vraiment ! Tu aurais dû le laisser au rez-de-chaussée.

Andrew prit un air pincé.

— Je vous signale, lady Montforte, que vous m'aviez demandé de vous l'apporter à l'étage.

— Oh...

— Mais ça ira aux cuisines, ajouta-t-il.

Sur le visage de Celsie se peignit une mine dépitée qu'elle s'efforça de dissimuler.

— Laisse-moi deviner... Il s'agit d'une jolie marmite en fonte.

Il secoua la tête.

— À présent, va chercher mon cadeau, qu'on les ouvre ici même, dit-il, s'appuyant à la balustrade et croisant les bras. À moins que le tien ne soit aussi imposant que celui-ci...

— Oh, il est infiniment plus grand. Et même dotée de pouvoirs surhumains, je serais incapable de te l'apporter jusqu'ici. Il faut que tu viennes avec moi.

Il lui jeta un regard soupçonneux.

— Je suppose que tu veux que j'emporte ton cadeau avec moi ?

— Bien sûr. Souhaites-tu que je t'aide ?

Il se contenta de secouer la tête. Les yeux de Celsie pétillèrent de malice.

Eh bien, son cher et tendre se distinguait autant par sa force physique que par ses capacités mentales. Tandis qu'elle le regardait manier la caisse pour avoir une meilleure prise, un frisson la parcourut à la perspective de toucher bientôt ces muscles dessinés et tendus sous l'effort...

— Arrête de me fixer comme ça. Montre-moi plutôt le chemin.

Celsie eut un petit rire et le précéda.

Ils passèrent devant les chambres réservées aux hôtes de marque, devant leurs futurs appartements, avant de pénétrer dans une pièce d'allure masculine qui avait abrité la bibliothèque de son père. Tous les livres en avaient été ôtés. Un mur entier était recouvert d'étagères en acajou. Une sublime horloge comtoise se dressait dans un coin. De hautes fenêtres orientées au sud laissaient passer les fins rayons du soleil d'automne et ouvraient sur une mare ornementale que caressaient des feuilles jaunes et brunes.

Les murs étaient lambrissés de chêne anglais de premier choix, les lourdes portes richement sculptées. Hormis trois grandes tables dressant leurs pieds raffinés sur le plancher luisant, rien n'encombrait la vaste salle. Sur la table du milieu trônaient une carafe de vin et deux verres en cristal.

Celsie se tourna pour faire face à son mari.

— Voilà mon cadeau de mariage, déclara-t-elle, la gorge nouée par l'émotion.

Avec un grognement peu élégant, Andrew posa son fardeau et se redressa. Il balaya la pièce d'un regard circulaire puis fronça les sourcils, arborant la même expression perplexe que Celsie lorsqu'elle avait découvert son présent.

— Alors ? Qu'en penses-tu ? demanda-t-elle d'une voix excitée. N'est-ce pas merveilleux ?

— Euh... qu'est-ce qui est merveilleux ?

— Eh bien, cette salle, voyons ! Elle est à toi, déclara-t-elle avec un sourire radieux. Si je refusais de te donner la salle de bal pour que tu en fasses ton laboratoire, c'est que j'avais une autre idée en tête. J'étais en train de te faire préparer celle-ci. Je m'étais dit que tu la préférerais... Elle est vaste, lumineuse et calme.

« Cette pièce était le domaine de mon père, le maître des lieux. Comme tu prends la relève, tu hérites de son antre. Tu en fais ce que tu veux.

Bouche bée, bras ballants, Andrew cligna des yeux et contempla l'espace vide et néanmoins chaleureux. Un large sourire d'enfant gâté par les anges fendit son visage.

— Oh, Celsie... tu ne pouvais pas trouver plus beau cadeau !

— Attends, ce n'est pas tout.

— Il y a autre chose ?

— Oui. Comme tu n'es pas quelqu'un de très organisé, que tu détestes la paperasse et que l'idée de consigner méticuleusement les résultats de tes recherches te donne de l'urticaire, j'ai réfléchi à une solution. Mon second cadeau de mariage, c'est une assistante. Moi.

— Toi ?

Un sourire étincelant courut sur les lèvres de Celsie, qui se jeta dans les bras de son époux.

— Oui, moi, enchaîna-t-elle, l'enlaçant aussi fort qu'elle le put. Oh, Andrew, je sais que tu vas changer le monde. J'ai hâte que nous nous mettions au travail.

Chamboulé par tant d'attentions, tant d'amour, il la souleva dans les airs et la fit tournoyer.

— Celsie... ma douce, ma tendre Celsie... tu es le plus précieux des cadeaux !

— Bon, puisque tu as droit au laboratoire et à l'assistante, tu n'as plus aucune raison d'être de mauvaise humeur. Plus jamais !

La joie et l'adoration qu'Andrew éprouvait pour son épouse irriguaient chaque veine, chaque petit vaisseau, chaque parcelle de son être. Fermant les yeux, il s'inclina pour l'embrasser avec une fougue qui projeta mille étoiles sur l'écran de ses paupières. Il mit longtemps à reposer Celsie et, lorsqu'il le fit, il lui caressa tendrement le bras tandis qu'il plongeait dans le lac de ses pupilles émeraude.

— Vous réalisez, lady Celsiana Blake de Montforte, que je suis à deux doigts de tomber follement amoureux de vous ?

Il eut un court silence songeur.

— En fait, je... je crois que je suis presque amoureux de toi.

— Si tu l'es à moitié, que je le suis à moitié, ça fait un tout, non ?

— Pardon ?

— Pourrait-on admettre que nous sommes *totalement* amoureux l'un de l'autre ?

Il éclata de rire.

— Eh bien... c'est d'une logique un peu surprenante. Je n'avais pas vu les choses sous cet angle. Mais oui, je suppose que tu as raison.

Sans préambule, elle demanda :

— Et si tu me donnais *mon* cadeau ?

Un soudain accès de timidité empourpra les joues d'Andrew.

— Oh... rien au monde ne vaut le trésor que tu m'as offert.

— Sans doute, plaisanta-t-elle pour dissiper sa gêne.

Elle s'agenouilla au pied de l'imposante caisse en bois, dénoua la corde qui la tenait fermée et souleva le couvercle. Puis elle ouvrit des yeux ronds comme des soucoupes.

— Tu aimes ? s'enquit-il avec la même candeur que Celsie avait manifestée quand elle lui avait montré son cadeau et qu'il s'était demandé, perplexe, en quoi il pouvait bien consister.

Elle demeura immobile, à genoux, fixant d'un œil confus les poulies, la manivelle en bois et les engrenages aux dents acérées. Les yeux rivés sur cet attirail de fer, elle n'avait pas de mots pour décrire ce… cette…

On ne pouvait imaginer présent plus laid et moins romantique. Que dire ? Elle ne voulait surtout pas le blesser. Il semblait tellement excité, tellement soucieux qu'elle apprécie ce…

Mince ! Qu'est-ce que c'était ?

— Euh… Andrew… c'est intéressant, mais je n'ai pas la moindre idée de ce que c'est.

— Devine.

— S'agit-il des mécanismes d'une horloge que tu aurais récemment inventée ?

Un sourire espiègle aux lèvres, il secoua la tête.

— Quelque chose que tu as vu lors d'une de tes visions ?

— Non. Il ne te reste plus qu'une chance.

Les sourcils froncés, elle hésita. Quelle drôle de situation ! Un cadeau de mariage insolite, et un mari qui aimait jouer aux devinettes…

— Est-ce que ça a un rapport avec un nouveau type de véhicule ? interrogea-t-elle.

— Tu t'es encore trompée. Alors ? Tu donnes ta langue au chat ?

— Oui, répliqua-t-elle, déployant un gros effort pour paraître un peu enthousiaste.

— C'est un tournebroche mécanique, déclara-t-il avec emphase. Ça sert à tourner les viandes au-dessus du feu. Tes petits chiens tournebroches vont pouvoir se trouver un autre boulot !

La réponse d'Andrew fit son chemin dans son cerveau. Et brusquement, elle comprit.

Son regard se riva sur ce qui, deux minutes plus tôt, n'était qu'un amas de fer. Elle déglutit. Les engrenages, les poulies et ces étranges bouts de métal devinrent flous devant ses yeux embués de larmes.

— Oh, Andrew, balbutia-t-elle en tournant la tête vers lui – debout derrière elle, il la contemplait amoureusement. Je n'arrive pas à croire que tu l'aies fabriqué...

D'un haussement d'épaules, il tenta de minimiser l'importance de son invention. Néanmoins, elle vit vaciller dans son regard une lueur de fierté. Elle y lut aussi un immense espoir : aimerait-elle ce qu'il avait fait pour elle ?

— Ça ne m'a pas pris longtemps, déclara-t-il. L'idée m'est venue lorsque nous étions à Londres. Je connais bien le forgeron de Ravenscombe. Il était ravi que je lui confie mes croquis et que je lui demande de le construire.

— Tu veux dire que l'idée t'est venue juste comme ça ?

Il haussa de nouveau les épaules.

— Les idées me viennent assez facilement, confia-t-il en s'excusant presque. Je n'y peux rien.

— Andrew, tu es extraordinaire ! s'exclama-t-elle.

Bondissant sur ses pieds, elle se lova dans ses bras et déposa un chapelet de baisers sur son visage, ses lèvres. Des larmes de bonheur roulaient sur ses joues.

— Tu te rends compte de ce que cela signifie pour tous ces malheureux chiens qui se brûlent les pattes en courant dans leurs roues, dans les cuisines anglaises ? Tu réalises que ça va révolutionner l'agencement des cuisines, la manière dont sont préparées les viandes ? Oh, Andrew... merci du fond du cœur ! Pour ces pauvres bêtes qu'on maltraite, merci ! Merci, merci, merci...

Jamais il ne l'avait vue plus radieuse. Il ne put réprimer un sourire. Sacrebleu ! Si une machine aussi facile à concevoir transportait son épouse de joie, l'avenir ne serait pas si éprouvant, finalement...

— Je n'aurais pu rêver plus beau cadeau, dit-elle en s'essuyant les yeux. Je suis la femme la plus heureuse d'Angleterre. J'ai épousé l'homme le plus intelligent du monde. Et la seule chose qui me rendrait encore plus heureuse, ce serait que mon bel époux me prenne dans ses bras et m'emmène dans notre chambre.

Il lui coula un regard complice et, d'un mouvement leste, la souleva.

— Milady, vos désirs sont des ordres.

28

— Il faudra qu'on dépose un brevet et qu'on présente ton invention à la Royal Society. Nous organiserons un immense bal où nous inviterons tous les gens qui comptent pour leur faire une démonstration de ton tournebroche. Nous leur prouverons qu'ils n'ont plus besoin de maltraiter ces pauvres petits chiens.

Un sourire joua sur les lèvres d'Andrew tandis qu'il portait Celsie – une plume comparée à la caisse qu'il avait dû traîner depuis les écuries – et traversait le long couloir.

— Il faudra faire imprimer des affiches pour informer le public. Et ne pas oublier d'offrir ton invention au roi, parce que, s'il l'approuve, tout le monde dans le pays voudra en équiper ses cuisines.

— Oui, Celsie.

— Oh ! s'écria-t-elle. Tu viens juste de passer le seuil. Attends ! Recule un peu.

Il s'exécuta, refit son entrée et, d'un coup de pied, referma la porte derrière eux.

— On devra aussi créer une société pour fabriquer tes tournebroches mécaniques, et parcourir l'Angleterre – que dis-je, l'Europe – pour présenter ton invention…

Elle n'eut pas le loisir de poursuivre, car il écrasa ses lèvres sur les siennes. Puis elle sentit son souffle chaud dans son cou tandis qu'il la posait sur le lit. Le matelas s'affaissa sous leur poids. Soudain, sa tête rencontra une patte…

Passoire était là. Celsie rouvrit les yeux.

— Andrew, on ne peut quand même pas faire l'amour ici. Passoire va nous voir !

— Il fermera les yeux.

— Mais...

Il la reprit dans ses bras pour la porter jusqu'à l'élégant canapé aux pieds griffus. Étendue sur la soie damassée rouge, elle plia une jambe et allongea l'autre sur le tapis. Andrew enfouit son visage dans le creux de son épaule, promena sa langue le long de son cou, lui caressa les seins à travers l'étoffe de son gilet brodé. Le désir monta en elle comme une coulée de lave.

Alors qu'il s'apprêtait à la déshabiller, elle murmura :

— S'il te plaît, ne m'ôte pas tous mes vêtements. Il fait un froid de canard dans cette chambre.

— Ce ne sera pas long.

Elle déboutonna son pantalon et souleva les fesses afin qu'il le lui retire, ce qu'il fit avant de l'envoyer valser sur le parquet.

Un sourire approbateur joua sur les lèvres d'Andrew quand il découvrit ses bas, ses jarretières, et la peau nue de ses cuisses au-dessus. Oh... comme elle aimait le voir sourire ainsi ! Elle adorait la sensation de ses mains qui effleuraient ses jambes encore habillées de soie. Il embrassa la naissance de sa poitrine, et elle poussa un soupir de plaisir quand elle sentit ses paumes chaudes glisser sous ses genoux. D'un geste impatient, il tira sur les bas, qui se déchirèrent avant de rouler sur ses chevilles.

Sa respiration se fit plus saccadée.

Elle se mordilla la lèvre inférieure tandis qu'il lui caressait l'intérieur des cuisses. Ses doigts flânèrent lentement sur sa peau impatiente, avant d'atteindre sa brune et humide vallée. Elle brûlait de le sentir en elle.

— Seigneur, dit-il d'une voix grave en contemplant la nudité de son épouse.

Son sexe tendait l'étoffe de son pantalon. Celsie perçut dans ses yeux une lueur si intense qu'elle frisait l'indécence.

— Enfer et damnation ! jura-t-il dans sa barbe.

— Pardon ? s'étonna-t-elle.

— Comment diable vais-je faire pour trouver le temps, l'envie de poursuivre mes recherches, alors que je t'aurai continuellement sous les yeux ?

Elle le gratifia d'un sourire mutin.

— Tu devras sans doute réprimer tes désirs, murmura-t-elle. Mais pas trop... Dis-moi, où est la potion ? Nous pourrions l'essayer... sur la peau.

— Je ne sais pas... et pour être honnête, je m'en moque.

— Oh, s'il te plaît, voyons au moins ce que ça nous fera. Comme ça, on bouclera la boucle.

Il se mit debout, fouilla dans les poches de son manteau et trouva la petite fiole en verre.

Dans sa pose alanguie, Celsie sentit le soleil qui filtrait par la fenêtre derrière elle réchauffer ses longues jambes nues posées sur la soie rouge. Elle éprouvait un besoin impérieux d'étreindre Andrew, de l'accueillir au plus secret de son être.

Brandissant la fiole à la lumière, il demanda :

— Qui de nous deux l'essaie ?

— C'est toi qui choisis, chuchota-t-elle.

Une lueur lubrique dans le regard, il lui caressa de nouveau l'intérieur des cuisses, les écarta doucement pour mieux la dévorer du regard. Il fit glisser sa paume jusque sur sa toison brune. Celsie poussa un petit cri aigu quand il titilla ses lèvres chaudes et délicates.

— J'aimerais voir ce qui se passe si je verse une ou deux gouttes de l'aphrodisiaque... là, susurra-t-il en contemplant le sexe de son épouse.

Au lieu de la choquer, cette suggestion érotique lui procura un délicieux frisson. Elle demeurait immobile, mais il lui semblait s'enfoncer dans le canapé, fondre sous le regard coquin d'Andrew. Passant un bras derrière la nuque pour admirer le noble visage de son amant, elle rassembla ce qu'il lui restait de voix et répondit :

— Oui... vas-y...

Lentement, il dévissa le bouchon de la fiole. Il prenait tout son temps. Tous ses sens en éveil, Celsie sentit l'air frais de la chambre lui chatouiller les cuisses, l'intérieur des genoux, et ses lèvres tendres, délicates et offertes. Tremblante, elle recroquevilla ses orteils sur le tapis et appuya sa jambe levée contre la soie rouge vif du canapé.

— Tu n'as pas froid, j'espère ? s'enquit Andrew.

— Non, mais j'ai terriblement envie de te sentir en moi.

Elle le vit renverser le flacon pour recueillir une goutte sur son index. Leurs regards se rivèrent l'un à l'autre. Sans la quitter des yeux, il fit glisser son doigt jusqu'à son bouton de chair brûlant de désir.

Celsie tressaillit.

— Est-ce que tu sens quelque chose ? demanda-t-il.

— Oui... toi, ce qui suffit en soi.

Andrew eut un sourire ensorceleur. De sa main libre, il referma le flacon et le posa contre le pied griffu du canapé. Puis il se concentra de nouveau sur son expérience pour le moins inédite, frottant le philtre d'amour sur le bourgeon de rose. Celsie baissa les paupières et ravala un gémissement de plaisir.

— Et là ? Est-ce que tu sens quelque chose ? répéta-t-il d'une voix grave.

— C'est... balbutia-t-elle. Ça commence à me démanger...

Elle haleta.

— ... à chauffer...

— Je te fais mal ?

— Oh, non, continue...

D'un ton badin, il demanda :

— Rappelle-moi de consigner tout cela par écrit.

Poursuivant son audacieuse caresse, il introduisit un doigt en elle tout en contemplant le visage empourpré de sa compagne.

— Andrew... soupira-t-elle.

— Oui, ma chérie ?

— J'ai envie de toi. Maintenant. Prends-moi, s'il te plaît.

— Je n'ai pas terminé mon expérience, chuchota-t-il.

Une onde de chaleur la submergea. L'épicentre du séisme qui menaçait de la secouer se situait au tréfonds de sa chair, là même où l'aphrodisiaque agissait.

— Au diable l'expérience! protesta-t-elle. Je... je n'en peux plus...

À présent, Andrew caressait frénétiquement la perle durcie de son sexe. Tout en elle réclamait les mêmes attentions : ses seins, sa bouche, sa nuque renversée. Étourdie, elle brûlait de sentir en elle le membre turgescent de son homme.

Dans un soupir étouffé, elle articula :

— Oh... Andrew... je vais mourir si tu ne me prends pas tout de suite.

Mais il s'obstina.

Visiblement, il avait l'intention d'aller au bout de son expérience. Sous le regard gourmand d'Andrew, Celsie poussait de petits gémissements de plaisir.

— Oh, oui... Andrew, vas-y... Tu me rends folle!

Elle s'arc-bouta, agrippa la main d'Andrew alors qu'il s'écartait d'elle.

— Quelle drôle de réaction! commenta-t-il, taquin, adoptant un ton professoral.

Dans un sursaut de fougue, elle le renversa du canapé. La fiole lui échappa et roula sur le tapis de laine. Il tenta de se relever mais Celsie, haletante, le plaqua au sol et lui arracha son pantalon.

Rapidement, pourtant, Andrew reprit le dessus et la fit rouler sur le dos. Il saisit les frêles poignets de son épouse et l'embrassa éperdument. Parvenant à se dégager, elle enfouit les doigts dans les longues boucles de son compagnon.

— Celsie, dit-il, le souffle coupé, calme-toi...

— Je ne peux pas!

Il fit glisser son pantalon en lambeaux sur ses chevilles, s'en débarrassa tant bien que mal. Les talons enfoncés dans le tapis, Celsie l'attirait désespérément contre elle.

Dans un gémissement rauque, il la prit par les hanches et la pénétra enfin, couvrant tour à tour sa gorge d'une pluie de baisers ardents et mêlant sa bouche à la sienne. Ses mains déchirèrent la fine chemise pour offrir à sa langue experte ses adorables petits seins, qu'il lécha et suça avidement.

— Oh… Andrew…

Ses coups de reins coïncidaient avec de petits cris aigus. S'enfonçant profondément en elle, les yeux clos, il jouit comme jamais il n'avait joui. Et Celsie se joignit à son extase. L'espace d'un instant, ils demeurèrent figés, unis, respirant d'un même poumon, vibrant d'un même cœur.

Puis elle releva les paupières et ronronna :

— Toi et tes expériences !

— Je te rappelle que tu m'as demandé de choisir.

— Oui… bon, la prochaine fois, c'est moi qui dirigerai les opérations. Je verrai ce que l'aphrodisiaque provoque en toi, et tu peux compter sur moi pour consigner mes observations…

Ils rirent à l'unisson. Puis elle nicha son visage dans le creux de son épaule et l'embrassa tendrement dans le cou.

— Si je survis à un mois ou même seulement une semaine de mariage avec toi, ce sera un sacré miracle, déclara-t-il en tirant sur le tapis de laine pour en faire une couverture de fortune.

Le plancher était dur, l'air frais, mais ils étaient trop fatigués pour s'en plaindre.

— J'avais tort, murmura Andrew, fermant les yeux et accueillant avec bonheur le sommeil qui l'avait déserté durant trois jours et trois nuits.

— À quel propos ?

— Quand je t'ai dit que j'étais *presque* amoureux de toi…

Un sourire attendri joua sur les lèvres de Celsie, et tous deux plongèrent dans les bras de Morphée. À côté d'eux, affalé sur le lit douillet, Passoire dormait profondément, berçant le couple de ses ronflements.

29

Lorsque Andrew et Celsie se glissèrent sous les draps, quelques heures plus tard, tremblant et n'occupant que le bord du lit pour ne pas réveiller le pauvre Passoire, étendu de tout son long, Gerald prenait le thé avec Mlle Sarah Madden – très chaste, très riche, assez jolie mais particulièrement sotte.

Il détenait l'aphrodisiaque.

Peu lui importait qu'Eva utilise sa part pour destituer un souverain, susciter des mariages qui serviraient la cause de l'Amérique ou Dieu sait quoi encore... Tapotant la poche de son gilet, Gerald arbora un sourire satisfait.

— Voulez-vous encore du thé? demanda Mlle Madden en soulevant la théière vide.

Il acquiesça. Lorsqu'elle tourna la tête pour interpeller un valet de pied, Gerald versa furtivement trois gouttes de la potion dans la tasse de son hôtesse. Quand elle reporta son attention sur lui, il avait déjà rangé le flacon dans sa poche.

Le valet s'approcha pour saisir la théière.

— Mademoiselle Madden, si vous avez une minute à m'accorder...

— Pas maintenant, Perkins, dit-elle sèchement.

— Mais, mademoiselle Madden, il faut absolument que je vous...

— Plus tard, Perkins!

Agacée, elle poussa un soupir et reprit le cours de leur conversation.

— Donc, comme je vous le disais, il s'agit de ma première saison, et mère tient absolument à ce que Mme Mirabelle me confectionne une robe coupée dans ce qu'elle a de plus raffiné. D'après elle, je pourrais lancer une mode avec ces manches tout à fait originales.

Elle sirota le reste de sa tasse avant de la reposer d'un geste délicat.

— Elles sont exquises, n'est-ce pas, lord Somerfield ?

— C'est charmant ! répliqua-t-il, plus préoccupé par sa fortune que par ses soucis vestimentaires.

Si son plan se déroulait comme prévu, l'argent de Mlle Madden serait bientôt le sien, et ses dettes un lointain cauchemar.

Combien de temps la potion mettait-elle à agir ?

Perkins tenta une nouvelle fois d'attirer l'attention de sa maîtresse. Exaspérée, celle-ci l'envoya promener d'un revers de main.

— Oui, oui… je crois que ce style de manches sera du dernier chic dans les soirées londoniennes. Et puis, cette teinte de bleu… Mère dit qu'elle rehausse la couleur de mes yeux.

Mlle Madden battit des paupières.

— Qu'en pensez-vous, milord ?

Il n'eut pas le loisir de répondre qu'elle enchaîna – quelle bavarde !

— Vous vous souvenez de l'entrée dans le monde de l'épouse de Charles de Montforte, Amy ? Sa toilette était d'un magnifique bleu paon. Ensuite, tout le monde a voulu l'imiter.

Elle émit un petit gloussement qui hérissa Gerald.

— Si lady Charles a lancé une mode, pourquoi pas moi ? En fait…

Elle s'interrompit soudain. Ses joues devinrent exsangues.

— Qu'y a-t-il, chère amie ? s'enquit-il, l'air faussement inquiet.

Les muscles tendus comme la corde d'une arbalète, il attendait qu'elle lui saute dessus pour lui arracher ses vêtements. Ensuite, son dragon de mère accourrait de la pièce voisine et surprendrait sa fille en position compromettante. Il serait ainsi « obligé » d'épouser Mlle Madden et sa très jolie dot.

— Je… je ne me sens pas très bien, balbutia-t-elle en portant une main à sa poitrine, des gouttelettes de sueur perlant sur son front.

En parfait gentleman, Gerald se leva.

— Laissez-moi vous aider…

— Ce… ce n'est pas la peine, répondit-elle, blanche comme un linge.

— Si, si, j'insiste.

Mais elle bondit sur ses pieds et déguerpit. Tel un chasseur rentrant bredouille, Gerald se rassit, dépité. Un moment plus tard, l'impressionnante Mme Madden fit son entrée.

— Lord Somerfield, dit celle-ci d'une voix austère, je vous prie de nous excuser. Ma fille est tombée subitement malade et j'ai dû la mettre au lit. Auriez-vous l'amabilité de lui rendre visite demain ? Elle se sentira probablement mieux.

Pareille à une coulée de lave dévastatrice, la colère bouillonna dans ses veines. S'efforçant de la contenir, Gerald fit une courbette.

— Bien sûr, milady. Transmettez, s'il vous plaît, mes vœux de prompt rétablissement à Mlle Sarah.

Sur quoi, il prit congé. Perkins lui emboîta le pas et lui remit son chapeau.

Une fois la porte fermée, le dénommé Perkins, l'air embarrassé, pria sa maîtresse de l'écouter.

— J'ignore de quoi souffre Mlle Sarah, dit-il. En revanche, j'ai essayé de la mettre en garde à plusieurs reprises. Il faut que vous sachiez…

— Oui ?

— Figurez-vous que lord Somerfield a versé quelques gouttes de je ne sais quoi dans le thé de Mlle Sarah avant qu'elle ne se sente mal.

— Dieu du ciel… vous plaisantez ?

— Je ne me permettrais pas. Sur ma vie, je jure que je l'ai vu de mes yeux.

Eva de La Mourière arriva à Paris en fin de soirée. On la conduisit immédiatement dans les appartements privés de la jeune souveraine.

— Ah, mon amie! s'exclama Marie-Antoinette. Vous voilà enfin. Vous avez la potion, j'espère?

— Oui, Votre Majesté, dit Eva dans une courbette.

Ou du moins une part du philtre d'amour, celle dont elle daignait se séparer. Elle avait conservé la moitié de la solution en prévision d'un usage futur. Mais, en cet instant, l'avenir de l'Amérique exigeait qu'elle sacrifie une partie de l'aphrodisiaque.

Les yeux brillants de triomphe, Eva regarda la reine lui prendre la fiole des mains et la brandir à la lueur de l'âtre. Les joues empourprées par l'excitation, Marie-Antoinette s'exprima avec une ferveur telle qu'Eva crut un instant qu'elle allait enlacer sa bienfaitrice.

— Oh, Eva! Grâce à vous et à cet inventeur anglais, je réussirai peut-être là où je n'ai cessé d'échouer. Vous êtes extraordinaire! La monarchie aura un successeur. Je veillerai à ce que votre générosité soit récompensée comme il se doit. Je ne vous remercierai jamais assez pour ce que vous avez fait pour moi et pour la France!

Marie-Antoinette avait de bonnes raisons d'être reconnaissante, se dit Eva en réprimant un sourire satisfait. Car elle s'échinait à donner un héritier au roi et à faire taire, une fois pour toutes, les vilaines rumeurs concernant l'impuissance du roi. Quant à Eva, elle savait exactement ce qu'elle voulait comme récompense.

— Je suis heureuse d'avoir pu vous rendre service, Votre Majesté. Il suffirait de peu pour nous contenter, M. Franklin et moi-même. Si la France daignait nous soutenir dans notre noble combat et nous permettre de nous affranchir du joug de l'Angleterre…

— Si cette potion nous offre le prochain roi de France, l'Amérique bénéficiera d'une aide inconditionnelle! Vous désirez des navires? Nous vous les fournirons. Vous voulez une armée? Nous vous l'enverrons. Une guerre? Nous la provoquerons.

On cogna soudain à la porte. Cinq coups brefs frappés au battant signifiaient que le roi la demandait.

— Je vous prie de m'excuser, Eva, j'ai hâte de rejoindre mon Louis.

Sa voix se fit murmure.

— Je suis impatiente de voir si cette fameuse potion a les mêmes effets sur la royauté française que sur les heureux aristocrates anglais qui ont eu la chance de l'expérimenter.

Marie-Antoinette éclata d'un rire argentin, puis, dans un froufroutement de soies parfumées, s'éclipsa et gagna les appartements de son époux…

… sans savoir que le flacon ne contenait pas l'aphrodisiaque. Mais Eva de La Mourière, Celsie et Andrew l'ignoraient également. Par quel mystérieux caprice du hasard tout ce beau monde avait-il été floué ? Dieu seul détenait la réponse.

Lady Brookhampton était loin d'être l'unique commère de la capitale anglaise.

Deux heures après que Gerald eut quitté la riche Sarah Madden, tout Londres savait qu'il avait tenté de l'empoisonner. Puis la nouvelle se répandit dans la campagne, aussi loin que l'on pouvait envoyer un messager. Mais Gerald ne réalisa qu'il y avait un problème que lorsqu'il pénétra dans son club, ce soir-là, et qu'il reçut un accueil plus glacial que le cercle polaire.

Les conversations cessèrent immédiatement. Une pleine salle de visages se tourna pour le jauger. Assis à la table la plus proche de la cheminée, sir Roger Foxcote, le comte de Brookhampton, le commandant Charles de Montforte et le duc de Blackheath braquèrent sur lui un regard méprisant.

Vêtu d'un manteau de velours bleu nuit, le Diabolique, Lucien de Montforte, arborait un petit sourire que démentait la froideur de ses yeux noirs.

Gerald déglutit.

— Tiens, tiens… Somerfield. Dites-moi, avez-vous réellement essayé d'empoisonner votre tendre héritière ? Quelle drôle d'idée ! fit Blackheath avec ce même sourire maléfique.

Au bord de l'apoplexie, Gerald lâcha son verre de cognac, qui se brisa dans un grand fracas.

— Quoi ?

— Oh, vous n'êtes pas au courant ? ironisa le duc. Mais, mon garçon, tout Londres en parle.

Gerald demeura bouche bée. Ses yeux paniqués passèrent en revue les visages hostiles qui ne perdaient pas une miette du spectacle.

— Je... je... bredouilla-t-il, je ne vois pas à quoi vous faites allusion.

— Je sais de source sûre, ajouta Blackheath en jetant un regard furtif en direction de son frère, qu'un vol à main armée a récemment eu lieu. Seigneur ! Certains sont prêts à tout pour s'attirer les faveurs d'une femme. Je me demande si ce n'est pas ce mystérieux aphrodisiaque volé qui aurait incommodé Mlle Madden.

Une terrible sensation de nausée assaillit Gerald. Il se mit à suer à grosses gouttes. *Par le nombril de Belzébuth... il sait ! Mais comment diable peut-il être au courant ?*

Dans la grande salle, certains hommes se redressèrent sur leurs sièges, d'autres se levèrent. Des éclats de voix indignés s'élevèrent de l'assemblée.

— Vous voulez dire qu'il aurait empoisonné la jeune femme en lui administrant un aphrodisiaque ?

— Moi, je vous préviens, il n'a pas intérêt à s'approcher de mes filles.

— Je ne le veux pas dans mon établissement !

— Cher Blackheath, vous êtes certain de ce que vous avancez ?

Affalé dans son fauteuil, son verre à la main, le duc se contenta de sourire.

Sir Foxcote chuchota à l'oreille du duc :

— Il s'agit du demi-frère de ta belle-sœur, si j'ai bien compris...

— Si vous tenez à la vie, Somerfield, intervint lord Brookhampton, vous feriez mieux de filer d'ici. Vous ne trouverez aucun ami dans ce club.

Abasourdi, Gerald scruta ces gens qu'il connaissait depuis des années, qui une simple relation, qui un compagnon de beuverie, qui un ami. Et tandis qu'il cherchait en vain un visage sympathique, un sourire compatissant, il sentit une vague de panique le submerger.

Il régnait dans le club un silence qui aurait terrorisé le plus téméraire des hommes. L'atmosphère était électrique.

Une autre tablée manifesta son mépris. Le comte de Tetford posa brutalement son verre et se mit debout. Le marquis de Morninghall s'éclaircit la voix et se leva. Autour d'eux, d'autres clients poussèrent leurs chaises.

Gerald n'eut plus qu'à fuir le club.

Affolé, il se rendit chez son ami Taunton, mais on le congédia sans ménagement. Il frappa à la porte de la maison de tolérance de Mme Lavinia Bottomley, dans l'espoir d'y trouver quelques connaissances. Mais là aussi, on lui signifia qu'il n'était pas le bienvenu.

Même Harold de La Queue refusa de le recevoir, et alors que, porte après porte, on le chassait comme un malpropre, Gerald s'abîma dans un cauchemar dont il ne pouvait se réveiller.

La dure réalité le frappa durement. La potion d'Andrew de Montforte ne lui avait pas seulement coûté Mlle Madden, mais toutes les héritières que comptait l'Angleterre. Elle lui avait coûté sa place dans la société, ses amis, son honneur. Son présent et son avenir.

Lord Andrew de Montforte avait ruiné son existence.

Craignant les foudres d'Eva s'il ne la prévenait pas, Gerald lui envoya un message, puis il regagna brièvement l'appartement qu'il louait et y récupéra son pistolet et ses munitions.

À minuit, assoiffé de vengeance, il galopait en direction de Rosebriar Park.

Celsie se réveilla juste après l'aube.

Un lointain grondement de tonnerre annonçait un terrible orage. Bizarre, en cette période de l'année, songea-t-elle en fronçant les sourcils. En bâillant, elle roula sur le flanc pour se lover contre son mari. Mais hormis Passoire, le lit était vide.

— Andrew ? appela-t-elle en s'asseyant.

Clignant des paupières, elle jeta un regard autour d'elle. Sur la table de chevet trônait un pichet d'eau dans lequel se dressait la longue tige d'un chrysanthème jaune vif. Au pied du pichet, un mot.

Ma chérie,

Hier, j'étais presque amoureux de toi. Aujourd'hui, je t'aime plus que tout au monde. Je t'aime du plus profond de mon âme... au point que je fuis à présent le lit conjugal pour ne pas te déranger dans ton sommeil. Le cœur léger, je vais à mon futur laboratoire, afin d'organiser l'espace et ranger mes affaires. Tu veux bien me rejoindre à 9 heures pour le petit déjeuner ? J'ai faim de toasts, de thé... et de toi, surtout.

Ton mari qui t'adore,

Andrew

Un sourire radieux illumina le visage de Celsie. Elle plaqua le billet sur son cœur. Elle aussi avait faim de lui. Elle envisagea un instant de se rendre au laboratoire, mais se ravisa. Andrew avait probablement besoin d'être un peu seul pour s'habituer à sa nouvelle demeure. Elle le rejoindrait plus tard.

Une fois sa toilette achevée, elle revêtit son habit d'équitation – une culotte de laine prune – et posa sur ses cheveux ramassés en chignon un élégant chapeau rond.

Elle appela Passoire, qui bondit du lit et trotta jusqu'à la porte. Campé sur le seuil, la queue frétillante, il coula ses yeux gris voilés par l'âge sur sa maîtresse.

— Je sais... dit-elle, le mariage me rend paresseuse.

Elle se baissa pour le caresser, mais, impatient de sortir, il fila dans le couloir.

Dehors, c'était un matin calme et anormalement doux pour la saison. Des nuages bas annonciateurs de pluie galopaient dans le ciel gris. Aucun oiseau ne chantait, et la légère brise qui faisait danser l'herbe était de mauvais augure.

Oui, il ne tarderait pas à pleuvoir, pensa-t-elle en observant Passoire, qui trottait sur le tapis de bruyère. Son grand âge ne l'empêchait pas de jouer au chien de chasse. Un roulement de tonnerre se fit de nouveau entendre dans le lointain.

Laissant Passoire à ses affaires, Celsie partit en direction du chenil d'un pas pressé, impatiente de retrouver ses chiens. Comme ils lui avaient manqué ! Tipper, une petite chienne courte sur pattes, ébouriffée, adorable, fut la première à l'accueillir. Molly sortit ensuite de sa niche et accourut avec force aboiements pour se joindre à la fête. Et il y eut aussi...

Gerald.

Qu'est-ce qu'il fabriquait encore là ?

Appuyé contre le vieux chêne qui, l'été, ombrageait une partie des enclos où s'ébattaient les chiens, il semblait l'attendre.

— Gerald ?

Un petit sourire jouant sur ses lèvres, il se redressa.

— Bonjour, Celsie. Tu es en retard pour la visite matinale à tes toutous. L'affection que tu leur portes aurait-elle souffert de ton mariage ?

Elle se figea.

Elle n'aimait ni le ton de sa voix ni son apparence négligée. Elle capta dans son regard une lueur mauvaise qui lui déplut au plus haut point, puis elle repéra à ses pieds une bouteille de vin vide. Un nouveau grondement de tonnerre résonna. L'orage se rapprochait lentement mais sûrement.

Celsie redressa le menton d'un air de défi.

— Je croyais t'avoir demandé de partir.

— En effet.

Son sourire s'évanouit. Lorsqu'il décroisa les bras, elle vit qu'il tenait un pistolet.

— Mais grâce à ton mari, enchaîna-t-il d'un ton méprisant, je n'ai nulle part où aller.

— Je ne vois pas du tout de quoi tu parles, articula-t-elle avec peine, en jetant un coup d'œil stupéfait à l'arme à feu.

— Oh, Celsie. Ne me raconte pas de salades. Tu sais pertinemment que ton cher et tendre époux a empoisonné l'aphrodisiaque. Ne me dis pas que la potion qu'a volée Eva est celle qui t'a dévergondée !

— Tu étais donc complice…

— Évidemment, riposta-t-il en inclinant vers elle son visage aux yeux injectés de sang. Je n'avais pas le choix. J'étais endetté jusqu'au cou. Mes créanciers ne cessaient de me harceler et…

Il s'éclaircit la gorge avant de poursuivre :

— Et ma sœur, la sainte patronne des chiens perdus, était trop égoïste pour donner un coup de main à son frère en difficulté. Elle m'a viré comme un malpropre. J'avais besoin d'argent…

— Au fil des années, je t'ai donné assez pour nourrir les miséreux de la capitale pendant une décennie ! Alors, ne viens pas me dire que je ne t'ai pas aidé !

— Eh bien, il m'en fallait plus. Et comme tu t'obstinais à ne pas vouloir me sortir de la panade, la seule solution pour moi était d'épouser une riche héritière. Ça n'a hélas pas marché. À cause de ton fichu mari !

— Gerald…

Le regard meurtrier, il leva son pistolet vers Celsie.

— Je pensais que cette tête de linotte de Sarah Madden tomberait gentiment dans le panneau. Je l'ai courtisée. Ça s'annonçait bien, mais j'ai dû précipiter l'affaire. Hier, j'ai versé quelques gouttes de l'aphrodisiaque dans son thé. Ça l'a rendue malade. J'ignore qui a vendu la mèche, mais ce que je sais, c'est qu'à 22 heures, tout Londres était au courant. J'ai été chassé de mon club, chassé de la capitale. Et me voilà à présent obligé de quitter le pays. Mais laisse-moi te dire une bonne chose, Celsie : je ne partirai pas sans le véritable aphrodisiaque.

— Mais… bredouilla-t-elle, perplexe, c'était la bonne potion. Le duc de Blackheath lui-même nous l'a remise…

Elle s'interrompit.

Les paroles qu'elle venait de prononcer se répercutèrent dans son cerveau. Elle revit la scène en question. *Oh, non! Lucien n'a quand même pas osé échanger le flacon contre un faux?*

Gerald s'approcha d'elle. Singeant un geste d'affection fraternelle, au cas où surgirait un domestique, il la prit par la taille et lui ficha le canon du pistolet dans les côtes.

— Qu'est-ce que tu fais? s'alarma-t-elle.

— Nous allons nous promener et mettre en scène un malheureux accident de cheval. Ton étalon rentrera au galop à la maison sans sa cavalière. Ensuite, ton gentil mari, fou d'inquiétude, partira à ta recherche.

Un sourire démoniaque déforma ses traits.

Tandis qu'il l'entraînait avec lui jusqu'aux écuries, il continua de lui exposer son plan machiavélique d'une voix où perçait la fureur :

— Lorsqu'il sortira de sa tanière, je le démolirai – comme il m'a démoli.

30

Un grondement de tonnerre déconcentra Andrew. Il fronça les sourcils, leva les yeux vers la fenêtre, puis vers l'horloge, et s'étonna que le temps soit passé si vite. Simplement vêtu d'une chemise, d'un pantalon et d'un gilet, il s'était attelé au rangement de son laboratoire. Deux heures avaient filé sans qu'il s'en rende compte. Une sensation de sérénité l'envahit. Voilà bien longtemps qu'il ne s'était pas senti aussi heureux !

Désormais, se promit-il, il ferait un gros effort d'organisation. C'était un vœu qu'il avait souvent formulé par le passé, mais qu'il avait été incapable d'honorer. Mais, cette fois, il ne flancherait pas.

— Qu'en penses-tu, Esmeralda ? demanda-t-il en s'asseyant sur le canapé d'où sa chienne l'observait.

Tout en caressant ses oreilles soyeuses, il jeta un regard admiratif sur la vaste salle.

— Ça commence à ressembler à un laboratoire, tu ne trouves pas ?

Pointant les oreilles et agitant la queue, Esmeralda scruta la porte que son maître avait laissée entrouverte. À Blackheath Castle, il avait pris l'habitude de barrer les battants pour se prémunir des incursions de son frère. Il n'était à présent plus obligé de verrouiller la porte, se dit-il avec un sourire satisfait. Il n'avait aucune envie d'empêcher Celsie de le déranger.

Hélas, ce ne fut pas elle qui apparut subitement dans l'embrasure de la porte, mais Lucien. Andrew se rembrunit immédiatement.

— Et moi qui pensais être débarrassé de toi, sou-pira-t-il.

Lucien se fendit d'une courbette.

— Désolé de te décevoir. Je peux entrer?

À contrecœur, Andrew opina.

Bien que rasé de près et aussi élégant qu'à son habitude, le duc semblait préoccupé et fatigué.

— Tu as mauvaise mine, commenta son benjamin. Tes machinations ont-elles fini par éveiller ta conscience?

— Pas du tout. Je rentre de Londres, où j'avais une affaire à régler. Je souhaitais simplement rendre visite à ma belle-sœur et son mari en passant.

— Pourquoi? demanda Andrew, lapidaire.

— Eh bien… je voulais m'assurer que mon idée de vous jeter dans les bras l'un de l'autre était judicieuse.

— Elle l'était. Tu peux rentrer à Blackheath le cœur léger.

Une voix masculine retentit derrière eux.

— Lord Andrew?

Andrew tourna la tête et découvrit, campé sur le seuil, un domestique au visage blême. Visiblement inquiet, il se tordait les mains et se mordillait la lèvre inférieure.

— Qu'y a-t-il, jeune homme? s'enquit Andrew en se levant promptement du canapé.

— Il s'agit de… de… votre épouse, milord. Elle est partie à cheval voici une demi-heure. Et… Sheik est revenu sans elle. Milord, je crains qu'il ne lui soit arrivé malheur!

— Comment oses-tu? maugréa Celsie par-dessus son épaule, tandis que Gerald la forçait à avancer en direction des bois qui bordaient les prés les plus au sud de Rosebriar Park.

Même dans ses cauchemars les plus abominables, elle n'aurait pas imaginé cela. Désespéré et passable-ment ivre, Gerald était capable du pire. Affolée, elle cherchait fébrilement un moyen de s'échapper, de désarmer son frère et de retourner le pistolet contre lui, ou au moins de prévenir Andrew.

Même s'il avait bu, Gerald gardait l'esprit vif, sa lucidité nourrie par une rage folle, une soif de vengeance qui aurait effrayé le plus téméraire des hommes. D'une claque violente sur la croupe, il avait renvoyé le pauvre Sheik aux écuries de Rosebriar.

Complices, les bois s'étaient ligués contre elle, invoquant ronces et buissons qui lui griffaient les mollets. Comme par un fait exprès, la pluie se mit à tomber et le tonnerre à gronder de plus belle.

— Gerald, je t'en supplie, réfléchis à ce que tu es en train de faire.

Pareil à un oiseau réclamant qu'on lui ouvre sa cage, le cœur de Celsie cognait frénétiquement dans sa poitrine. Des gouttes de sueur lui dégoulinaient dans le dos.

— Si tu touches à un cheveu d'Andrew…

— Rien, tu m'entends ? Rien ne m'empêchera de mettre le grappin sur ta fortune. Avance ! cracha-t-il en la poussant sans ménagement.

Soudain, elle buta contre une racine que dissimulait le tapis de mousse et tomba de tout son long, s'égratignant le menton sur un caillou. Saisie de panique, elle se redressa, les jambes flageolantes, et se remit à marcher, poussée en avant par le canon du pistolet dans son dos.

Elle ne perdait cependant pas l'espoir de raisonner Gerald.

— Allons, tu ne peux tout de même pas éliminer les gens d'un coup de gâchette parce qu'ils te dérangent. Et encore moins le frère d'un duc ! Tu réalises que, si tu le tues, tu seras pendu haut et court ?

— Pas si je fuis le pays. Après ce que m'a infligé ton ordure de mari, il est hors de question que je reste dans les parages ou même sur le Continent. Non ! J'irai jusqu'en Amérique. Là-bas, je recommencerai tout de zéro. Bon, dépêche-toi ! On va être trempés.

— Alors, dis-moi de combien tu as besoin. L'argent n'est pas un problème.

— Tout l'argent du monde ne pourrait racheter mon honneur souillé, ma réputation perdue. Oh, non, Celsie. Ton petit inventeur de mari va devoir venir à ton secours. Et quand il pointera le bout de son nez, je le supprimerai !

— Mais, Gerald, pense à l'aphrodisiaque, s'écria-t-elle, s'accrochant à la moindre idée qui la traversait. Si tu tues Andrew, tu n'obtiendras pas la potion. Il est le seul à en connaître la composition.

— Tu gaspilles ta salive, ma grande. Avance !

Elle s'exécuta.

Devant eux, les arbres et les fourrés s'éclaircirent bientôt, remplacés par une prairie qui donnait sur la vallée. Le ciel s'était paré d'un manteau gris qui s'assombrissait à vue d'œil. À travers le rideau de pluie, Celsie aperçut les ruines d'un manoir du XVIᵉ siècle que le feu avait dévasté. Du toit, il ne restait que deux ou trois poutres mitées et un carré de tuiles. Les murs n'étaient plus qu'un amas précaire de pierres envahies par le lierre. De grandes trouées inégales indiquaient la place des fenêtres qui ouvraient autrefois sur la campagne environnante.

Enfant, Celsie avait souvent joué dans ces ruines. Mais, aujourd'hui, l'endroit semblait hanté par une horde de fantômes prêts à hurler contre le sort qui les avait affligés, contre les intrus.

— Tu seras en sécurité ici, lança Gerald, agitant son pistolet et extirpant une corde de la poche de son manteau. Va sous le bout de toit.

Les yeux rivés sur la corde, elle demeura immobile.

— Non !

De colère, il lui flanqua un coup sur les épaules. Celsie s'écroula au sol. Le choc, violent, résonna sous son crâne. Elle se releva, s'élança sur Gerald pour lui subtiliser son arme, mais il avait anticipé sa réaction. Il lui tordit le bras et, l'instant d'après, il lui nouait les poignets dans le dos. La traînant jusqu'à un jeune érable qui avait réussi l'exploit de s'épanouir au milieu des décombres, il la plaqua contre le tronc et l'y attacha. Puis il ôta son foulard et s'en servit pour bâillonner sa victime. Ceci fait, il recula et la dévisagea.

— Je ne voulais pas en arriver là. Mais tu ne m'as pas laissé le choix.

À peine eut-il tourné les talons qu'elle glissa le long du tronc pour s'accroupir et chercher à tâtons une pierre coupante. Peu après, elle aperçut Gerald qui se hissait sur le cheval qu'il avait caché parmi les ruines.

Éperonnant sa monture, son ravisseur s'éloigna au galop, rebroussant chemin en direction des bois, de Rosebriar... et de l'homme qu'il rendait responsable de tous ses malheurs, Andrew.

Oubliant vite l'animosité qu'il nourrissait à l'égard de son frère, Andrew saisit son chapeau, revêtit son manteau et courut vers les écuries, talonné de près par Lucien. Leurs montures étaient déjà prêtes. On leur avança Newton et l'étalon noir du duc, Armageddon.

— Tu as une idée de l'endroit où elle pourrait être? demanda Lucien.

Il avait sauté en selle et scrutait avec inquiétude le ciel d'orage. Sous lui, son cheval s'agitait, pressé de filer.

— Qu'est-ce que je pourrais en savoir? C'est la première matinée que je passe à Rosebriar.

Andrew eut un bref silence songeur.

— Je te propose que nous nous séparions, pour couvrir le plus de terrain possible. Pars vers l'est, moi, je prends vers l'ouest. Et si nous ne la trouvons pas, tu prends au sud, et moi au nord, d'accord?

— Parfait. Que Dieu soit avec nous, mon frère!

Andrew ne répondit pas : il avait déjà piqué des deux. Sa crinière argent volant au vent, Newton martela de ses sabots l'allée de Rosebriar. Les imposants châtaigniers s'évanouirent dans son sillon.

Droit devant, une silhouette à cheval galopait en direction d'Andrew.

Ça alors! S'il s'attendait à voir ce scélérat...

— Lord Andrew! cria le comte de Somerfield en agitant frénétiquement son chapeau. Arrêtez-vous... arrêtez-vous...

Sans ralentir l'allure, Andrew hurla :

— Je n'ai pas le temps pour des courbettes. Celsie a disparu. Elle a probablement fait une chute...

— Je le sais, bon sang!

Somerfield avait fait faire demi-tour à son cheval, de sorte qu'il galopait à présent aux côtés de son beau-frère.

— Je venais justement vous prévenir. J'ai vu filer son fichu canasson. Je suis allé dans la direction opposée et j'ai trouvé Celsie!

— Seigneur! Est-ce qu'elle est blessée?

— Elle s'est cassé une jambe, cria Gerald, essoufflé. Elle a besoin d'aide.

— Où est-elle?

— Dans les prés les plus au sud, près des ruines.

Andrew cracha une bordée de jurons. Il n'avait pas la moindre idée de l'endroit où se situaient lesdites ruines. Brusquement, il se mit à pleuvoir à verse. À l'ouest, des éclairs déchirèrent le ciel chargé de nuages noirs. «Il n'y a pas de temps à perdre», se morigéna-t-il.

— Conduisez-moi jusqu'à elle, ordonna-t-il. Vite. Avant que l'orage ne nous tombe dessus.

— Mais...

— Pour l'amour du Ciel, dépêchons-nous!

Andrew s'écarta pour laisser passer Somerfield, puis lui emboîta aussitôt le pas. Newton, qui s'était autrefois illustré sur les champs de courses, n'eut aucun mal à suivre. Il tira même sur le mors pour demander à son maître de lâcher un peu les rênes. La pluie fouetta le visage des cavaliers tandis que les chevaux quittaient l'allée de Rosebriar en direction d'un bosquet longeant un champ de blé tout juste planté. L'obscurité semblait absorber le paysage tandis que l'orage gagnait encore du terrain.

« Vite, plus vite… » maugréa mentalement Andrew, scrutant par-delà les oreilles de sa monture et pestant contre la lenteur de Somerfield.

Soudain, le tonnerre retentit violemment à quelques lieues de là. L'étalon de Somerfield se cabra, manquant désarçonner son cavalier. Celui-ci éperonna brutalement l'animal et fila droit sur les bois. Newton le talonna de près, ses sabots soulevant des mottes de terre boueuse. Un éclair traça dans le ciel ténébreux un losange de feu. Et, au-delà des arbres qui délimitaient les bois, Andrew aperçut les vestiges du vieux manoir.

Lâchant la bride à son cheval, il dépassa Somerfield et mit pied à terre avant même que Newton ait marqué l'arrêt. Celsie était là, attachée à un arbre, les yeux écarquillés d'effroi et les poignets maculés de sang. Il n'eut pas le temps de réagir qu'il entendit le cliquetis d'une arme dans son dos.

Il se retourna promptement.

Somerfield était descendu de cheval et se tenait campé derrière lui, un pistolet à la main.

— Je suis navré, dit-il, son arme pointée sur Andrew, mais je vais être obligé de vous tuer.

Andrew fixa le canon. Son cœur se mit à battre à tout rompre tandis que Gerald s'approchait dangereusement de lui.

— Vous êtes fou !

— Non, seulement désespéré, riposta Somerfield en braquant sur sa victime un regard haineux. Vous n'en mèneriez pas large, vous non plus, si vous vous retrouviez sans le sou et sans amis, votre honneur et votre dignité traînés dans la boue. Montforte, à cause de vous, j'ai tout perdu. Tout sauf ma soif de vengeance.

Andrew fit quelques pas discrets de sorte que son agresseur tourne le dos à Celsie. Il avait désormais à la fois Somerfield et Celsie dans son champ de vision, et il vit les liens qu'elle avait réussi à détacher partiellement. *Seigneur… pourvu que ce détraqué ne le remarque pas. Pourvu qu'elle ne se libère pas tout de*

suite. Ou, si elle y parvient, qu'elle ne commette pas
d'imprudence !

Résolu à retenir l'attention de Somerfield, il déclara :

— Je ne vois pas du tout de quoi vous parlez. De quoi voulez-vous vous venger ? Je ne vous ai rien fait. Si vous avez l'intention de m'éliminer, j'aimerais au moins savoir quel est mon crime.

— Vous avez ruiné ma vie, voilà ce que vous avez fait.

Marmonnant dans sa barbe, Gerald donna un coup de pied dans une pierre. Andrew perçut dans ses yeux une lueur sauvage. Ses joues étaient maculées de larmes et son haleine empestait l'alcool. Il fulmina :

— Vous m'avez enlevé ma seule chance de m'en sortir en mettant la main sur la fortune de Celsie, scélérat ! Ensuite, vous avez échangé les flacons. Donnez-moi l'aphrodisiaque, Montforte. Et le vrai, cette fois. Dans un élan de générosité, j'ai décidé d'épargner votre petite femme.

Le vrai ? Mais qu'est-ce qu'il raconte ?

Brusquement, un nouvel éclair lacéra le ciel. Le tonnerre fit trembler le sol sous leurs pieds. Mais Andrew ne se laissa pas impressionner. S'efforçant de rester sourd à la panique qui menaçait de l'envahir, il attendait que leur agresseur baisse la garde.

— Je n'ai pas l'aphrodisiaque, répondit-il posément. Votre cousine nous l'a volé.

— C'est un faux qu'elle vous a volé ! Un faux qui a détruit ma vie et détruira bientôt la sienne.

Andrew eut un haussement d'épaules.

— Eh bien, que cela vous serve de leçon.

Il poussa un soupir las avant de poursuivre :

— Pour votre gouverne, je n'ai pas échangé les flacons. Avez-vous seulement songé, Somerfield, que la potion pouvait se révéler instable et que, par conséquent, elle risquait de virer ?

Les cheveux trempés, Somerfield le dévisagea.

— D'ailleurs, si je détenais l'aphrodisiaque, ce n'est certainement pas quelque chose que je garderais constamment avec moi.

Esquissant un faible sourire, Andrew tendit les bras et s'approcha de Gerald, dont les traits étaient déformés par la rancœur et la haine.

— Je vous en prie, posez ce pistolet. Vous êtes perdu, désemparé...

Comme il avançait lentement sur le canon pointé sur sa poitrine, Somerfield perdit toute maîtrise de soi. Visiblement en proie à un torrent de sentiments contradictoires, il éructa :

— Reculez, espèce de salopard !

Soudain, les choses semblèrent se précipiter. Andrew se jeta sur le comte à la seconde où celui-ci chargeait son arme. Somerfield tomba, les quatre fers en l'air, et laissa échapper le pistolet, qui s'envola. Les deux hommes roulèrent au sol, échangèrent des coups, en esquivèrent d'autres.

Celsie acheva de dénouer ses liens, se débarrassa de son bâillon et se rua vers les deux hommes qui s'étaient engagés dans un âpre corps à corps.

Où est ce maudit pistolet ?

Une fois de plus, un éclair zigzagua au-dessus d'eux. La foudre ne tomba pas bien loin. Une pluie diluvienne s'abattit sur les deux lutteurs qui cherchaient à s'empoigner à la gorge.

— Arrête ! s'écria-t-elle. Gerald, je t'en supplie, arrête...

Elle leur tourna autour, s'échinant à les raisonner.

Puis elle repéra enfin le pistolet. Il gisait dans l'herbe, au milieu des ruines. Avec un grognement animal, Gerald repoussa violemment Andrew, bouscula Celsie et s'empara de l'arme, qu'il braqua aussitôt sur son adversaire avant de faire feu.

— Non ! hurla Celsie, chancelante.

Le coup de feu se répercuta sur les murs branlants du manoir en ruine. Celsie vit avec horreur Andrew porter la main à son visage ensanglanté alors qu'il tombait sur son flanc, tâchant d'amortir sa chute.

Il n'est pas mort ! Merci, mon Dieu !

— Soyez maudit, Montforte ! cracha Gerald, jetant le pistolet déchargé et le troquant contre une brique. Allez donc rôtir en enfer, inventeur de pacotille !

Il brandit la brique, poussa un rugissement animal et entreprit de fracasser le crâne de son ennemi.

— Andrew !

À la seconde où Celsie mettait en garde son époux, un coup de feu retentit, et Gerald bascula en arrière. Touché en plein cœur, son corps sans vie lâcha la brique et s'effondra.

Celsie poussa un cri, et tout vacilla devant ses yeux tandis qu'un éblouissant éclair déchirait le ciel, éclairant les ruines, les arbres... et la ténébreuse silhouette du duc de Blackheath sur son fringant étalon noir, à une dizaine de mètres de là. Il tenait un pistolet du canon duquel s'échappait un filet de fumée.

31

— Ah... soupira Lucien en conduisant Armageddon jusqu'à la dépouille de Somerfield. J'avoue que j'attendais ce moment depuis qu'il a essayé de te tuer sur le pré. Ce n'était pas très fair-play de sa part. J'aurais dû l'achever, mais ça n'aurait pas plu aux villageois.

Il descendit de cheval et tendit la main à son frère pour l'aider à se relever.

— Je te conseille de panser la blessure que tu as à la tête. Et n'oublie pas de veiller sur ta charmante épouse. Je crois qu'elle s'est évanouie.

À moitié aveuglé par le sang qui coulait de sa blessure, Andrew effleura le côté droit de son crâne. Les doigts rouges de sang, il prit le mouchoir que lui offrait Lucien pour s'essuyer le visage.

— Je suppose qu'il faut que je te remercie de m'avoir sauvé la vie, maugréa-t-il. Ça devient une habitude, on dirait.

L'air inquiet, Le duc scruta le crâne de son benjamin.

Andrew rangea le mouchoir dans la poche de son manteau et se pencha au-dessus de Celsie, dont le visage était blanc comme un linge. Il la souleva délicatement dans ses bras.

— Je n'arrive pas à comprendre pourquoi il me haïssait autant. Il était au-delà du désespoir, comme s'il ne lui restait plus rien à quoi se raccrocher. Qu'ai-je donc fait pour le mettre dans un tel état?

— Je crains d'y être pour quelque chose, avoua Lucien en retournant du bout du pied le cadavre de Somerfield, afin d'épargner à Celsie la vue de sa figure moribonde lorsqu'elle recouvrerait ses sens.

Un court silence plana entre les deux frères.

— Te rappelles-tu, Andrew, le jour de ton mariage ? Tu étais sur le départ et tu m'as demandé l'aphrodisiaque. Tu t'en souviens ?

— Oui...

— Eh bien, ce n'était pas l'aphrodisiaque.

Baissant les paupières, Andrew marmonna un juron inaudible.

— Je sais, tu croyais ton laboratoire inaccessible, mais c'était sous-estimer mon opiniâtreté. Je n'ai eu aucun mal à m'y introduire en ton absence. Et grâce aux quelques ouvrages que tu avais négligemment laissés ouverts, j'ai pu copier la potion. Bien sûr, ce n'était pas exactement la même mixture, mais ça y ressemblait assez pour faire illusion. D'après ce qu'on m'a raconté, la solution que j'ai créée avait des propriétés purgatives.

« Tu dois me détester de m'être encore mêlé de tes affaires, mais je refusais que quiconque ait cette potion entre les mains. C'est une découverte inestimable. Je t'assure, il vaut mieux qu'elle reste dans mon coffre-fort. Bien sûr, si j'avais su que la fausse potion déchaînerait tant de passions, je ne te l'aurais pas confiée.

— Tu mériterais que je t'étrangle, répliqua Andrew avec un calme surprenant.

Maintenant que le mystère était levé, il ne s'étonnait pas du rôle essentiel qu'avait joué Lucien dans cette mascarade. Si difficile que ce soit à admettre, son frère s'était de nouveau illustré par une victoire. Même si son beau-frère l'avait payé de sa vie.

— Je devrais te rosser de coups pour tes manigances. Je devrais te détester...

— Est-ce le cas ? s'enquit Lucien.

Il scruta le regard de son frère et, pour la première fois, n'y décela aucune animosité.

308

Andrew poussa un profond soupir avant de répondre :

— Non.

D'un revers de main, il essuya la pluie mêlée de sang qui lui dégoulinait sur l'œil et contempla Celsie avec une tendresse infinie.

— Non, répéta-t-il. Avant, je te maudissais parce que tu ne cessais de t'immiscer dans la vie des autres. Mais, aujourd'hui, les choses ont changé. Aujourd'hui, j'aime cette femme.

Aujourd'hui, j'aime cette femme... J'aime cette femme... J'aime...

Les paroles d'Andrew dissipèrent le brouillard dans lequel flottait Celsie. Elle reprit lentement ses esprits. Elle sentit d'abord le bras d'Andrew sous sa nuque, puis sa tendre étreinte et les battements réguliers de son cœur.

Son cœur ! Grâce à Dieu, il est vivant !

Elle souleva les paupières et le vit – son amour, son mari, son amant, son ami. La tête penchée, il parlait à son frère. Un filet de sang coulait le long de sa tempe.

— C'est vrai ? interrogea-t-elle.

Il la fixa soudain.

— Celsie ! Ma chérie, ma douce, ma belle... dit-il en la serrant plus fort.

Puis il eut un mouvement de recul et darda sur elle un regard inquiet.

— Par tous les saints ! Mon cœur a failli s'arrêter quand j'ai vu que tu tentais de t'interposer entre Somerfield et moi. Ne t'avise plus de...

— Réponds-moi, c'est vrai ?

— Quoi ?

— Que tu l'aimes, intervint obligeamment Lucien.

Tandis qu'il la contemplait, elle perçut un changement dans ses yeux. Une lueur tendre s'y fit jour, puis une étincelle de désir. Même si elle brûlait d'envie d'entendre ces mots magiques, elle n'en avait pas besoin pour être sûre qu'il l'aimait : l'amour se voyait dans ses yeux magnifiquement romantiques.

Il lui adressa un sourire éblouissant et se pencha pour l'embrasser. Celsie enroula un bras autour du cou de son époux avec un soupir d'aise.

Andrew porta ensuite sa main à ses lèvres pour y déposer un baiser.

— Oui, c'est vrai. Je t'aime, Celsie. Je t'aime plus qu'à moitié, je t'aime plus qu'on ne peut aimer. Je t'aime de toute mon âme.

Celsie caressa son visage trempé et ensanglanté.

— Moi aussi, je t'aime, murmura-t-elle. Mon cœur n'est pas assez grand pour contenir les merveilleux sentiments que j'éprouve pour toi. À présent, mon adoré, tu veux bien me ramener à la maison et me prouver ton amour ?

Le sourire accroché aux lèvres, Andrew l'étreignit aussi fort qu'il le put, si bien qu'elle ne vit pas le corps sans vie de son demi-frère. Il l'installa précautionneusement sur la selle de Newton, se hissa derrière elle, l'entoura de ses bras protecteurs et lança son cheval sur le chemin qui les ramènerait chez eux. L'instant d'après, ils s'éloignaient au trot.

Le duc les regarda partir. Puis, à son tour, il grimpa sur Armageddon, récupéra l'étalon apeuré de Somerfield et, cheminant lentement, partit en direction de Rosebriar Park.

Peu à peu, la pluie cessa, et les nuages laissèrent entrevoir de victorieuses trouées de ciel bleu.

Un sourire joua sur les lèvres de Lucien. Une fois de plus, se félicita-t-il, il avait réussi une mission que d'aucuns auraient jugée irréalisable.

Épilogue

Le duc de Blackheath regagna Ravenscombe le lendemain soir. Il n'avait pas vu défiler les kilomètres tant il savourait son triomphe. Car c'était bel et bien un triomphe. Un autre de ses frères – sans doute le plus difficile – nageait en plein bonheur auprès d'une femme follement amoureuse de lui. Sa vie était pleine de promesses.

Il se remémora les au revoir échangés ce matin-là à Rosebriar. Pour la première fois, le regard empli de gratitude, Celsie l'avait étreint, et il en avait éprouvé une étrange sensation. Comme c'était étrange, aussi, de ne pas se chamailler avec Andrew ! Son benjamin lui avait témoigné la même chaleur que sa femme.

Puis il songea à celle qu'il lui restait à marier, Nerissa.

Lorsqu'il l'aurait confiée au gentleman idéal, il se serait enfin acquitté de la promesse faite à ses parents.

Le mariage de sa sœur était loin de représenter le même défi que ceux de ses frères, car elle était déjà amoureuse de Perry, lord Brookhampton. Un petit coup de pouce, et l'affaire serait conclue.

Non, se dit-il. Nerissa ne lui poserait aucun problème.

C'est avec un sentiment de fierté qu'il longea le corps de garde de Blackheath Castle, descendit de cheval et remit les rênes d'Armageddon au garçon d'écurie qui surgit de l'obscurité, une lanterne à la main.

— Bienvenue, monsieur le duc, déclara celui-ci en s'inclinant, avant de saisir la bride de l'étalon et de le conduire aux écuries.

Lucien se dirigea vers le somptueux château familial. Il avait hâte de changer de vêtements, de dîner, puis de s'immerger dans un bon bain chaud.

Une armée de serviteurs se précipita pour l'accueillir. On lui prit son chapeau, son manteau et ses gants. Dans les cuisines, on s'empressa de préparer le repas du maître de maison.

Comme c'était bon d'être chez soi !

Le duc de Blackheath traversa le dédale de couloirs sombres qu'éclairaient des bougies logées dans des niches. Ses pas sur les dalles se répercutèrent sur les murs de pierres séculaires.

C'était une nuit venteuse. Tandis qu'il gravissait l'escalier en colimaçon qui menait à ses appartements, en haut du donjon, il entendit les bourrasques qui cinglaient les parois de la tour.

Il poussa la porte de sa chambre, franchit le seuil et s'arrêta net.

Baignée par la lueur d'une bougie posée sur la table de chevet, une femme était assise sur le bord du lit, les jambes croisées. Une femme aux yeux intensément verts, aux cheveux roux, au sourire maléfique.

Eva de La Mourière.

— Ah... monsieur le duc, je vous attendais. Figurez-vous que j'ai trouvé une petite fiole dans votre coffre-fort. Comme je ne peux pas me permettre un nouvel impair, vous allez y goûter. Que cela vous plaise ou non.

Dans une main, elle tenait un pistolet pointé droit sur lui. Dans l'autre... l'aphrodisiaque.

Ne laissant rien paraître de ses émotions, Lucien fixa longuement les yeux étincelants de colère de l'intruse. Il esquissa un sourire et s'approcha d'elle.

Sans un mot, il entreprit de déboutonner son gilet et marcha vers le lit tandis que la porte se refermait en claquant dans son dos.

Le 3 juin :
Les Carsington —2. Un insupportable gentleman
Loretta Chase (n°8985)

Érudite, Daphné, jeune et riche veuve, est venue en Égypte avec son frère pour découvrir le secret des hiéroglyphes. Comme elle craint d'être mal vue en tant que « femme savante », il se fait passer pour le scientifique et elle travaille dans l'ombre. Il est alors enlevé, et un précieux papyrus volé. Aidée par un aristocrate anglais aussi oisif que charmant envoyé en Égypte par son père, elle se lance à sa recherche.

Une rose en hiver Kathleen Woodiwiss (n° 1816)

Entre Christopher Seton et Erienne Fleming, la rencontre fut brève, passionnée, inoubliable...
Pourtant, Erienne doit oublier : demain, son père, la met aux enchères. Le plus offrant sera son mari. M. Fleming a des dettes de jeu à honorer et dans l'Angleterre du XVIIIᵉ siècle pareille pratique est admise...
C'est lord Saxton qui l'emporte. On le croyait mort et le voici qui réapparaît, corps difforme, visage masqué. Erienne ne peut que se soumettre.

Les trois princes—3. Le dernier duel
Elizabeth Hoyt (n° 8986)

Laissé pour mort au bord d'une route de la campagne anglaise, Simon est recueilli par la fille d'un capitaine de la Marine à la retraite. Il a été poignardé. Lucy le soigne et tombe amoureuse de lui. Mais Simon part à Londres venger son frère assassiné. Seule la jeune femme aura raison de son tempérament violent, irrespectueux et excessif.
Le dernier volet de la saga des Trois Princes.

Le 17 juin :
Désirs masqués ❧ Anne Stuart (n° 3845)

Pieds nus sur le sable mouillé, Juliette court, danse, ivre de bonheur et heur te, dans l'obscurité, une haute silhouette immobile : l'inconnu de l'auberge La voilà prisonnière de celui qu'elle veut fuir à tout prix. Un regard sarcas tique, une voix grave et sensuelle, l'air d'en savoir long sur son compte Beaucoup trop long ! Juliette ne peut se laisser envoûter par cet homme Mais lui résister n'est-il pas plus dangereux encore que de lui céder ?

La destinée de Kyla ❧ Shana Abé (n° 9003)

XIIᵉ siècle. Roland et Kyla ont été fiancés par leurs parents et le roi quand ils étaient très jeunes. La fuite de Kyla en Écosse après l'assassinat de sa mère tourne au drame. Roland reçoit l'ordre de retrouver la jeune femme Il la pourchasse sans merci et la fait prisonnière pour la déférer devant le roi. En route pour Londres, Roland s'éprend de la jeune femme et, afin de lui éviter le courroux du roi, déclare qu'il l'a déjà épousée. Kyla se retrouve donc mariée à l'homme qu'elle déteste par-dessus tout.

Si vous aimez Aventures & Passions,
laissez-vous tenter par :

Quand l'amour vous plonge dans un monde de sensualité

Le 3 juin :
Rendez-vous coquins ❧ Susan Lyons (n° 8987)

Susan et Jaxon se rencontrent en Crète, un après-midi de vacances, sur une plage. Ils ont une relation intense, passionnée mais sans lendemain. Quatre ans plus tard, ils se revoient, l'attirance entre eux est toujours aussi forte. Ils établissent alors des règles strictes : leur liaison doit être seulement phy sique. Pas de questions, pas de sentiments, jusqu'au jour où ils transgressent les règles, apprennent à se connaître, et tout se complique.

> *Nouveau ! 1 rendez-vous mensuel*
> *aux alentours du 15 de chaque mois.*

Le 17 juin :

Les enchères de la passion ✍ **Susan Johnson (n° 3705)**

Elle n'a pas d'autre solution ! Par désespoir, pour que ses quatre frères et sœurs ne meurent pas de faim, Emma va céder la seule chose de valeur qu'elle possède encore : son corps ! Lors d'une partie de cartes acharnée, elle se vend aux enchères. Et c'est un inconnu arrogant qui remporte la mise ! Trey Braddock... Beau, riche, sûr de lui, il est l'homme le plus convoité du Montana. Situation dont il a largement profité, collectionnant les conquêtes comme d'autres les papillons ! Avec une maîtrise démoniaque, Trey lui ouvre les portes du ciel et Emma tombe amoureuse folle de cet amant raffiné. Il lui dit l'aimer. Elle voudrait tant le croire. Mais comment faire confiance à un homme qui a payé 50 000 dollars pour s'offrir trois semaines de plaisir ?

Et toujours la reine du roman sentimental :

Barbara Cartland

Le 3 juin :
Dorina et sa rivale (n° 8984)

Le 17 juin :
Une si jolie cambrioleuse (n° 5018)

---

*Nouveau ! **2** rendez-vous mensuels aux alentours du 1er et du 15 de chaque mois.*

8891

Composition
CHESTEROC LTD

Achevé d'imprimer en Italie
par **GRAFICA VENETA**
le 20 avril 2009.

Dépôt légal avril 2009.
EAN 9782290015582

ÉDITIONS J'AI LU
87, quai Panhard-et-Levassor, 75013 Paris
Diffusion France et étranger : Flammarion